守護女主角哥哥的方法

I

여주인공의 오빠를 지키는 방법

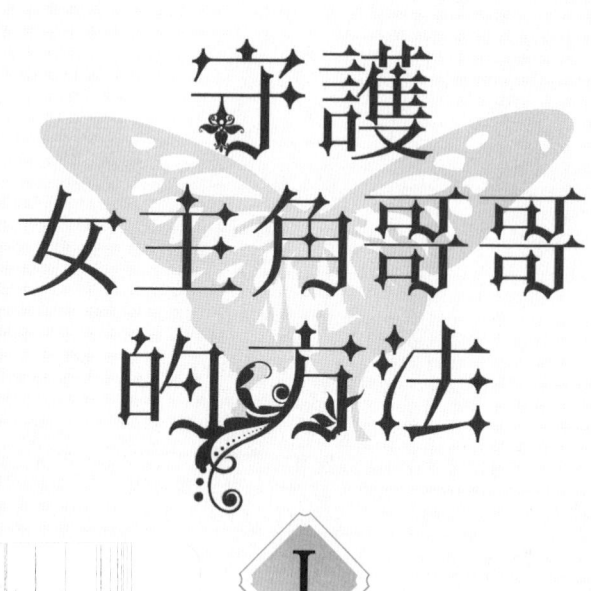

目錄

1

chepter

從立起死亡旗標開始吧

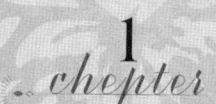

這個故事是我親愛的父親把某個少年綁架回來後開始的。

「父親，他是誰？跟之前看過的玩具有點不一樣呢？」

「囂張狗雜種的兒子，我為了教育他而把他帶回來了。」

我一眼就看出這孩子的身分了。存在感那麼強烈的人，一定是這個世界的主角。

「那我可以玩看看嗎？我現在也很會訓練人喔！」

「我也要，我也要！」

長得像父親一樣，不知長進的弟弟妹妹們像飢餓的幼鳥看到食物一般，嘰嘰吱吱貪婪地叫著。

「先把他關到地下，等到他乖乖聽話再說！」

收到父親命令的手下們一把抓住少年的頭髮。他的手腳戴著大魔物專用的戒具，嘴巴也戴上了口銜。但是，從那名少年身上散發出來的氣勢強大，讓人難以相信他是隻身一人闖入這片險境。

被拖去地牢時，他直到最後都惡狠狠地盯著我的家人們。他帶著殺氣的銳利眼神甚至讓我渾身發麻。

「喔，這次的玩具感覺很有趣！」

「好想趕快跟他一起玩。」

正如之前所說，我早就知道他的身分了。他正是女主角的哥哥——卡西斯·費德里安。

與興奮喧嘩的弟弟妹妹們不同，現在我的腦海中只充斥著一個想法。

哇！這下真的完蛋了。

這該死的父親終究在我身上立了死亡旗標。

2

chepter

我不想要這種轉生

當然，一開始我也不知道這裡是書中的世界。我在暴風雪肆虐的嚴冬因車禍身亡，正在拚命製作畢業論文的我，深夜時從圖書館回家，一輛在雪地上打滑的車衝上人行道，我剛好倒楣地經過那裡。

就這樣，我死亡後轉生了。算了，前世的事就不一一細說，直接省略吧，反正一點也不有趣。而且現在才懷念過去與回憶前世，對我來說一點幫助都沒有。

還有，在這裡重要的不是我前世過著什麼樣的人生，而是我轉生到多像地獄的地方了。

一開始其實還不糟。

「這次是女兒呢。上面有阿西爾，這樣正好。」

出生之後，最先聽到的母親聲音既親切又溫暖。聽起來是因為在我之前生了一個兒子，所以第二胎想生女兒。

當然，死後轉生這個事實讓我受到非常大的打擊，但我很快就接受了現實。無法接受又能怎樣？我已經死了，再怎麼期望也無法回到從前。而且我的適應力本來就很好。

我的新母親是個絕世美女。有著宛如純金融化後製成，如蜜一般的美麗金髮，和湖水般深邃湛藍的瞳孔，美得宛如童話書中的公主。

哇，能贏得這般美人的男人，我的父親運氣真好。我非常看重長相，比起長得帥氣的年長男性，從以前就更喜歡看美麗的年長女性。

而且，我母親可能是個混血兒，有著東西合璧般完美無缺的美貌。我每天都感嘆地看著母親的臉龐。

「嗯，就是這個孩子嗎？」

但其實，我父親的外貌比母親更令人印象深刻。

「她長得很像妳呢。」

與黑髮紅瞳的男子對視的瞬間，我不由得嚇了一跳。他引人注目的地方與母親有些不同。

或許是因為五官非常深邃，又或者是他散發出的氣勢超凡，只要看過他一眼，就讓人印象深刻，無法忘懷。雖然他也是個非常俊俏的美男子，但受到強大的氣場影響，反而無法注意到他如雕刻般的美貌。

「是啊，但是眼睛跟您一樣是紅色的。」我母親清秀地笑著說。

此時我開始期待起自己的美貌。如果我繼承了這兩位的基因，那我長得漂亮不也是理所當然嗎？

「羅莎娜。」

但是父親看著母親懷裡的我，視線有些冷漠。

「這孩子的名字就叫羅莎娜。」

他只幫我取好名字就離開了。這麼說來，這個人就是在我能看清周遭之前，從來沒有來看過我的混蛋父親。

剛才父親低頭注視著我的目光，也冷漠到不敢相信是看著自己女兒。那麼無情的人竟然是我的父親。

「羅莎娜，我可愛的孩子。」

母親似乎也有點傷心，但很快就像平常一樣，微笑地看著我。

「妳得趕快平安長大，成為優秀的阿格里奇。」

就是這一刻，我有種奇妙的熟悉感。阿格里奇……好像在那裡聽過這個名字。

話說回來，父親的容貌也是，由此看來，我是轉生到外國了嗎？使用的語言好像不是英文，我卻能自然而然地聽懂，這應該也算是轉生者的強化效果。

但是因為睡意馬上就襲來，我沒有辦法思考太久。聽說嬰兒會一直睡覺，是真的呢。嗯，我在母親的輕哄下沉沉睡去。

直到那時，我還不知道，我所屬的阿格里奇是個多麼惡毒又可怕的家族，以及我轉生到多麼荒謬的地方。

也對，就算知道了，也沒辦法改變啊。

在我之前不是只有一個哥哥。其實這是個根據個人的能力，允許一夫多妻制或一妻多夫制的世界。我父親有四名妻子，目前為止包含我在內，父親的子女共有五名，其中只有一名哥哥跟我是同一位母親。

跟我相差四歲的哥哥名叫阿西爾。

「莎娜，我可愛的妹妹。哥哥一定會保護妳的。」

與擁有母親金髮和父親紅瞳的我不同，阿西爾從頭到腳都長得像母親。他就像一隻又傻又無憂無慮的小狗狗。

一點都不像在這種惡毒家庭中長大的孩子，他不僅內心脆弱，還是個擁有開朗笑容的少年。從我躺在搖籃裡時，他就常常像個傻瓜嘿嘿笑著，說出那種自傲的話。

即使那樣，實際上比我年幼很多的傢伙以哥哥自居，照顧我的模樣也很可愛。我能適應這種糟糕的家族，大多是受到他的影響。

我的家族名是阿格里奇，這個家族的家風非常特別。簡單來說，阿格里奇是一個潛伏在地下世界的罪犯家族。例如偷竊、詐欺、毒品買賣，如果有必要也會殺人，如此勉強維持生計。當然，所謂「勉強」的規模大得驚人。

又不是什麼黑手黨集團，我傻眼到說不出話。但是更讓人傻眼的是，在這家族出生的孩子們全得遵循這種家風。

阿格里奇至今都靠著這種方式維持命脈，我們也為了成為真正的阿格里奇，從小就必須踏實地接受訓練。

但是我這個曾經活在大韓民國的普通人，當然沒有辦法輕易接受這種家風。就算我的適應力再強也做不到，畢竟每天在這裡學習的是武器的使用方法、毒藥與毒品的製作技巧、隱身技術以及人體的要害等等。

只要背起來的內容反倒沒問題，因為我實在沒有實際動手操作的才能。

「一點傑出的才能都沒有啊。」

被稱為我父親的男人毫不留情地評論道。

當時我才八歲，在那之前見過這個人的次數也與年紀差不多。簡而言之，我們父女之間毫無任何感情。

我的父親蘭托．阿格里奇是個不怎麼關心子女們的人。也是，隨著他的妻子和孩子增加，現在這個家裡有十位母親，我的手足也增加到十六人，所以他也沒辦法平等地關心所有孩子吧。

「要是有哪個方面特別傑出，我也會更努力開發妳啊。」

他像評價物品般打量我，讓我感到不快。那眼神像在看一個物品，而不是自己的女兒。

不是，我什麼時候說過我想為這種家族效忠了？

雖然因為不悅而想回嘴，但母親和阿西爾從幾天前就抓著我千叮萬囑，所以我只保持沉默。不知為何，母親在這樣的我身旁非常緊張。最後，我父親看著我的臉一陣子後，又開口說：

「但應該還是有其他用途。」

父親似乎決定了我的用途，命令我今後接受不同的教育。從那天起，我學的內容……是迷惑術。

真是瘋了！

當然，與美麗母親相似的我非常漂亮！但正常的家庭怎麼可能會教八歲小孩這種事，沒想到他說的其他用途是指這種事情，真是見鬼了。

看來他要訓練我，日後用來迷惑敵人並獲取情報或者暗殺。居然教這麼小的孩子迷惑術，真是令人作嘔的家族。

「母親，我不想學這個。我為什麼非得學這個呢？您似乎忘記了我才八歲。」

「莎娜，不可以說那種話。妳是阿格里奇啊！妳必須努力學習，將來才能成為家族中傑出的一員。」

現在回想起來，那時緊抓著我肩膀說話的母親有種迫切感。我無法抵抗母親那可憐的眼神。

此外，這個家族十分貫徹上下服從的觀念，因此不可能違背家族主人，也就是父親的命令。雖然非常骯髒又卑鄙，但最後我無法改變情況，按照命令接受了教育。但或許是我實在不想努力，所以在那之後我的成績遲遲沒有進步。就在這時，我的親哥哥阿西爾遭到了「廢棄處分」。

那是他十五歲的時候。

「阿西爾……！」

母親的哭嚎聲極其不真實。幾天前還在我面前天真笑著的阿西爾成了一具冰冷的屍體，回到我和母親身邊。

我震驚極了。自稱為「執行官」的女人說，因為阿西爾被判斷不適合阿格里奇，根據規定，將他廢棄處理了。

在我們這一代，這是那個規定第一次執行。那一刻，我像被潑了冷水，猛然回神，同時渾身竄過一股寒意。

『一點傑出的才能都沒有啊。』

我回想起三年前，用打量物品的眼神上下掃視我的父親，還有唯獨那天異常緊張的母親。雖然早就知道這個家族異常地扭曲，但沒想到會到這個程度。

柔弱的母親在阿西爾的遺體前暈了過去，之後臥病在床十天左右。我當然也受到了很大的衝擊。我知道自己不能再這樣下去。阿西爾遭到廢棄處分的話，下一個可能就是我。思及於此，我感到背脊發寒。

不管是以什麼形式，父親蘭托·阿格里奇就是喜歡有用的人。從那之後，我比之前更努力訓練，同時開始冷靜地重新審視自己現在的狀況。

「莎娜，最近還順利嗎？」

「是的，我很努力。」

「很好，為了成為偉大的阿格里奇，今天也得竭盡全力喔。」

「是，母親。」

我不再反駁她的話了。

八歲之後，只有專攻領域變成誘惑人心的技巧，但為了有備無患，我仍必須學習各種不同的內容。從基本的體術到各種武器的使用方法，以及藥物知識、獲取整體局勢的情報與話術等等，我需要學習的科目非常多。

這個毫無家族情誼可言的家族，每個月會舉行一次「大晚宴」。父親會邀請一個月來表現傑出的前三名孩子共度晚宴時光。想當然，至今我和阿西爾都不曾受邀參加過大晚宴。

在阿西爾之後，還有兩個孩子遭到廢棄處分。其中一人曾預料到自己將被處死，試著逃離阿格里奇。但他最後被抓住，以最淒慘的方式遭到槍決。

當時我對這個世界充滿了疑問，然後意識到只有父親蘭托·阿格里奇才能讓我找到解答。

阿西爾去世一年後，十二歲的那年夏天，我終於受邀參加大晚宴。而且那時，我才真正確信轉生來到的這裡，是書中的世界。

「可以借我一下鑰匙嗎？」

回到現在，我來到地牢。走下樓梯站在鐵門前，就能感受到從裡面洩漏出來的濕氣和寒意。

「不可以。主人吩咐過不能讓任何人進來……」

「所以說，你不答應嗎？真的？」

我的提問讓看守的手下顫了一下。我歪著頭，直盯著守衛，示意他好好思考再回答。

自從第一次受邀參加大晚宴，直到剛過完十六歲生日的現在，我一直都是大晚宴的固定成員。換句話說，我是阿格里奇冉冉上升的新星，也是大有前途的人才。

不，我當然一點也不覺得驕傲就是了。

如果有人問我：「妳又不是反派的潛力股，是怎麼做到的？」我會回答至今我為了生存下去非常努力。

「但是……」

守衛猶豫不決。再加把勁，他就會改變心意了。那要威脅他還是利誘他呢？

我默默凝視著他一會兒，守衛的臉開始慢慢變紅。

不對，等一下，我都還沒有使用美人計，你怎麼就表現出了這種反應啊？

這……這……是個非常有可能鋃鐺入獄的人呢？

當然，他可能還是新手中的新手，看起來非常年輕，大約十五歲的樣子。看來是因為我至今從來沒有來過地牢，所以他對我完全沒有免疫力。

嗯，這對我來說是件好事。

我趁守衛慌亂之際，迅速從他的手中抽走鑰匙。

「我只是去看一下就出來，不會留下任何線索，所以也不需要特別向父親報告吧。」

我刻意以柔和安撫的語調低喃並對他一笑，馬上就解決了。守衛說「我不會告訴任何人，快去快回」，還匆忙地幫我打開門。

哼，看來這個人也沒辦法待在這個家裡太久。

我冷冷地評論著，走進地牢。進入後，比先前更清晰的寒意滲進皮膚，而且地牢裡散發著令人厭惡的臭味。這裡是每一代成員把人綁來進行監禁和拷問的地方，因此也在所難免。

我面無表情地往裡面走去。不久之後，看到一個被關在鐵欄裡的人。我用剛才從守衛那裡搶來的鑰匙開門走進去。

嘰——生鏽的鐵門隨著刺耳的聲音打開。

剛才被綁來的少年仍被綁住四肢，靠在牆邊。他的頭低斜著，最先映入眼簾的是帶有藍色光澤的神祕銀髮。剛才瞪視著我們家族成員，那雙殺氣騰騰的金色眼睛正閉著。

好像失去意識了。我站在門口，輕喚了一聲。

「喂。」

喂，女主角的哥哥，睜開眼睛吧。

「卡西斯．費德里安。」

然而，即使我叫他的名字，少年仍然一動也不動。我靜靜地俯視著他，踏出停在入口的腳步。

近看少年的樣子，比想像中還要糟糕。手腕和腳踝被戒具磨出了很深的傷口，我注意到他身上也多了第一次見到他時沒有的傷痕。說要在他乖乖聽話前先關起來，卻在不知不覺間遭到鞭打了啊。不過，從傷痕看來，對方用的似乎是普通鞭子，而不是鑲著玻璃的，真是萬幸。

四肢還完好，看來他們不打算馬上處置這個少年，因為至今為止，蘭托．阿格里奇帶回來的人狀態都沒有這麼完整過。

當然，現在看到這個少年的樣子，說他是「完整的」可能有點荒謬。但以阿格里奇的標準來說，這是非常完好的狀態了。

那樣我也可以暫時放下心中的大石了，畢竟如果這個少年就這樣死掉，身為家族一員的我也無法安然無恙。

我拿出藏在懷裡的藥，抓起少年低斜著的腦袋。

喀啷喀啷。

嗯，果然長得很帥，外貌看起來就是個不折不扣的貴公子。俊秀的臉蛋上有傷，讓他看起來非常有受虐傾向，有種令人想欺負他的感覺。

剛才瞪大眼怒視我們時，明明非常有氣勢，像這樣靜靜地閉著眼睛，看起來漂亮溫順到讓人提不起勁。年紀似乎比我大一點，根據我的情報，現在應該是十七歲。

「真傷腦筋呢。」

如果是在其他地方看到他，想必我會純粹地感嘆少年的美貌，但此刻的我覺得情況有點危險。

他十分符合夏洛特的喜好啊。

夏洛特就是剛才看到這名少年後，一直吵著想要跟他玩的兩個妹妹之一。她是比我小三歲的妹妹，從小就是大有前途的反派新星。年紀尚小，卻已經具備施虐傾向，玩弄父親帶回來的玩具是她的嗜好。

我皺著眉頭上下打量少年的臉，之後抓住他的下巴，將他的嘴打開。

嗯，總之先餵他吃藥吧。

可能是碰到了流血的嘴脣，少年顫了一下皺起臉。我擔心他會醒來，暫時停下動作。

但少年毫無動靜。

沒錯，這種程度不算什麼，我們每月測驗時也都會留下這種程度的傷口。

我有點麻木地將藥丸放入他的口中。我反而覺得像這樣暈倒才好，因為如果他醒著，不可能乖乖接受我給的藥。

「嗯……」

就在那時，少年發出細微的呻吟。

啊，難道剛剛是在試探我？這次好像真的要醒來了？

我想得沒錯，少年的眼皮微微顫抖後，露出了金色瞳孔。眼睛無神地眨了眨，慢慢閉上又睜開。天啊，這下糟了，我以為他會昏迷更久一點。

下一秒，我與少年四目相對。

「喔，你好？」我不自覺地打了招呼。

當然，現在不是悠閒地說「你好」的時候。

在我面前的少年似乎還搞不清楚狀況，但是原本迷濛的眼神馬上有了光芒。他終於察覺到站在他面前的我，也發現了他嘴裡有藥。

「什麼……唔！」

沙啞粗重的聲音被強行打斷，因為我用手捂住了少年的嘴巴，那幾乎是下意識的行動。

那一秒，少年的眼中迸出火花。他開始拚命掙扎，想要掙脫我。

喀鏘喀鏘喀鏘！

媽啊，他還很有活力呢。我有點驚訝，沒想到他還這麼有力氣。然而，連接著戒具的鐵鍊被牢牢固定在牆上，所以少年的動作對我沒有太大的影響。

「唔唔！」

「不要吐出來。這是解毒劑。」

「唔唔！」

「如果我現在想殺你，為什麼要大費周章地下毒呢？」

但是看他一直瘋狂掙扎的樣子，似乎聽不進我說的話。

不過那是當然的吧。不僅被強行綁架到敵人的巢穴，昏迷時還有人想餵藥，會乖乖待著才奇怪。不過站在我的立場，這傢伙一直這樣掙扎真的非常礙事。

雖然只要等到藥完全融化就好了，但這樣有點麻煩。

「抱歉，因為你一直掙扎，我也沒有辦法。」

我捂住少年的嘴後用手臂一推，猛然將他的頭大力往後折。

「唔、咳——！」

可能是因為突如其來的襲擊，少年無奈之下被迫吞下我給的藥。嗯，不過如果就這樣放手的話，這傢伙很有可能會把藥吐出來。

那也沒辦法。讓他暈過去吧。

「咳咳！唔，妳做什麼……」

「哥哥，再抱歉一次喔。」

啪啪！

「咕唔！」

我事先道歉，用拳頭打上他的心窩。要害遭到攻擊，少年發出一聲低吟後失去意識，再次倒下。看起來比剛才昏倒時更無力。

哎呀，我是不是有點太用力了？我有點尷尬地收回手。

由於阿格里奇的孩子們都學過基本的徒手格鬥技巧，對我來說，要制伏一個同齡的少年並不難。更何況對方的手腳都被綁住了，甚至還被下了毒。

但他還是拚命掙扎，所以我以為得下手重一點才行，看來不如我所想。

唉，事情都已經發生了，我也沒辦法。我留下冒著冷汗昏倒的少年，離開了地牢。

隔天，我再度來到地牢。

話說凡事起頭難，但第二次會變得容易一點。但我從一開始就很輕鬆地進出地牢，所以第二次根本不算什麼。守衛一看到我就立刻為我開了門，根本不需花心思說服他。

在走進地牢之前，我對守衛問：

「昨天我離開後，有其他人進來過嗎？像傑瑞米、夏洛特或者其他人。」

「沒有，主人吩咐過不要讓任何人進去。」

「但我進去了啊。」

我錯身而過時的低語，讓他愣在原地。我隨意瞥了身旁的臉一眼，像過去觀察他一樣，彎起眼角微笑。

「原來是只特別讓我進去啊。」

看起來除了我之外，他確實沒有讓其他人進去。

「你叫什麼名字？」

「什麼？」

「我說，你叫什麼名字？」

年紀比他小很多的我堂堂正正地用輕鬆的口吻對他說話，他似乎沒有感到一絲疑惑或不快，臉頰微微泛紅。

「我……我叫尤安。」

「嗯，尤安，謝謝你。為了避免造成你的困擾，我今天也去看一下就出來。」

「您太客氣了！」

我明明只是叫了一聲他的名字，對他笑了一下，他就像喝醉一般，連耳根都紅得發燙，說話語無倫次。

「能親眼見到傳聞中的羅莎娜小姐，我才非常榮幸，也很高興能像這樣，稍微幫到您……」

我笑著忽視不斷低喃的他，走進地牢。

嗯，這裡還是讓人感到不舒服，空氣也令人不悅。可以的話，我不怎麼想來，但因為卡西斯・費德里安在這裡，我實在沒辦法。

嘰——

今天鐵門也傳出刺耳的聲音。那尖銳的聲音聽起來至少有一百年沒上過油了。

地牢都是這樣的嗎？以前看小說、電影或電視劇時，在這種地方，門一定會發出讓人起雞皮疙瘩的聲音。是因為空氣潮濕嗎？

我這麼想著走進去，忽然和地牢裡的少年四目相對。如燃燒的太陽般耀眼的金色瞳孔分毫不差地凝視著我。

「啊，今天醒著呢。」

可能是因為他昨天昏倒的模樣一直留在我腦海的關係，沒想到他已經能這樣瞪大眼睛了，我頓時愣了一下。

他屏住呼吸，靜靜地注視著我，聽到我的聲音後皺起眉。

「妳……」

隨後，他狠狠地盯著我，張開了嘴。

看來他現在才發現昨天來找他的人是我。是因為昨天處於半夢半醒的狀態，無法看清我的長相嗎？

我走進鐵欄裡時，他戒備地問道：「妳昨天餵我吃了什麼。」

他的聲音依然十分沙啞。就算如此，他仍投來隨時會砍殺我的冰冷目光。明明手腳還被銬著，該說他勇敢嗎？我很好奇，所以就回答他吧。

「解毒劑。你是中了麻痺的毒被帶來的。」我平靜地繼續說道：「如果放著不管，藥效至少會持續五天，到時肌肉會非常痠痛。」

就我看來，他從昨天之後就沒有遭到鞭打了，因為剛才大致確認了一下，似乎沒有多出其他傷口，我也不打算幫他治療遭到鞭打留下的傷口，因為那太明顯了。

「我應該相信妳剛才說的話嗎？」

「你的身體應該比昨天好多了吧？還那麼有精神地和我對話。」

聽到我的話，他緊閉上嘴。他當然不相信我，雖然還想問我其他問題，但他的個性似乎相當謹慎，沒有輕易開口。

「如果那是解毒藥，妳餵我吃下藥有什麼企圖？」

「沒那種東西。」

他的雙眼瞬間閃過慌張。當然，那只有一瞬間，隨即他又用冷漠的表情看著我，嘴脣微微震動。

「妳……到底是誰？」

低沉沙啞的聲音爬過地面，來到我耳裡。但是，想知道他人的真實身分，先自我介紹才是人之常情吧？

「卡西斯・費德里安。」

聽到我吐出的名字，少年顫了一下。

「這是你的名字對吧？」

不過，到目前為止，我還是抱著些許期待——這少年或許和我預想的不一樣。

但不久後，傳入我耳中那殺氣騰騰的聲音，讓我不得不放下留戀。

「現在還想撇清關係嗎？明明知道我是誰，卻還用卑鄙的手段把我帶來這裡。」

啊，該死，果然如此。即使只有萬分之一的可能性，我還是想賭看看。

「快點說出妳的真面目。妳也是骯髒的阿格里奇走狗嗎？」

快瘋了，原來他知道這裡是阿格里奇啊。

也對，我父親不是會在犯罪時悄悄隱藏身分的個性，說不定反倒會當面光明正大又卑鄙地譏笑對方，再補上一刀。

我站在原地，用有些慌亂的眼神看著面前的少年，低聲嘆了口氣。

「欸，我一直很想問你一個問題。」

「我在問妳是誰。先回答我。」

我無視卡西斯・費德里安的話，問出從昨天就一直很在意的事。

「你，現在看不見吧？」

下一秒，地牢陷入一片寂靜。

卡西斯·費德里安沒有因為我的話顯露出動搖，但看到他靜靜注視著我的眼睛，我知道了答案。

「你果然看不到啊。」

即使我現在朝他走去，他也精準地盯著我的臉。從我剛才打開鐵門、踏進這裡的那一刻開始，卡西斯跟隨我的目光都十分自然，所以我一直很懷疑，沒辦法確定。

「你看得到這是幾根手指頭嗎？」

「拿開。」

我走到卡西斯面前，舉起手在他眼前揮動。當然，他不肯配合我，不過他的態度已經讓我確定了。

「難怪你看到我也沒什麼反應。」

沒錯，如果他的眼睛看得到，我離他這麼近，他的瞳孔不可能毫無顫動。至少在對視的那一瞬間，會表現出一絲動搖才對。因為至今為止，沒有人看到我的臉卻毫不驚訝。

當然，我是他在敵營見到的人，會對我有所戒備又厭惡也是無可厚非，但這是兩碼子事。如果有人聽到，大概會認為我是自戀症末期，但這是一個非常合理的結論。

卡西斯果然沒發現到我話中有話。也對，如果眼睛看不見，這也有可能。而且，他剛才問我「妳也是阿格里奇的走狗嗎？」這句話是關鍵。因為卡西斯昨天確實與站在其他家人身旁的我對上了視線。

他們把他帶來時，應該不只用了麻痺性的毒，還用了其他方法奪走他的視力。現在綁在卡西斯手腳上的也不是普通戒具，而是大魔物專用戒具。大魔物專用戒具在普通戒具中加上了魔物的筋製成，因此堅硬度高出許多。從這點看來，要抓捕這個少年似乎非常困難。昨天瞪視著我和家人的眼神十分令人吃驚，但那時他也只是憑感覺，察覺到了位置嗎？

我稍微上下打量了一下他的身體。不是出於任何不良的意圖，而是為了找出與他眼睛有關的線索。

終於，我看到了某個痕跡。我毫不猶豫地伸手撕開破損的襯衫。在我的手觸碰到他的瞬間，卡西斯皺起眉頭，瑟縮了一下。

「這不是毒藥，而是咒術。效果是暫時性的，不會持續太久。」

看到刻印在腰部上的小小漩渦圖樣，顯然卡西斯現在其實是失明的狀態。

都這樣了，居然還能這麼自然地行動，不讓人察覺……這傢伙讓人有點驚訝呢。

我皺起眉，抬頭看著眼前的他的臉龐。這次他也準確地與我對視。

近距離看到的卡西斯，散發出比昨天更加強烈的存在感。他昏迷時給我非常俊秀且乖順的印象，但當他像這樣徹底清醒，俯視著我時，散發出相當強烈的壓迫感。

是因為他不像才十七歲的少年，帶著成熟的氣息嗎？在這種情況下，仍舊表現出如此冷靜的態度。

「現在暫且不管你的眼睛。」

此刻他不僅沒有表現出恐懼或不安，眼神十分冷峻，讓人感到脊背發涼。

「反正再過兩天，視力就會開始慢慢恢復了，這個咒語相當複雜，現在處理它沒意義。」

卡西斯似乎想理解我話中的意思，沉默了一下。我能感覺到他試圖要解讀我的表情。

「反正就算告訴你，你也不會相信。」我平靜地對他低語：「我不希望你死。」

「什麼……？」

我的話似乎讓他感到很意外，他的表情變了。

「那麼，我下次再來。」

「等一下……！」

卡西斯挽留我，但我毫不猶豫地邁步離開地牢。

回到房間，我心情不怎麼好。因為被囚禁在地下的少年是卡西斯・費德里安，他本人親口證實了這一點，我當然不可能開心。

該死，我要怎麼克服這個危機？

我為什麼偏偏生在這種無藥可救的反派家族裡？

若要解釋我為何如此在意那個少年，就必須先說明那本書的內容，因為那本書上寫著阿格里奇與我的未來。

在前世因車禍死去前，我讀過一本浪漫愛情小說。因為我開始忙著準備畢業論文之前，系上的朋友推薦了一本當時非常受歡迎的書。

我本來不喜歡看浪漫小說，但那時剛好非常悠閒，所以我決定讀讀看朋友借給我的書。書名是《地獄之花》。

沒錯，從書名就能感覺到這是一部虐戀小說。越看下去，我就越想丟掉這本書。因為這是女主角西爾維婭與其他男主角上演激情的綁架監禁浪漫的十九禁逆後宮小說。

這本書的世界觀相當獨特。大致上是由青、白、紅、黃、黑五大家族統治這個世界，女主角西爾維婭所屬的家族是「青之費德里安」。故事從女主角的少女時代開始。西爾維婭是位美麗又惹人憐愛的少女，擁有帶著神祕藍色光澤的銀髮，和如陽光般燦爛的金色瞳孔。她出生在一個富裕和諧的家庭，從小備受寵愛，無憂無慮地長大。她有一個哥哥，兄妹之間的感情非常深厚。

兄弟姊妹之間的關係通常並不融洽，但這部小說的女主角和她哥哥完全相反。說得誇張一點，就是這對兄妹非常珍惜和愛護彼此，只要對方希望，他們甚至願意無條件付出。

嗯～老實說我看到這邊就覺得「果然是幻想小說呢」，並嗤之以鼻。總之，言歸正傳。

女主角的悲劇就是從她珍愛的哥哥突然失蹤開始。那時女主角是十五歲，哥哥是十七歲。

沒錯，你可能已經猜到了，那位被綁架的女主角哥哥，正是現在被囚禁在我家地牢的卡西斯．費德里安。他身為統治階層家族之一的費德里安繼承人，從小就被稱為「青之貴公子」，參與家族的公務。那天，卡西斯為了確認在邊境附近感應到的可疑動靜，出門後就這樣失蹤了。當然，女主角和她的家人拚命地尋找卡西斯。

我有猜到，犯人正是長期與「青之費德里安」不和的「黑之阿格里奇」。

不論撥開幾層，內心都是一片漆黑，名字也叫黑之阿格里奇，不得不說這名稱真的非常適合我的家族。

捍衛正義的費德里安與行徑卑鄙的阿格里奇，從以前就無法和平相處。此外，那時費德里安的首長和阿格里奇的首長發生了激烈的爭執。因此，西爾維婭的家人認為是阿格里奇帶走了卡西斯。

那是沒錯，但他們只有推測，缺乏物證。由於黑之阿格里奇與青之費德里安地位相當，僅憑推測無法輕舉妄動。

儘管如此，他們也沒辦法坐視不管，所以也曾暗中派出間諜潛入阿格里奇，但每次回來的都是屍體。

就這樣過了三年的時間。

當然，西爾維婭直到那時都沒有放棄尋找哥哥。十八歲的西爾維婭決定親自去追查哥哥的下落。不過這部虐戀逆後宮小說被標為十九禁是有原因的……西爾維婭為了得到消息而前往了其他白、紅、黃三大家族，在那裡的男主角們瘋狂至極，我看到時覺得所有人真的都瘋了，因為愛上女主角，上演了綁架和監禁的愛情故事。

我看完這本書後，覺得真的是一群瘋子。而且在黑之阿格里奇，也會出現愛上西爾維婭的瘋子，西爾維婭也會遭到這個瘋子綁架。從某方面來說，她多虧於此才能輕而易舉地潛入一直想進入的敵人巢穴。

而她正是在阿格里奇家得知了哥哥卡西斯慘死的事。之後，西爾維婭黑化，與愛慕她的白、紅、黃等其他男主角攜手合作，摧毀阿格里奇家。之後他們建了逆後宮，過著幸福的生活……要是如此，虐戀小說的惡名會哭啊。最後，女主角西爾維婭成為其他男主角的玩物，被囚禁在鳥籠裡生活，這就是《地獄之花》的情節。

該死。雖然西爾維婭也很瘋狂，但在這部小說中，阿格里奇徹底遭到消滅了。費德里安怒不可遏，將阿格里奇趕盡殺絕。其他家族的男主角也幫助喜歡的西爾維婭，帶頭消滅阿格里奇。

還有一件事，現在我轉生成為的羅莎娜・阿格里奇也是這部小說中的反派配角。你很好奇這是個什麼角色？某方面來說，可以說是相當老套的角色……

她收到父親的命令，企圖誘惑女主角西爾維婭的男人們卻失敗，最終在阿格里奇遭到大屠殺的那天和家人一起悲慘地死去。

「啊，真是的。我不能再轉生一次嗎……」

我不知道第幾次這樣嘆著氣自言自語了。真是的，這不像出身反派家族的反派角色會說的話吧？

話說回來，居然只因為是阿格里奇家的一員就要被殺。當我實際成為阿格里奇的一員後，不禁覺得像這樣連坐懲罰有點冤枉。但說真的，趁有機會時連根拔除這個家族是對的。我實際在這裡生活後，發現這個家族的人們都有些不正常。

這該死的家族有讓正常人發瘋的本事。如果無法適應，就只有一個結局——廢棄處分，會像我哥哥阿西爾一樣，被當成瑕疵品死去。我頓時想起了阿西爾被處死的那天。

我不是沒有想過逃離這個令人厭惡的家。但就算我是阿格里奇家大有前途的孩子，也沒有自信能完全躲過家族裡那些可怕人們的視線。

叩叩叩。

那時，耳邊響起敲門聲。

「羅莎娜小姐，我是艾米莉。」

「進來。」

不久後房門打開，一位面無表情的女人走進我的房間。她是我的親信，每天都會在此時來找我。

艾米莉手裡拿著一個托盤，上面放著水杯和對折兩次的白紙。

「向我報告。」

「對鈉的耐受性實驗進入第五階段，從今天起，服用量將增加零點二佩隆。達到致死劑量的四點七佩隆時，可能會出現前一階段不曾出現的腹痛、暫時性麻痺、吐血等副作用。」

我若無其事地拿起藥包，將裡面的白色粉末倒入水杯中。在旁人聽來，這個說明可能有些危險，但這種程度不算什麼。

阿格里奇家族的人為了提高耐受性，從小就會慢慢服用毒藥。由於會根據各自的身體精確地控制能適應的攝取量，過程中沒有任何人死亡，所以即使我現在服用的劑量是正常人的致死量，也不會真的致命。我之前就完成了基礎耐受性實驗，現在是因為個人原因攝取毒藥。

「傑瑞米現在在做什麼？」

「他在房間裡。」

在艾米莉再次端著托盤離開前，我隨口問了一句，馬上得到了回答。

傑瑞米是夏洛特同父異母的弟弟，與夏洛特一樣想得到卡西斯．費德里安。從昨天開始，我就時不時確認他的位置，就我的推測，他差不多該來找我了。

「莎娜姊姊！」

說人人到。

艾米莉一打開門，就聽到她面前傳來響亮的叫聲，他推開艾米莉走進房間。一個黑髮藍眼的英俊少年臉龐映入眼中。

他就是在小說中將女主角綁來阿格里奇，使家族毀滅的反派男配角，傑瑞米。

「姊姊，妳是什麼時候回來房間的？我剛剛也有來找妳耶……」

傑瑞米鬧著脾氣走過來，突然想到什麼似的回頭看去。

「什麼啊？妳怎麼還愣在那裡？還不快滾？」

與對我說話時完全不同，他的眼神和語氣都冰冷至極。

傑瑞米看向仍然站在門口的艾米莉。明明是他自己擅自闖進我的房間，卻把艾米莉當成礙事者。他似乎對她的存在感到非常不悅。

但艾米莉是我的親信。她聽到傑瑞米的話，沒有馬上離開房間，而是看向我。

她用眼神詢問我，要把未經允許就進房的傑瑞米趕出去還是就此不管。

「出去吧，艾米莉。」

我說完後，她安靜地行禮並離開。

傑瑞米晦暗的目光停留在艾米莉的背影上。他當然不會隨意使喚我的人，但看來艾米莉的態度讓他有些不悅。

「傑瑞米。」

啪噠一聲，門完全關上後，我有點不耐地喚了他一聲。

「過來。」

我當然沒有流露出這種情緒。無論如何，我對他來說都是親切又溫柔的姊姊。

聽到我的呼喚，傑瑞米假裝贏不過我，移開視線，朝我走過來。我向他伸出手。

「我剛剛過來的時候房間裡沒有人，妳去哪裡了？」

傑瑞米握住我的手，毫不猶豫地坐在我的腳邊，接著把頭靠在我腿上。那模樣看起來就像一隻在對飼主搖尾巴的狗。

我也理解傑瑞米急著趕走艾米莉的心情，因為不能讓其他人看到他這副模樣。他剛剛來找我卻白跑了一趟，似乎感到非常遺憾，表情有點不高興。

我聽到傑瑞米的問題，不為所動地說：「我去了孵化室。」

「毒蝶孵化室？」

「嗯。」

實際上，我是去看地牢裡的卡西斯．費德里安，但我沒說實話。

傑瑞米皺起眉，似乎相信了我說的話。

「妳真的要孵化牠嗎？」

「那是剩下的最後一顆蛋，所以這次一定要成功。」

「我倒是希望那像上次一樣死掉。」

「那是我辛苦得到手的，如果沒有成果很可惜吧。」

不過，傑瑞米一直不太開心。我知道他在擔心我，心裡覺得寬慰不少。

小說中的傑瑞米是個有點蠢的反派角色，他受到女主角迷惑，完全洩露了家族所有的祕密與醜聞。不過可能是因為年紀還小，這樣看起來也有可愛的一面。雖然個性有點卑鄙，但這在阿格里奇很普遍，而且他只聽我的話。

「話說，這次父親帶回來的玩具。」

趴在我腿上撒嬌的傑瑞米，像突然想起似的提起卡西斯·費德里安。

「從父親不讓我們接近他來看，應該不是個普通人，他到底是誰？」

「這個嘛。」

雖然我早就知道了，但他果然對地牢裡的新玩具相當感興趣。

「感覺不像普通人。」

我隨口說的話，讓傑瑞米的身體瞬間顫了一下。

「怎麼，姊姊也對他感興趣嗎？」

他馬上抬起埋在我腿上的臉龐。似乎是從我剛才的反應敏銳地察覺到什麼了。

「姊姊，妳至今從來不曾對玩具感興趣吧。」

傑瑞米出神地望著我。藍色瞳孔像在審視般凝視著我。

「嗯，不過這次的感覺有點意思。」我欣然回應他。

傑瑞米看著我柔和的微笑，瞇起眼睛。

「喔～是嗎？」

他似乎思考了一會兒，又將下巴靠在我的腿上，抬頭看著我。

「那我就讓給姊姊吧。」

傑瑞米願意讓出他看上的獵物是一件很了不起的事情。

但是我早就知道他會這樣說了。他微微仰望我的眼中帶著些微期待。

這是「我是不是很乖？趕快稱讚我！」的意思。

我微笑著輕撫傑瑞米的頭。接著，傑瑞米像隻飽腹的禽獸露出滿足的表情，用頭蹭了蹭我的手。他的模樣就像發出呼嚕聲的貓。

我不能忘記這傢伙是一頭猛獸。不過看到他這麼依賴我、渴求關愛的模樣，不管怎麼說，他都只是個十五歲的孩子。我從以前就知道傑瑞米想要什麼，樂於完成他的願望。

蹭著我的手，傑瑞米似乎很滿足。

我也很高興你能按照我的想法行事。

不同於輕撫著他的溫柔動作，我有點冷淡地想著。

該死的阿格里奇。

卡西斯感到反胃，吐出積在口中的血。不久前，守衛進來拷問他一番後離開了。這是他第二次被綁著鞭打，不是為了獲取資訊或是其他目的，只是單純為了讓他受到折磨。原本外表整潔的卡西斯早已變得不成人形，讓所有人稱他為「青之貴公子」的原因之一——俊美的外貌如今也滿是受虐的傷痕。

為了綁走他，阿格里奇用了毒藥、咒術和陷阱，後遺症也造成了相當嚴重的內傷。

卡西斯來到這裡大約過了四天，他從前就經常耳聞黑之阿格里奇有多卑鄙與邪惡，但沒想到會像這樣公然對青之費德里安宣戰，簡直就是展開戰爭的信號。竟敢踏入費德里安的土地，攻擊他這個繼承人，並把他像俘虜般帶走。

比起身體的疼痛，卡西斯被內心洶湧燃燒的憤怒吞沒。雖然想馬上砍死蘭托・阿格里奇逃離這裡，但他現在連前方都看不清，根本辦不到。

卡西斯用冰冷銳利的眼神盯著鐵欄外。雖然視線仍然模糊不清，只能隱約看到光線，但狀態比昨天好多了。正如那個少女所說，視力漸漸開始恢復了。

匡噹！這時，遠處傳來開門的聲音，接連細微的腳步聲傳來。

卡西斯屏住呼吸，仔細聆聽聲音。

不是剛剛過來的守衛，那步伐比守衛更小、更輕盈的腳步聲走向卡西斯。

是那個人，已經來找過他好幾次，身分不明的少女。

「你今天的模樣有點糟糕呢。」

打開鐵門進來的少女一看到他便這麼說，語氣有點遺憾。她似乎輕輕地嘆了口氣，突然感覺到面前有人靠近，一股淡淡的香氣搔動鼻尖。

卡西斯感受到觸碰自己身體的體溫，冷冷地說：

「不要碰我。」

「我只是要檢查有沒有嚴重的外傷，不要動。」

感覺到少女動作謹慎地掀起殘破的衣服，他不由自主地繃緊身體。他原本想掙扎並甩開少女的手，卻馬上安靜下來，注視著眼前的臉龐。

他探查的眼神定在眼前的少女身上。但模糊的視線中只能看到朦朧的形體，他不由得皺起眉頭。

「幸好看起來還可以。如果你很痛的話，給你吃止痛藥吧？」

「不用。」

每當卡西斯聽到少女的聲音，心情總有些奇怪。那道聲音裡充滿著微妙的甜蜜感，如玉珠滾動般清雅柔和。而且，彷彿帶著無法言喻的奇特力量，當他回過神時，會發現自己不自覺地認真聽著那個聲音。

「吃下這個，你不想餓死的話。」

突然有東西碰到嘴唇，是觸感有點柔軟的圓形物體，帶著熟悉的淡淡草藥香氣。

卡西斯立刻就分辨出女孩遞來的東西是什麼。

這是提煉出人類必須攝取的營養素，濃縮製成的藥丸，只要吃下一顆，就算不吃飯也能撐三天，因此卡西斯在前往邊境之前也服用過。

少女剛才可能看到了翻倒在地牢地面上的碗。阿格里奇似乎不打算立刻殺他，每天會給他一餐。然而，那來路不明的食物就像只要聞到味道就令人反胃的穢物，而且即使面前擺著山珍海味，卡西斯也根本不打算吃阿格里奇給的食物。

「我憑什麼相信妳，又為什麼必須吃下妳給的東西？」

即使是少女給的也一樣。卡西斯也不相信眼前的人。當然，少女的態度有點奇怪，也說過還不希望他死去……即使如此，他還沒信任少女到能接受她拿到自己面前的東西。最重要的是，他仍然不知道眼前這個人的真實身分。

聽到卡西斯的拒絕，少女沉默了一會兒。

「是嗎？那就沒辦法了。」

下一秒，卡西斯忽然察覺到眼前有奇怪的動靜，急忙開口：「等一下……！」

咚！

但是已經太遲了。

「唔！」

就像第一次見到少女時一樣，卡西斯感受到深入腹部的疼痛，發出呻吟。不過可能因為他的身體狀況比上次中毒時還好，所以這次沒有昏倒。少女對此有些困擾。

「喔，是因為這次打得比較輕嗎？」

「現在該說這種話嗎……」

「對不起，我要再打一下。」

下一秒，腹部真的感受到一股比剛才更強的力量。

這卑鄙的……

這次卡西斯無能為力地失去意識。

「妳這是在做什麼？」

下次再見到少女時，卡西斯不由得表現出尖銳的態度。他對那個隨心所欲打暈自己的少女感到生氣又荒謬，甚至覺得她不是第一次做這種事。

「你不是說不想吃我給的東西嗎？那我也沒辦法啊。」

面對咆哮的他，少女用安撫的語氣說。但是只有語氣帶著歉意，內容完全不是如此。

「所以就讓我暈過去嗎？」

「那你現在開始要乖乖吃下去嗎？」

即使正面迎上卡西斯銳利的目光，女孩也絲毫不為所動。

「唉，謹慎是很好，不輕易相信看似帶著善意接近自己的人也很優秀。除了我以外，以後也盡量不要吃別人給的東西。因為老實說在這個家裡，除了我，應該沒有人是帶著好意接近你的。」

這是什麼賞你一巴掌再給糖吃的態度？

卡西斯真的摸不透這個少女。從依舊有點稚嫩的聲音，以及模糊的視線看到的輪廓來看，應該和他年紀相仿，或者更年幼一些。然而，她的言行舉止都超出了他想像得到的範圍。少女已經讓他昏倒兩次了，但以結果來說，吃下她給的東西後，他沒有感到不適過。

雖然不想承認，但老實說，身體狀況反而比之前還好。此外，現在女孩又說了似乎在擔心他的話。檢查他的傷口時，她的動作謹慎又溫柔，與毫不留情地打上要害時不同，因此，卡西斯還無法完全了解少女是什麼樣的人。

卡西斯沉默地凝視著少女一會兒。當然，這麼做也什麼都看不到。但他就這樣沉默地看著她，彷彿這樣能看出眼前之人的氣息或隱藏在內心的意圖。

少女也只靜靜待著，不打擾卡西斯觀察自己，陷入思考。

過了一會兒，卡西斯慢慢地開口說：

「告訴我妳又給我吃了什麼。嘴裡還有藥的味道。」

「是止痛藥和抗生素。外表的傷口很大，所以無法幫你治療，你暫時忍耐一下，再過一陣子，我會讓你過得比現在還舒服一點。」

「妳要怎麼做？」

女孩立刻回答了第一個問題，卻對第二個問題保持沉默。

「妳……」

卡西斯再次對少女的身分感到好奇，但她肯定不會坦承，於是他問了其他問題。

「妳覺得我能活著從這裡出去嗎？」

但儘管這樣問，卡西斯也早已知道答案。

「蘭托·阿格里奇是想要我的命才把我帶來這裡的才對。」

除非是傻瓜，否則不可能不知道蘭托·阿格里奇這麼明目張膽地把自己綁過來的目的。無論這是對費德里安的政治挑釁，還是單純對與費德里安不停發生的衝突出氣，抑或兩者皆是，阿格里奇應該都不打算讓卡西斯活著離開。

如果他活著離開阿格里奇，必定會成為紛爭的導火線。費德里安絕對不會原諒先攻擊他們的阿格里奇，卡西斯也不會輕易忘記這份恥辱。

「誰說的？」

少女以些許不悅的語氣問道，似乎想反駁他的話。

「蘭托·阿格里奇。」

「……」

聽到卡西斯十分直接的回答，少女陷入沉默。不知道這陣沉默意味著什麼，卡西斯有點好奇少女此刻的表情。

過了一段時間後，他的耳邊再次傳來了纖細的聲音。

「你不會死的。因為我會……」

然而，少女沒有把話說完。沉默再度降臨於牢房，只有兩人輕微的呼吸聲搔動耳膜。

就在這時，遠處傳來一些微弱的聲音，外面似乎有點吵雜。那位少女似乎也聽到了那聲音，前方能感覺到類似轉頭的動靜。

不久後，少女更走近他一些。

「吃下這個。」

從觸感來看，碰到嘴唇的似乎是藥。卡西斯低頭凝視著比剛才還靠近的臉龐。比昨天更清晰一點的視線還是只能看到模糊的輪廓。

視線似乎在半空中對上了。卡西斯立刻張開嘴，第一次一聲不吭地吃下她遞給自己的藥。藥一入口就融化了，即使沒有水也不難吞下。

少女沒有馬上走出去，依然站在他面前。之前明明只來看看他的樣子就離開了，難道和剛才從外面傳來的騷動有關？

卡西斯加強五感，敏銳地感受著周圍的所有刺激，然後再次開口：

「名字。」

「什麼？」

「妳叫什麼名字？」

她不回答真實身分為何的問題，但如果只是問名字，應該不要緊，因此他如此問道。

但少女沒有任何回應。

『果然不回答啊。』就在卡西斯暗自苦笑並打算放棄之際，一個如耳語般細微的聲音傳入他的耳中。

「羅莎娜。」

羅莎娜。

卡西斯為了將在耳邊迴盪的名字深深地刻進腦袋，無聲地在嘴裡吟誦著。

羅莎娜……

意思是漆黑的夜幕拉起後迎來的黎明。

夜色籠罩四周的深夜。

「……這樣啊，沒有人嗎？」

低聲的呢喃飄盪在充滿寂靜的房間裡，垂在窗邊的窗簾隨風輕輕飄動，月光毫不吝惜地灑落在坐在窗邊的少女身上。

「那這次去西邊邊境看看吧。」

她是位美得脫離現實的少女，就算說是神親自賦予了她生命也會相信。輕柔地垂到腰間的大波浪髮絲宛如將夜空的星光和黎明的第一道曙光編織在一起，在黑暗中璀璨閃耀。

紅色的瞳孔宛如用鮮血精煉的寶石製成，充滿著魅力，任何人與她對上視線的那一刻，都不由得感到戰慄。柔嫩的肌膚在月光下閃耀著如白玉般的柔和光芒，甚至散發出高貴氣息的少女身姿美得令人心醉，深感震撼。

「如果發現在找他的人，找出其中力量最強且最盲目的人。」

羅莎娜對忠誠的僕人下達新的命令。這時，停在手指上的紅黑色蝴蝶彷彿在回答，輕輕地搧動翅膀。不久後，飛離她手指的蝴蝶飛上空中，朝窗外飛去。

羅莎娜的目光追隨著那漸漸消失在黑暗中的背影。東邊和南邊都沒有找到，所以她希望有人在西邊的邊境尋找卡西斯·費德里安。如果因為錯過而太晚連繫上，會很難配合時機。

羅莎娜想到地牢裡的少年，低聲嘆息。美麗的臉龐上浮現的淡淡憂愁，惹人憐憫。

她的腦袋忙碌地轉動。剛才羅莎娜在地牢時，門外會發生騷動，是她同父異母的其中一位妹妹——夏洛特跑去地牢。聽說是夏洛特說想看看新玩具，和守衛起了爭執。守衛比預想得更頑強，即使夏洛特撒嬌耍賴也不肯幫她開門。但是，羅莎娜無法保證這種狀態能維持到什麼時候。

「該怎麼辦呢……」

羅莎娜垂下目光。剛才就算沒有讓卡西斯昏迷，他也乖乖吃下了自己給的藥。這意味著他對她稍微放下戒心了嗎？當然，現在肯定還遠遠沒達到她的期望，但至少卡西斯認為她不會給他吃有害的東西。

嗯，搞不好只是知道現在不吃，等一下又會被打昏再被迫吃下，放棄掙扎了而已。

咚咚。羅莎娜的手指輕輕敲了敲窗框。這次的每月測驗是在卡西斯·費德里安來到阿格里奇之前舉行的。

馬上就要舉行大晚宴了。這次羅莎娜仍穩居第二，獲得了參加大晚宴的資格。父親蘭托・阿格里奇應該也會參加。

看來這次從正面突破會比較好。

3 chepter

保護你的方法

「唔！」

突然感覺到一股腥臭的液體湧上喉嚨，我皺起了眉頭。咳了幾聲後把手拿開一看，白皙的皮膚沾到了紅色的液體。這是最近服用毒藥的副作用。

幸好我還沒為了大晚宴開始打扮。如果我已經穿好了禮服，一定會被迫換成其他件。

我平靜地俯視著沾到手和衣服的血，之後抬起頭。鏡子裡的美麗少女毫不在意吐血這點小事，面無表情。嘴角也沾著血跡，臉色看起來比平時還蒼白。

我往旁邊伸出手，站在一旁的艾米莉立刻遞來一條手帕。我先用手帕擦掉嘴角的血，這不是我第一次經歷毒藥的副作用，所以我和艾米莉都不以為意。

叩叩。

「莎娜。」

這時，有人在門外敲門並呼喚我。是母親的聲音。

我使了一下眼色，艾米莉便走過去開門。從門縫中出現了一位長相與我相似的美麗女子。

我母親西拉·科洛尼克斯依然保持著亮眼的美貌，彷彿歲月只與她錯身而過，看起來一點也不像是有個十六歲女兒的母親。如果阿西爾還活著，她就會有一個二十歲的兒子，因此那令人難以置信的年輕容貌令人不禁咋舌。

「好久不見了，莎娜。」

「是的，沒錯，母親。」

幾年前開始，我與她生活在不同的建築裡，所以平常甚至不會偶然遇到。朝我走來的母親突然停住，瞪大了眼睛。

「為什麼有血……妳哪裡受傷了嗎？」

雖然我擦去了嘴角的血，但還來不及換衣服，所以胸口上的紅色痕跡仍然清晰可見。

「這沒什麼。您怎麼會來這裡？」

我轉移話題，沒有向她解釋理由，因為我不覺得需要告訴她自己的情況。

我沒有回答，母親也沒有再追問。

「今天是大晚宴的日子啊，我猜妳可能會緊張就過來看看妳。」

「我又不是只參加大晚宴一兩次，有什麼好緊張的。」

聽我這麼說，母親用不知道該說什麼的眼神看著我。

她可能是擔心我會在大晚宴上激怒父親才來找我的。如今我都已經長大到足以獨當一面了，她似乎還是很擔心我。

從某一刻開始，我和母親之間的距離越來越遠。

但是當她像現在這樣用帶著哀傷光芒的眼神懇切地望著我，我就會想完成她所有的願望。

我緩緩地動了動嘴唇說：「不用擔心。不會發生母親擔心的事的。」

看著我從容不迫的表情，母親似乎才放下心來。接著她低聲嘆了一口氣，開口：

「嗯，畢竟妳現在也是優秀的阿格里奇了。」

聽到那句話的瞬間，我不知道自己是什麼表情。那一刻，與我對上目光的母親柔弱的身體顫了一下，我因此察覺到自己至今戴著的無形面具被摘下了。

我在她的臉上出現我不想看見的其他情緒前，再次溫柔地微笑。

「是的，正如母親的期望，我現在也成了優秀的阿格里奇。」

那柔弱的美麗彷彿隨時都會破碎，莫名地悲傷又惹人憐愛。

我哥哥阿西爾遭遇不幸死去時，她除了關在房間裡哭之外，什麼也做不到。

就算我今天在她眼前遭到殺害，她也只能害怕得發抖，看著我漸漸死去。

「要不要再休息一下再走？我必須準備參加大晚宴，所以可能沒辦法和您一起度過時光。」

我平靜地說著，再次將身體轉向鏡子。

「不，我在這裡感覺會妨礙到妳。」

母親似乎也感覺到我沒有繼續對話的意願，搖了搖頭。

「那您回去時路上小心。」

我沒有挽留她。

母親猶豫了一會兒後，無聲無息地離開了房間。

她離開後，艾米莉幫我做好參加大晚宴的準備。我彷彿不是要去和家人吃飯，而是為了站上無槍無刀的戰場而武裝，有些不情願地打扮自己。

鏡中映照出打扮華麗的少女，令人目眩神迷。在極為冷漠的臉上慢慢添上一絲微笑後，有時仍感覺不屬於我的美麗面孔瞬間充滿了生氣。

「羅莎娜小姐，時間到了。」

我走出房間，前往晚宴廳。走廊很安靜，我凝視著母親走過的走廊一會兒，最後朝反方向走去。

我不埋怨無法保護阿西爾和我的她，也不恨她，但也無法再像以前那樣擁抱她。

僅此而已。

每月舉行一次的大晚宴是阿格里奇的首長蘭托，與當月測驗中成績最優秀的前三名孩子一同出席的晚宴。

雖然包裝得富麗堂皇，但簡而言之，只是聚在一起吃晚餐交流的時間。大晚宴上，主要會聊到阿格里奇至今達成或未來必須達成的目標、當前外界的情勢、各自的學習成果與未來的發展潛力及前景等話題。

有時，蘭托·阿格里奇會像在測試我們一樣提問，我們則必須回答。但有時候也會在餐桌上提到毫無意義的話題。

就像現在。

「混帳狗雜種費德里安。」

我父親蘭托．阿格里奇咬牙切齒地低聲罵道，我心想「又開始了」。

其實，我能確定現在所處的世界是小說中的世界，也是因為蘭托．阿格里奇總是在大晚宴上毀謗青之費德里安。

「怎麼了？他們又對父親亂吠了嗎？」

傑瑞米似乎也與我有相同的想法，態度有些不以為然。他在每月測驗中獲得了第三名，所以現在也在這裡。與長年固定的第一與第二名不同，第三名較常發生變動。

屹立不搖的第一名是同父異母的哥哥之一，迪恩．阿格里奇。目前比我年長又沒有遭到廢棄處分，活下來的是同父異母的兩位哥哥與一位姊姊，而迪恩是次子。

十九歲的他現在因為公務在身，不在這裡。自從我受邀參加大晚宴時開始，迪恩一直穩坐第一。當然，回想小說的內容，雖然之後傑瑞米會成為第一名，但可能是因為年紀還小，目前是由迪恩和我占據第一名與第二名。我認為可能再過三年，小說中名副其實的反派男角傑瑞米會成為我們之中最強的人。

我不喜歡迪恩，所以很慶幸他現在不在這裡。因為每次在大晚宴上都得看著他的臉用餐，我都會覺得消化不良。

「那些傢伙整天吠個不停，吵得我耳朵都要長繭了。總有一天我要撕碎雷夏爾．費德里安的嘴才能一解我的心頭之恨。」

雷夏爾．費德里安是卡西斯的父親，也是費德里安家族的現任首長。可想而知，他和蘭托・阿格里奇的關係非常差，每次見面，兩人一定會吵架。儘管如此，也不該報復性地綁架並揚言殺了對方的孩子。到了那種程度，彼此間的芥蒂想必不是普通的深。

「不過您今天看起來心情比平常好呢。」我將餐具放在盤子上，向蘭托・阿格里奇淡淡地微笑並開口說：「我想是因為這次父親捕獲的獵物，對嗎？」

蘭托・阿格里奇看向我。可怕的紅色瞳孔凝視著我，彷彿要看穿我。沒過多久，他得意地勾起嘴角。

「羅莎娜，妳果然很會察言觀色。很像我。」

我不需要那種毫無意義的讚美。我依然面帶微笑，心裡冷漠地想著。

「為什麼？那個玩具的真實身分是什麼？」

原本心不在焉地用餐的傑瑞米對我和父親的對話感到好奇。

蘭托・阿格里奇就像狩獵成功的猛獸，面帶滿足地緩緩靠在椅子上。

「我今天看到費德里安非常著急。」

這樣說的他露出宛如真正壞人的表情。

哇，怎麼有人可以笑得那麼邪惡又卑鄙呢？真的是奇妙的才能，就像在額頭上寫著「反派！」吧？

「但不管他再怎麼拚命掙扎也無濟於事，哪有辦法可以找到被關在阿格里奇地牢的傢伙。」

「被關在地牢裡的到底是誰，讓費德里安到處找他？」

傑瑞米露出似懂非懂的表情。

蘭托．阿格里奇看著我，那眼神像要我說出知道的一切，因此我欣然抓住了這個機會。

「青之貴公子，卡西斯．費德里安。」

我說出口的瞬間，傑瑞米露出呆滯的神情，張大了嘴：「真的？」

他對蘭托．阿格里奇拋出確認的目光。

蘭托．阿格里奇滿意地笑著凝視我，像在稱讚我猜中了卡西斯．費德里安的身分。

「哇，父親。哇……」

傑瑞米乾笑了一下，對蘭托．阿格里奇綁架費德里安繼承人這異想天開的行為十分欽佩。

「父親，您決定好要怎麼教育這次的獵物了嗎？」

我觀察著蘭托．阿格里奇的氣息與表情，不以為意地問道。當我開口提起被關在地下的玩具時，傑瑞米看著我，父親也看向我。

他像隻享受狩獵後餘韻的野獸，慢慢用手托著下巴，勾起嘴角：

「羅莎娜，如果妳有想到好方法就說說看。」

蘭托．阿格里奇今天格外寬容。看到雷夏爾．費德里安尋找兒子的著急模樣後，他似乎比平時更寬容。

「我也對這個玩具有興趣。」

我早已知道什麼建議能引起他的興趣，又要怎麼表達才會讓他滿意。

「費德里安是公認光明磊落且清廉正直的審判者。此外，我聽說青之貴公子的品性尤其正直剛毅，被譽為費德里安中的費德里安。」

不知不覺間，周圍靜了下來。蘭托．阿格里奇專注地聽著我說話，現在正是必須擲出骰子的時候。

「我認為那位高尚的卡西斯．費德里安……」

我揚起嘴角，勾起恐怕與蘭托．阿格里奇相似的微笑，如唱歌般輕聲低喃：

「被我踩在腳下，像發情的公狗一樣下流醜陋地吠叫的模樣也會很有趣。」

總而言之，蘭托．阿格里奇非常中意我的提議。雖然他說會考慮看看，但從他看我的眼神和表情來推測，他遲早會把卡西斯交給我。

大晚宴結束後回房的路上，我想起剛才在蘭托．阿格里奇面前說過的話，感到一陣苦澀。

我竟然說出這種像反派的臺詞。當然，我真的一點都不想玩弄卡西斯．費德里安，假如我那樣做，即使成功讓卡西斯平安離開了這裡，之後他可能會因為受到恥辱而咬牙切齒地報復我。

這只是配合蘭托．阿格里奇的喜好而說的話，因為他應該希望高尚的費德里安以最悲慘的模樣崩壞。而且，讓如竹子般剛直的費德里安精神和身體一同墮落，無疑比單純拷問、折磨他還有趣。

「莎娜姊姊，妳真的要親自教育那玩具嗎？」

這時，和我一起並肩離開宴會廳的傑瑞米問道。他的心情似乎有些低落，自從剛才在大晚宴上，我跟父親談過卡西斯．費德里安的事以後一直都是這樣。

他早就知道我對卡西斯有興趣，當我在父親面前提出想要卡西斯時，他似乎還是感到不悅。

這個小傢伙，我察覺到他是在擔心我的心思會全被玩具奪走。

「嗯，我想玩玩看這次的玩具。」

當時，我感覺到身後有人的氣息。我和傑瑞米停下對話，同時轉身。

「那是什麼意思？意思是姊姊要教育地牢裡的玩具嗎？」

是同父異母的妹妹夏洛特。已經十三歲的夏洛特是個擁有鮮豔紅髮和綠色眼睛，給人高冷印象的女孩。她討厭自己一點也不像父親蘭托．阿格里奇的長相，但我反而有點羨慕這樣的她。

夏洛特或許聽見了我和傑瑞米剛才的對話，皺起可愛的臉蛋。

我知道她為什麼在宴會廳附近徘徊了。於是我微微一笑，開口說：

「對，夏洛特，我剛剛在大晚宴上跟父親說了。」

今天也許是因為迪恩不在，大晚宴比以往還早結束。夏洛特現在會來這裡，肯定是想和父親談談這個玩具的事。她之前為了見卡西斯，在地牢前大鬧過一次。畢竟至今為止被帶到阿格里奇的玩具不曾被下達禁止接近的命令這麼久，也難怪夏洛特會著急。

「怎麼可以這樣？我從一開始就說過要他了！」

夏洛特聽到這次由我負責教育玩具後非常憤怒。雖然蘭托．阿格里奇還沒有給出明確的答覆，但我沒有特意告訴她這件事。

難怪她從第一次看到卡西斯．費德里安就雙眼發亮。在我看來，他的長相也非常符合夏洛特的喜好。我在心中暗自責怪長相符合夏洛特喜好的卡西斯，並輕輕咂嘴。

「喂，我們從什麼時候開始會按照順序分配玩具了？」

身旁的傑瑞米冷笑著嘲諷夏洛特。就如他所說，我們家族沒有那種規則，但早已激動起來的夏洛特似乎什麼也聽不進去。

「羅莎娜姊姊不是一直都對玩具不感興趣嗎？為什麼突然這麼卑鄙地來搶走我的東西？」

真是的，夏洛特開始狡辯，讓我開始覺得有點煩。

「夏洛特，地牢裡的玩具什麼時候變成妳的了？」

我向同父異母的年幼妹妹解釋她的想法有多愚蠢。

「如果要主張權利，就得具備相對應的資格。至今為止，妳能隨心所欲地得到玩具玩弄，是因為我對那些玩具沒有興趣。難道妳以為那個玩具也理所當然地該屬於妳嗎？我沒想到妳這麼笨呢。」

平靜的語調中帶著警告的意味。夏洛特的個性有些輕率、容易衝動，有時會失去分寸，令人傷腦筋。

「我不能讓給姊姊，我要那個玩具。誰想搶走他，我都不會坐視不管。」

這次她用凶狠的眼神瞪著我，說出這種自大無禮的話。

「夏洛特。」

我覺得非常遺憾。

「好言相勸，妳還是聽不懂啊。」

聽到我輕嘆了一口氣並低聲細語，夏洛特似乎感覺到了什麼，抽出她放在腰間的鞭子。

我帶著溫柔的笑容對她說：

「好吧，我可愛的妹妹。為了愚蠢的妳，我會用更簡單的方法讓妳明白。」

沒有花費我太多時間。

「夏洛特，我呢，不喜歡不知天高地厚的孩子。」

我平靜地呢喃著，甩掉手上的血跡。順著我的手勢，溫熱的紅色液體濺到白色走廊上。

「明明贏不過我，為什麼要湊上來煩人呢？」

要對付夏洛特，用戴在頭上的髮夾就夠了。我將鑲有珠寶的五根髮針都拿來用，徹底鬆開的長髮披散，蓋住了我的肩膀和後背。

夏洛特血流不止地倒在我面前，完全沒有了剛剛的凶猛氣焰。我用腳輕輕踩上她。

「夏洛特。我只不過是想要一個玩具，還需要徵求妳的同意嗎？」

「唔！」

「我不這麼認為喔。」

當然，我也不想對夏洛特做到這種程度。因為她還年輕，畢竟這孩子只是一出生就受到這個家族洗腦，因此我一直容忍她的言行舉止，她卻看不起我，得寸進尺。

現在即使被我屈辱地制伏，她也不退縮，更用怨恨的眼神瞪著我。

讓我惱火的是夏洛特根本不是我的對手，卻每次都來大鬧。每次都要像這樣制服她也非常麻煩啊。

「等我……長到跟姊姊一樣大時，會變得更強的。」

聽到她頂著還有嬰兒肥的可愛臉蛋殺氣騰騰地如此低喃，我輕笑了一聲。

夏洛特聽到我的輕笑聲，身體頓時顫了一下。看到這樣的她，我想她也不是完全不怕我，從某方面來說，應該說是有毅力嗎？

「是啊，也有可能，但現在還很難說就是了。」

我漫不經心地低聲說完，把腳從夏洛特的身上移開。

「姊姊，她由我來處理，妳先走吧。」

一直靠在牆邊觀戰的傑瑞米走了過來。他瞥了一眼倒在地上渾身是血的夏洛特後對我說道。

我來回看了兩人一會兒後依他所說，先離開了。

羅莎娜完全從走廊上消失後，傑瑞米冷漠的眼神俯視夏洛特。她整理好服裝，踉蹌地站起身後，傑瑞米的腳毫不猶豫地踢向夏洛特。

——砰！

「啊！」

夏洛特被踢到肩膀，再次摔倒在地。

「真是的，就說莎娜姊姊太溫柔了，竟然這麼容忍妳這麼放肆的行為。」

傑瑞米走近夏洛特彎下腰，抓住她凌亂的頭髮，逼迫她抬起頭。夏洛特用反抗的眼神瞪著傑瑞米，傑瑞米見狀則咂嘴一聲。

沒有造成無謂的傷口，只精準地攻擊要害，有效制服對手這點很像羅莎娜的作風。當然，除非實力差距懸殊，要在不造成重傷的情況下結束戰鬥反而更困難。

每次夏洛特都會體認到自己與羅莎娜明顯的實力差距，更加打擊自尊心，但就傑瑞米看來，羅莎娜似乎太寬容了。

「該死。我本來就因為那該死的傢伙很火大了，連妳也要惹我生氣嗎？」

傑瑞米淺藍色的眼眸閃爍，以令人戰慄的犀利語氣大聲吼道，夏洛特這才吃驚地低下頭。

「我做錯了什麼……」

「妳真的沒救了。妳這傢伙居然敢挑釁姊姊，難道沒有錯嗎？」

「哥哥總是站在羅莎娜姊姊那邊，這次的玩具也是，你明明知道我有多喜歡他！」

夏洛特委屈地大喊，但傑瑞米毫無動搖，手用力一推，放開夏洛特的頭髮。那動作像在對待微不足道的東西一樣，敷衍又無情。

「喂，妳要是想發洩就去找地牢裡的那傢伙。這一切都是因為那個混帳不自量力，在莎娜姊姊面前晃來晃去的錯。」

這麼說的同時，煩躁再度湧上心頭，傑瑞米又罵了一聲粗話。要不是他上次在羅莎娜面前說過不會動那個玩具，現在早就收拾掉那個叫什麼青之貴公子的混帳了。

他太想得到羅莎娜的讚美而主動說要讓出玩具，但她對那傢伙似乎比想像得還感興趣，讓他非常不悅。

「沒錯，仔細想想，這一切的確都是那個青之混蛋的錯。」

傑瑞米想到仍被關在地牢的卡西斯．費德里安，不禁湧上殺意，咬牙切齒。

「青之混蛋？」

「聽說那個玩具叫卡西斯．費德里安。」

就在那一瞬間，夏洛特的眼中冒出烈火。她似乎也是現在才知道這次玩具的真實身分是費德里安，受到了不小的衝擊。

之後，傑瑞米看到夏洛特眼中浮現的情緒，決定利用她。好吧，既然我不能親自處理掉他，那讓其他人代替我去做不就好了？

當然不能讓莎娜姊姊知道。

「真可惜，他真的很符合妳的喜好吧。」

因為傑瑞米的嘲諷，夏洛特緊咬下唇。

「但這也沒辦法，玩具只有一個啊。」

他在對方的臉上看到熊熊燃燒的強烈貪欲、憤怒和嫉妒，並輕聲笑了笑。

「妳又不能因為得不到就弄壞他，對吧？」

「有血的味道。」

羅莎娜拋下傑瑞米和夏洛特離開後，前往地牢。

卡西斯從她進入的那一刻起就注意著她，突然間敏銳地低聲說道。

聽到那句話，羅莎娜愣了一下。正如他所說，現在她的手和衣服上都沾到了血，是剛才在走廊上與夏洛特打鬥時沾到的。

竟然能聞到那股味道，嗅覺很靈敏呢。羅莎娜心情微妙地仰望卡西斯。

「這沒什麼，你不用在意。」

卡西斯聽到她敷衍的回答，微微皺起眉。但羅莎娜無法對他坦承，如果告訴他這是和妹妹打架、流血了，他會更提防她吧？更何況那不是她的血，而是對方的，那就更不用說了。但要找其他理由來搪塞也很麻煩。反正現在卡西斯的眼睛應該還看不清楚，就算敷衍過去也無妨。早知道會這樣就先回房間擦掉血漬，換件衣服後再過來了。

羅莎娜這麼想著，開口說：「我會有一段時間沒辦法過來。」

聽到羅莎娜的話，卡西斯沒有回答，看著眼前的人。

兩人已經像這樣在地牢裡見過許多次面了。

在比昨天更清晰的視線中，映照出一個纖細少女的身影。一切仍然模糊不清，只能勉強看出臉部和身體的輪廓，所以也無法得知這股血腥味的確切來源。

「不過不會太久，只有幾天而已。」

難道自稱羅莎娜的這位少女受傷了嗎？

卡西斯沒有立場擔心她，跟她之間也沒有那種關係。然而，想到這股刺鼻濃烈的血腥味是來自眼前的少女，不知為何感到緊張。或許是因為，雖然他仍然懷疑她的目的，卻難以繼續否定少女避人耳目，偷偷幫助卡西斯的事實。

卡西斯看著她，觀察眼前的人。眼睛看不見使他無法直接了解狀況，讓他感到非常不便。

「所以在下次見面前，你要保重。雖然我有點擔心我不在時，沒有人會在需要時幫助你。」

像往常一樣，沉穩溫柔的聲音。

卡西斯別開冷漠的目光，像在表示「無所謂」。不過，他心想著希望下次見面時能看到眼前這個人的臉。

兩天後，我聽說夏洛特打倒看守地牢的守衛，強行進入了地牢。不僅如此，夏洛特還攻擊卡西斯・費德里安，讓他受傷了。

「嗯……」

果然不出所料。

我悠閒地喝著加了毒的茶，聽到艾米莉帶來的消息後，漫不經心地思考。

夏洛特在大晚宴那天為了玩具的所有權和我發生爭執，結果慘敗。無法得到卡西斯，還被我以武力壓制，依照夏洛特的個性會感到憤怒，不可能毫無動作。而且，傑瑞米可能也在旁邊煽動她。

那天我看到傑瑞米情緒低落地從宴會廳走出來，就能大概猜到他接下來的行動。那時，傑瑞米還讓我先離開，留下來跟夏洛特獨處，所以更不難猜到接下來會發生的事。

果然，夏洛特不打算就這樣放棄自己無法得到的玩具。

不過無論如何，她的行為只是在發洩情緒。剛帶卡西斯回來的時候，父親蘭托・阿格里奇還沒有做決定，命令我們這段時間誰都不許碰他，所以即使是被憤怒蒙蔽雙眼的夏洛特，如果不希望因為正面違抗父親的命令而遭到廢棄處分，就不可能殺害卡西斯。

所以夏洛特抱著既然得不到，就破壞一下的心態去動了卡西斯。當然，只是這樣父親也會大發雷霆，但顯然她認為破壞我未來的玩具，只付出這點代價很值得。

不過卡西斯的傷勢比我預料得還要輕。我還以為他也許至少會被廢掉一條手臂或腿，夏洛特是不是比我預想得還謹慎行事？

我感到有些遺憾，垂下目光。

「而且聽說夏洛特小姐不小心破壞了俘虜的戒具，差點遭到反擊。可能因為這個錯誤，受到加重懲罰。」

「什麼？」

聽到艾米莉後續的話，我端著茶杯的手頓了一下。這是始料未及的情況。

戒具竟然壞了。那不是別的戒具，而是以耐用聞名的大魔物專用戒具，竟然在夏洛特攻擊卡西斯時，因為單純的失誤而被弄壞了？

「真有趣。」

怎麼可能，卡西斯・費德里安一定耍了什麼花招。

夏洛特的確有些輕率又衝動，但不可能偏偏這麼碰巧犯錯，弄壞戒具。應該不是夏洛特所為，而是卡西斯故意巧妙地利用了夏洛特。

當然可能是我高估了他，但別看他那樣，他可是擁有「青之貴公子」這個別名的費德里安繼承者。暫且不管女主角哥哥這個身分的話。

我安靜地將茶杯放在桌子上。看來過一段時間再去找卡西斯會比較好。

「姊姊，妳聽說了夏洛特的事嗎？」

「我聽說地牢裡的事了。」

那天晚上，傑瑞米來到我房間。他一直纏著我撒嬌，委婉地提到夏洛特。夏洛特被處罰拘禁在懲戒室二十天。蘭托・阿格里奇似乎因為夏洛特違背他的命令擅自進入地牢，還愚蠢地破壞了卡西斯的戒具感到非常憤怒。我相當滿意這個結果。

「玩具好像有點壞了，不用去看看嗎？」

傑瑞米的聲音變得更加深沉，深邃如海的藍色眼睛凝視著我。

我很慶幸除了黑色頭髮之外，傑瑞米與蘭托・阿格里奇不怎麼相似。如果他的外貌會讓我聯想到父親，那像這樣近看他的時候，我可能會不自覺地表現出抗拒。

「又不是很嚴重的傷，何必特別過去。」我摸著傑瑞米的頭，緩慢地續道：「雖然夏洛特動了他讓我很不開心，但反正她會被父親處罰，我不需要出面。」

我知道傑瑞米是想用卡西斯的問題來了解我的想法，刻意表現得無動於衷。

「喔……是嗎？」

發現我不打算去看看卡西斯的狀況後，雖然傑瑞米裝作若無其事，但他的心情明顯變好了。

傑瑞米露出比剛才更燦爛的笑容，再次開口：

「姊姊，我來讓夏洛特今後都沒辦法接近地牢吧？」

顯然是傑瑞米唆使夏洛特進入地牢的。他卻說今後要為我出面阻止夏洛特。

對於知道所有真相的我來說，這是一件相當可笑的事情。

「別管她。如果她想活下去，自然會注意分寸。因為我也不會原諒她第二次。」

當然，夏洛特會暫時待在懲戒室，無法靠近卡西斯。

「傑瑞米，你不會像夏洛特那樣，隨便碰我的玩具吧？」

我輕柔地低聲細語，撫過傑瑞米柔順的頭髮。

「你是我唯一一個疼愛的善良弟弟啊。」

那一刻，傑瑞米頓了一下，但是只有極短的一瞬間。他立刻若無其事地對我微笑，並回答：

「當然。我不會做出莎娜姊姊討厭的事。」

「夏洛特那個白痴。」
傑瑞米走出羅莎娜的房間後走在走廊上，煩躁地嘟囔道。
就算是讓煮熟的鴨子飛了也該有個限度，他費心安排好了一切，她竟然做出這麼愚蠢的事，至少要讓那傢伙半殘不廢才對啊。但她不只沒有做到，反而因為失手打壞戒具而差點遭到反擊，真是阿格里奇家的恥辱。
「乾脆被廢棄處分算了。」
如冰海般的瞳孔閃爍著冷冽的光芒。
傑瑞米依然想殺了被關在地牢裡的卡西斯・費德里安，但他再也無法間接對羅莎娜的玩具動手了。聽到羅莎娜說自己是「唯一疼愛的弟弟」，傑瑞米就不可能再做出任何辜負她信任的事。
該死，這令人火大又滿足的感覺到底是怎麼回事？
傑瑞米懷著奇妙的心情，用力搔著後腦杓走向自己的房間。

三天後我才去找卡西斯。地牢前的守衛換成其他人了，看來原本的守衛因為被夏洛特攻擊，正在接受治療。
我在這段期間內獲得了蘭托・阿格里奇的許可，可以出入地牢。因此我沒有被新的守衛欄下，得以進入。

「身體狀況還好嗎？沒事吧？」

我走進去時，卡西斯轉過頭來。

許久不見的他仍散發著不像俘虜的氣質，表情堅毅，眼底的光芒依舊十分強烈。

卡西斯沒有回答我的問題。不知為何，他只看著我打開鐵欄的門走進去。接著，卡西斯慢慢開口：「羅莎娜。」

第一次聽到他輕聲說出我的名字，我忍不住動搖了。我頓時有些錯愕，眨了眨眼後隨即找回平靜。反正名字就是用來叫的，而且我之前就跟卡西斯說過我的名字了，所以沒什麼好驚訝的。

接著，卡西斯低聲問我：「自從妳最後一次來，過幾天了？」

我微微歪著頭回答：「七天。」

「這樣啊。」不知為何，他的聲音十分平靜，有些不合時宜，「我還以為過了更久呢。」

又是毫無情感的冷漠聲音。聽到他說感覺我不在的時間比實際上還長，我的心情有些微妙。當然，卡西斯說這些話也許沒有任何意義。

我希望夏洛特因為惹怒父親而受罰，讓她無法再接近卡西斯。不過，其實我也希望卡西斯稍微意識到我的重要性，所以我故意放任他不管好幾天。我即使知道夏洛特會來攻擊他也什麼都沒做，而且今天之前都沒有來看過受傷的他。

面無表情的卡西斯再次開口對我說：「妳要一直站在門口嗎？」

當低沉的聲音掠過耳邊的瞬間，我不自覺地停下腳步，因為他的話十分陌生。

這是卡西斯第一次主動說出允許我接近他的話。

他看著呆站著的我，再次慢慢開口：「過來這裡，羅莎娜。」

如耳語般低沉的聲音再度傳進耳裡，無法從卡西斯的表情看出任何情緒。我看著他一會兒，邁開步伐。

「好，反正我是來治療你的。」

卡西斯凝視著我說：「我記得妳說過沒辦法治療太明顯的傷。」

「現在情況和當時有點不同了。」

這就像打一巴掌再給糖一樣，我不禁覺得自己的行動有些可笑。我朝卡西斯走去，他依舊靜靜注視著慢慢接近的我。

不知為何，感覺突然有些奇怪，於是我停下腳步。

「怎麼停下來了？」

這時，卡西斯的眼皮和睫毛緩慢地垂下半分。

「再靠近一點。」

這既不是命令，也不是要求。然而奇怪的是，我無法拒絕。我停下的腳步再次向前走去。其實有一半是受到卡西斯慫恿，但我的自尊心有些受創，所以表現得像那完全是依照我自己的意志。

這次被打壞的戒具應該是銬在卡西斯的左手腕，只有被換上的新戒具乾淨得沒有一絲血跡。在他俊秀的臉龐上也多了之前沒見過的傷痕。想到那是夏洛特留下的就有些不悅。

我朝卡西斯伸出手，更仔細地觀察他的狀態。雖然不如我當初的預想，沒有少了手或腳，但腰部附近的撕裂傷有點嚴重。

我看看。除此之外，右肩好像脫臼了，腹部也有一道很大的割傷。

喔，但是這個瘀青應該不是我造成的吧？

「這次傷得很嚴重呢。如果再放著不管，傷口可能會嚴重惡化。」

明明我就是那個放著不管的人，卻裝作一無所知，自然地說著。

「這應該非常痛，真虧你能撐過來。現在我來了，你不用擔心。」

但不知為何，卡西斯的神情有點不對勁。我突然感到疑惑，抬起頭。

那一刻，卡西斯・費德里安以從未看過的表情，和我四目相對。他用彷若窒息的表情低頭看著我。他滿是傷痕的臉僵硬得像大理石雕像，如太陽般燦爛的金色瞳孔注視著我，其中帶著無法言喻的混亂與困惑。那一瞬間，我察覺到了哪裡不對勁。

「啊，是那樣嗎？」

我嘴裡發出細微聲音的瞬間，卡西斯這才像回過神似的，輕輕吸了一口氣。

好吧，我終於懂了。

在可以感受到呼吸的近距離下，我看著他的臉，之後微微一笑。

「現在在這個距離下可以看到我的臉了啊。」

意外目睹卡西斯的動搖，我感到有些高興。

卡西斯馬上恢復冷靜，瞬間泛起細微漣漪的雙眼也在片刻後如平靜的湖水，再度恢復平靜。

就算一起生活好幾年，阿格里奇家裡仍然有人看見我就神魂顛倒，對我來說，卡西斯的反應不算好，冷淡又平淡無奇。

「你可以更驚訝一點。」

「我一點都不驚訝。」

「是嗎？」

騙人。

我顯然不相信，卡西斯沉默下來。他的表情僵硬，與剛才的意義不同。雖然只有一瞬間，但對我的外貌感到動搖的事實大概讓他受到不小的衝擊。

不過那是很正常的反應，所以不需要那麼在意。到目前為止，看過我的人們反應都會感到驚訝或出神，露出分不清現在自己身在現實還是夢境的表情。尤其隨著時間流逝，我褪去稚氣後，加上我的美貌被當成一種武器，從小就不斷磨練，所以即使是青之貴公子，年僅十七歲的少年卡西斯也不可能在我面前保持無動於衷。經歷過更多事情，長大成人後還有可能，但現在當然做不到。

他反而應該稱讚自己沒有在我面前出糗。順帶一提，那個名叫尤安、被夏洛特攻擊的前守衛，在第一次近距離看到我的那一天就魂不守舍，就算我和他說話也只是反覆呆愣地回答「什麼？什麼？」，過了一段時間才能與我對話。

相較之下，卡西斯的反應相當無趣。此刻，卡西沉默地俯視著我的臉，但感覺不像是被我迷惑而盯著我看。

卡西斯的眼神比平時還冷淡一些。這麼說來，好像從我剛才進入地牢，他一直盯著我看時就是這樣。像這樣近距離對視，能更清楚地感覺到那個溫度差距。

「你現在在想什麼？」

我沒有避開他的目光，大概猜到了現在正視著我的目光有什麼含意。

「你是不是正在想要殺了我？」

我故意選了比較極端的詞。

卡西斯沒有回答我低聲呢喃的問題。這句話有點突兀，但他看起來毫不困惑。

「要問什麼就問吧。你已經看到了我的臉，應該有話想說才對。」

我雖然長得很像母親，但並非一點都不像蘭托·阿格里奇。特別是宛如鮮血的紅色瞳孔，完全繼承了我父親。

那一秒，卡西斯金色的眼中浮現曾經見過的火焰，搖曳了一下。

他沒有問我的身分，然而他像在確認早已察覺到的事，低聲輕喚我的名字。

「羅莎娜·阿格里奇。」

那個名字比我告訴他的還完整。我欣然為他解答。

「沒錯。」

我曾想過他或許會像第一次見面時一樣大鬧一場，但卡西斯沒有，不過他用冰冷得令人害怕的眼神靜靜凝視著我。

從他的反應來看，卡西斯肯定是在我今天來這裡之前就得知了我的身分。

果然是夏洛特說的嗎？很有可能是她闖進地牢攻擊卡西斯時說溜嘴了。

好吧，想也知道她說了什麼。

由我親口這麼說不太好，但她應該說了「與其被羅莎娜姊姊搶走，乾脆毀了你！」之類的話。

嗯~這樣說感覺好像很痴情，真噁心。也許不僅如此，她還說了「玩具」這個詞。

我早就知道卡西斯仍然不信任我了，儘管如此，他之所以允許我為了治療傷勢而接近他，有可能是為了更近距離地看清我的真實面貌。

接著，卡西斯確認了我在阿格里奇的地位。

「妳和蘭托·阿格里奇是什麼關係？」

「是我生物學上的父親。」

那麼他剛才說的話，也是出於同樣的脈絡嗎？也許是他想趕快確認我的身分，但我遲遲不現身，所以覺得我離開的時間很漫長。我還期待卡西斯是想得到我的幫助，對我的離開感到遺憾，果然還是太早了。

也對，他來到這裡沒多久卻對我深信不疑的話，就辜負了費德里安這個名字。

但我從一開始就不打算向卡西斯隱瞞我的真實身分。若是想隱瞞，我就不會告訴他我的名字，也不會幫他解開咒術，讓他恢復視力了。

卡西斯必須清楚地知道他得到了「羅莎娜・阿格里奇」的幫助。畢竟我又不是慈善家，並不想無條件幫他。

「妳為什麼隱藏真實身分來接近我？」

「之所以沒坦承真實身分，是因為你肯定會比現在更加提防我，而我接近你的理由……我說過了，我不希望你死在這裡。」

聽到我的話，卡西斯冷笑了一聲：「所以與其殺了我，妳要把我當成玩具嗎？」

啊，夏洛特果然連這件事都告訴他了，但那都是有原因的……反正今後卡西斯的處境會有所改變，也需要告訴他這件事，因此就算他知道玩具的事情也沒有什麼問題。

嗯～但是要現在馬上跟他解釋，還是有點傷腦筋呢。

『那樣比遭到拷問到死好吧？』

不過現在說這句話會不會太直接了？

「如果你想要離開地牢，就只有這個辦法。想平安無事地離開阿格里奇的話，接受我的幫助才是明智之舉。」

「妳要我相信蘭托．阿格里奇的女兒是嗎？」

卡西斯沉默片刻，似乎在衡量著什麼。我想看透他的想法，但他的心防太堅固，我實在無法看穿他的內心。

「我不相信妳。」不久後，卡西斯用堅定不移的平靜目光看著我說：「但是，奇怪的是我也不覺得妳在說謊。」

這麼說的卡西斯仍然一副無法看透的表情。

「卡西斯．費德里安。」

那一刻，他和我顯然在互相試探。

「我會保護你的。」

卡西斯的表情頓時變得非常奇怪。我望著彷彿聽到了十分詭異的話，注視著我的卡西斯說：

「我會保護你，直到你安全離開這裡。」

如果這麼做能改變這可怕命運的結局——

卡西斯．費德里安和羅莎娜．阿格里奇，這兩個絕不可能放在同一行的名字，此刻正被寫上同一頁。

他和我的故事，第一章才剛開始。

4
chepter
狗與主人

想當然，我尊敬的父親蘭托・阿格里奇不可能讓卡西斯完好無缺地離開地牢。

卡西斯被蘭托的手下拖進來，屈辱地跪在地上，而蘭托・阿格里奇伴隨著腳步聲走到他面前。

我靜靜地看著兩人的視線在空中相觸。

卡西斯像被帶來這裡的第一天一樣，四肢遭到束縛，嘴裡也被塞著口銜，身體和當時一樣傷痕累累，現在還被迫擺出服從的姿態。但是，他直視眼前男人的眼神絲毫沒有畏縮。看到現在的卡西斯，誰會想到他是俘虜呢？卡西斯正面凝視著蘭托・阿格里奇，眼神中充滿了強烈的殺氣。

竟然像那樣跪著也能散發出壓力，我覺得那也是一種十分了不起的能力。蘭托・阿格里奇也以不劣於他的目光俯視卡西斯。我看見兩人之間火光四濺的幻覺。

某一刻，蘭托・阿格里奇的臉上露出一抹詭異的微笑。

——咚！

隨後，他的腳踹上卡西斯的胸口。看到這情景，我暗自嘆息。

好吧，我父親今天也不斷踏實地累積死亡旗標。

——咚！

啊，那是被夏洛特弄得像破布一樣，有撕裂傷的側腹。我原本想等完全得到許可後再治療，還沒碰過那裡，但他竟然故意用鞋子往那裡踢。真不愧是我父親。

——砰！

「咕……！」

這次，卡西斯的臉挨了蘭托一腳。我想起不久前在地牢裡發生的事，偷偷轉過頭不看他。

我無法再看卡西斯悲慘的模樣了。我才說過會守護他到安全離開這裡，現在卻這樣讓我有點尷尬。但是現在別無他法，我還沒有完全接管卡西斯，而且現在對他施暴的人不是別人，是蘭托·阿格里奇。

「或許是因為繼承了雷夏爾·費德里安的血，連狂妄的眼神都一模一樣呢。」

將新鮮的血抹在卡西斯身上後，蘭托·阿格里奇這才不再踹他。

卡西斯的頭倒在地上，側腹、額頭與咬著口銜的嘴巴都在流血。即使如此，唯獨看向蘭托·阿格里奇的眼神依然耀眼得可怕，讓人不禁驚嘆。

「我得知那該死的傢伙有兩個孩子後，一開始我還有點猶豫要挑哪一個。」

這時，蘭托·阿格里奇露出彷彿打了全世界反派幾百次耳光的惡毒微笑，繼續說：

「不過比起小丫頭，我覺得你可以撐得更久才故意挑了你，把你帶來。我的想法果然是對的。」

我親愛的父親好像一定要踩到地雷才滿意。竟然用妹妹西爾維婭來挑釁愛護家人、疼愛妹妹的卡西斯。

快看看女主角哥哥現在的眼神啊。就算只用眼神也能輕鬆撕碎、殺掉幾個人吧？

「羅莎娜。」

「是，父親。」

蘭托・阿格里奇當然不可能聽到我的心聲。他用力踩上卡西斯的頭並喚了我一聲。從剛才就靜靜站在蘭托身後的我冷靜地回應他。

卡西斯炙熱的目光也隨之看向我。

那個，女主角的哥哥，你現在不會也把我當成敵人了吧？

雖然現在表面上是這樣，但不代表我真的站在他這邊喔。你那凶狠的眼神有點……

不，好吧，也對，以目前的情況看來，他會那樣想也是情有可原。換作我是卡西斯・費德里安，應該也會覺得蘭托・阿格里奇和我是對一樣邪惡的父女。我不知為何想嘆氣，但現在必須忍住。

「剛好妳的生日剛過不久對吧？」

「是的，很高興您還記得。」

「這臭小子就當成禮物送妳。就盡情玩到妳厭倦為止吧。」

這個人也真是的，直接送我就好了，幹嘛還裝模作樣，用生日當藉口呢？你這個人到現在都不曾幫孩子們慶祝過生日啊。

「謝謝您，父親。」我藏起嘲諷的真心話，對蘭托・阿格里奇一笑：「我會好好教育他，不讓您失望的。」

就這樣，我第一次有了自己的狗。

「羅莎娜小姐，要怎麼處置玩具呢？」

蘭托・阿格里奇離開後，負責運送卡西斯的手下們問我。

「把他帶到我的空房。」

卡西斯已經失去了意識。他的身體狀況本來就很糟了，剛剛又遭到蘭托・阿格里奇無情地施暴，這也很正常。

儘管如此，從他撐到蘭托・阿格里奇完全消失在眼前才失去意識來看，卡西斯的意志力值得讚賞。

「真是慘不忍睹。」我低頭看了一眼滿身是血的卡西斯，並開口：「我實在不想玩這樣的他。無論如何都該先治療一下，你自己看著辦吧。」

「是，遵命。」

卡西斯被兩個手下抓著雙臂拖了出去。他剛才所在的地方留下鮮明的血跡。當然，鮮血的主人卡西斯的身體簡直慘不忍睹。

我同情地看著在阿格里奇一直受苦的卡西斯。這時，我突然感覺到一絲異樣。看著滿身鮮血的卡西斯，有個小小的疑問掠過我的腦袋。
我瞇起眼睛，暫時注視著逐漸遠去的卡西斯，隨即決定下次見到他時，要確認這個問題後轉身離開。

「莎娜姊姊，妳怎麼現在才回來？」
你怎麼會在那裡？我看著坐在樓梯間的傑瑞米，停下腳步。
「傑瑞米，你為什麼坐在那裡？」
他坐在階梯上，手放在腿上撐著下巴，抬頭看著我。在寬敞的房子中，樓梯也很寬廣，所以獨自孤零零地坐在那裡的傑瑞米更引人注目。
看來是在等我，但是……我不懂他為什麼不是在房門口，偏偏像這樣在樓梯上迎接我。
「因為姊姊說要去看那個狗……那個玩具，所以我也來看看。」
傑瑞米的聲音有點冷淡，臉上也流露出不滿，看來他很不滿卡西斯今天會徹底成為我的玩具。
上次還暗自感到開心，說等夏洛特被懲罰完出來後，也不會讓夏洛特接近卡西斯。傑瑞米這傢伙也真是的，雖然我早就知道了，但他真是個情緒變化無常的傢伙。
「那你可以下來一樓啊，為什麼坐在這裡呢？」

果然是個煩人的傢伙，要配合他真麻煩。雖然心裡想要一掌拍上他的額頭，但我動作溫和地撫過他的瀏海。

「我看到父親在揍姊姊的玩具，所以看了一下就上來了。」

傑瑞米的語氣還是一樣有些彆扭，但我摸摸他的頭之後，心情似乎變好了。或者是想起卡西斯被揍的樣子而心情好轉了。

「我以後可以去見姊姊的玩具嗎？」傑瑞米放開下巴後問我。

我看到他的表情，微微歪過頭。他的眼神帶著心機。

不過，我沒有停頓太久就回答：「可以啊。不過不是現在，之後再說吧。」

「為什麼？」

「你剛才也看到父親揍他了吧。他現在的狀況非常糟糕，所以我也不想玩他，就先叫人把他帶到空房間了。」

傑瑞米聽到我冷淡無情的語氣，拍拍屁股站起來。

「好，那等他好一點了，我再去見他。」

我曾想過傑瑞米肯定會來見卡西斯，所以沒有因為他突如其來的話感到慌張。反而是他接下來隨口補充的那句話讓我愣了一瞬。

「對了，我剛才看到了姊姊的母親。」

但我很快就裝作若無其事地開口：「是嗎?在哪裡？」

「在姊姊的房間前。她現在應該在房裡等妳。」

我還在想住在不同棟建築，行動範圍也不同的這兩人會在哪裡遇到，竟然是在我的房間前。我有點好奇不久前在大晚宴當天見到的母親，怎麼這麼快又來找我。

「好像是聽到姊姊得到了玩具的消息？」

聽到傑瑞米補充解釋，我懂了。

喔，原來是這樣。

「是我母親這樣對你說的嗎？」

「不是，我稍微聽到了她在姊姊房間前和艾米莉的對話。」

之後，傑瑞米不知道在想什麼，嘴角勾起了笑。

「姊姊，妳母親的表情太有趣了。」

他的腳踢了一下樓梯扶手。我察覺到傑瑞米情緒低落的原因不是卡西斯。

「不管是姊姊的母親還是我的，該死，她們以為自己生下了什麼妖怪嗎？為什麼怕得渾身發抖啊？」

那語氣和內容都凶狠至極。我還在想他為什麼不是在我的房間前，而是在樓梯間等我，看來是今天看到我母親的樣子，讓他心情非常不好。

我發現傑瑞米在我母親身上看到了自己母親的樣子。

寫這部小說的作家不愧是虐戀小說的大師，也賦予了反派傑瑞米黑暗的過去。

很久以前開始，他的母親就非常害怕傑瑞米。隨著時間一年一年過去，傑瑞米變得越來越像阿格里奇家的孩子，她的症狀也逐漸加劇。最後，從傑瑞米第一次受邀參加大晚宴後，她只要看到他就會像要暈倒似的尖叫並逃跑。

我實在無法理解如此脆弱的人怎麼會與蘭托・阿格里奇結婚。

總之，傑瑞米的母親在幾年前去世了。

那天，傑瑞米的母親也在走廊上遇到兒子後逃走了。平時傑瑞米都會假裝沒看見而走過，但唯獨那天，他特別激動地追在她身後。傑瑞米就像所有沒得到父母關愛的孩子一樣，十分渴望愛意，但他無法表現出來，一直壓抑忍耐，最後瞬間爆發。

他們的捉迷藏很快就結束了。傑瑞米的母親回到自己的房間並鎖上門，但氣憤的傑瑞米打破房門衝進去了。他的母親無處可逃，選擇從陽臺跳下去。當傑瑞米驚訝地跑過去時，幸好她緊緊抓著欄杆。但是傑瑞米為了拯救母親而伸出的手沒有碰到她——她直到最後都抗拒著兒子，寧願選擇墜樓。他們當時身在三樓，因此幸運的話，應該能活下來，但最後，傑瑞米的母親當場頸椎斷裂死亡。

「我還以為姊姊的母親會有點不一樣，卻沒想到她會因為得到了一個玩具就嚇得趕過來。」

我也大概知道傑瑞米從我母親身上看到了什麼。不知從何時開始，母親很欣慰我得到父親的寵愛，同時眼神也流露出疏離。

有時，她面對我時就像看著某個未知的事物，而不是自己的女兒，偶爾甚至會隱約表現出畏懼。

母親大概以為我不知道那件事，然而，孩子們不是本來就對父母的情緒很敏感嗎？

「回房間吧。」

我對眼前的傑瑞米伸出了手。他還在用一隻腳踢著樓梯扶手。

「姊姊的母親現在在姊姊的房間裡，我不要去。」

「不，不是去我房間，是去你的房間。」

那一刻，傑瑞米不再踢扶手。

「妳不去見母親嗎？她現在在等姊姊喔。」

原本傑瑞米和我的身高差不多，但現在可能是因為階梯的高度不同，我必須抬頭仰望他。我牽住傑瑞米的手，再往下走了一階，這次傑瑞米也乖乖跟著我走。

「嗯，我現在也不太想見她。」

我自己也搞不清楚這是為了讓傑瑞米產生共鳴而撒的謊，還是我真的完全不想見到母親。

既然如此，就當作是前者吧。

傑瑞米輕輕握住我的手很溫暖。我努力地不去感受那股溫暖，向前邁步。

蘭托・阿格里奇挑選女人時，會考慮各種條件。也就是說，他不是只想擁有那些美得令人心動的女人。

其實我的母親們幾乎沒有共同點。從像我母親一樣美得讓人眼前為之一亮的女人到相貌平平的女人，各種類型都有。個性也是如此，從像母獅一樣大膽豪爽的女人到宛如溫室裡的花草，安靜內向的女人都有。至今我都單純地覺得「這個人的喜好真捉摸不透」，但事實並非如此。

最終我得到了一個結論：蘭托・阿格里奇會娶在各方面擁有才華的女性為妻。就像在做基因遺傳多樣性的實驗。

不過在這之中，我認為我母親吸引他的原因無疑是因為她的「美貌」。雖然女兒不該說出這種話，但我母親真的只有這個優點。

當然，我喜歡她溫和的性情和溫柔的心腸，但是在這個家裡，那絕對不是優點。我甚至可以拿傑瑞米的頭髮打賭，蘭托・阿格里奇也不覺得那是種魅力。

然而在我八歲時，在蘭托・阿格里奇面前終究是與她相似的這副美色救了我。在某種意義上，是託母親的福。我像這樣躲避母親或許明顯是種不孝，當然，即使我重新意識到這一點，我也不打算馬上回到她等著的房間。

喀噠！我把傑瑞米帶到房間後，走向卡西斯的所在之處。換作平常，我會多安撫傑瑞米一下再離開，但我今天沒有這麼做。

只有這次有充分的理由能選擇他，而不是直接去見母親。我平常需要和他保持一定的距離。

「真的只做了最基本的治療呢。」

我看著卡西斯的模樣，皺起眉。

卡西斯就像剛才一樣，戴著大魔物專用的戒具和口銜。大傷口順利癒合了是令人慶幸，但小傷口還是一樣。我走近卡西斯，檢查他的手腕和腳踝。被戒具磨破的皮膚傷勢嚴重，只是看到就令人皺起眉。

我輕輕抬起他的手腕，連結著柱子的鐵鍊發出刺耳的金屬聲，腳踝也有同樣的鐵鍊。

房間裡的擺設十分單調冷清，或許是因為這樣，獨自躺在正中間的卡西斯看起來更加淒涼。至少不像在地牢一樣，雙臂被綁在牆上，看起來是比那時舒適一些，但也僅止如此。

我先幫卡西斯拿掉嘴裡的口銜。我無法也解開戒具，因此只能把帶來的藥膏塗在手腕和腳踝上，之後綑上繃帶。我也仔細確認了身上的其他傷口，親自處理沒完全受到治療的部分。

雖然我早就知道了，但這個家對待玩具的方式真的太過分了。或許是因為那只是玩具，在這個阿格里奇家，無論做什麼都不用擔心，什麼都不過分啊。

治療完後，我沒有立刻離開卡西斯身邊，靜靜地俯視眼前的臉龐。失去意識的卡西斯表情果然非常溫順，讓擁有善良陽光印象的男人變成這副模樣的阿格里奇，是非常邪惡的存在。不，阿格里奇是這個世界明確的邪惡，當然應該消失。

我嘆了口氣後，無力地靠著牆癱坐在地。或許是最近比以往還常動腦，我有點疲憊。也許是我不自覺地一直為卡西斯擔心緊張，所以疲憊遲了一些才湧上。

我瞥了一眼身旁的卡西斯。他傷痕累累地躺在地上，那模樣在今天看起來格外令人心疼。

我望著他一會兒後，更湊近卡西斯一點，接著把他的頭放到我的腿上。沉重的重量落在輕薄的布料上，枕著我的腿總比躺在地上還舒服一點吧。

即使是無可奈何，但卡西斯剛才遭到蘭托·阿格里奇踢踹，我卻對他視而不見，莫名讓我有點歉疚，所以才這麼做……我說的是真的。

看著卡西斯遭到毆打時，我感覺到活在阿格里奇家時暫時被遺忘的良心隱隱作痛。

看著這樣的卡西斯，我也覺得他有點可憐。在費德里安，他應該是受到所有人愛戴、尊敬且引以為傲的青之貴公子，想必所有人都深信在他眼前有一片光輝燦爛的未來，毫不懷疑。

然而在小說中，卡西斯的死法卻非常悲慘，甚至在西爾維婭揭開哥哥失蹤真相的三年後，仍然沒有人知道他的死訊。

雖然傑瑞米在小說中是個壞心的反派，但唯獨對他喜歡的女人有著愚蠢又盲目的一面，所以他滔滔不絕跟自己綁來的西爾維婭說了卡西斯在阿格里奇死去的事。

卡西斯在阿格里奇被當成玩具玩弄，最終被殘酷地摧毀至死。所謂的摧毀，意思包含了精神上的和肉體上的。書中沒有詳細描述卡西斯在阿格里奇度過的日子有多痛苦，我也不太記得細節。但我清楚地記得卡西斯的死既不榮耀，也沒有人哀悼。

像這樣看著擁有那種未來的人，感覺有些微妙。

也對，我的未來也一樣黯淡無光啊。

如果現在馬上去照鏡子，應該會看到另一個年紀輕輕就會死去的人。

「我不想死啊……」

為此，我必須先拯救卡西斯。但是，如果沒辦法把他送出阿格里奇……

嗯～那時是不是得誘惑傑瑞米呢？以免他未來把西爾維婭綁來。不對，一開始就不讓傑瑞米和西爾維婭見面說不定更好。

當然，這是可以等將來情況發展不順利再重新計劃的問題。

又開始想東想西，我不自覺地挪動我的手。不知何時，我像對待傑瑞米一樣，輕輕撫摸卡西斯的頭。這麼做有種不合時宜的平靜感。我將卡西斯帶進自己的空間後，心情放鬆了一些，如今總算有真的得到卡西斯的感覺。

雖然手足之間有時會共享玩具，但是像占有欲強的夏洛特或傑瑞米，都沒有那種興趣，所以我也可以像那樣隨便找個藉口。那樣一來，與在地牢時相比，我可以讓卡西斯更安全地待在我身邊。當然，蘭托·阿格里奇不希望卡西斯在我這裡過得太舒適，因此我需要先在他的外表上花點心思。

想著想著，我忽然有種奇妙的感覺，垂眼看去。被我撫摸著的卡西斯依然閉著眼睛，可能是因為被我碰過，他的頭髮比剛才還凌亂，蓋在額頭上。

「不過真奇怪呢。」我不自覺地輕聲低喃，忽然對指尖感受到的觸感感到疑惑：「在這段期間，有人幫你洗過澡嗎？為什麼頭髮這麼柔順？」

我用手捲起卡西斯的頭髮，十分柔順，不輸傑瑞米的頭髮。甚至像剛洗完澡一樣，感覺柔軟光滑。

然而，和在阿格里奇被當成少爺，過著舒適生活的傑瑞米不同，卡西斯在地牢裡被折磨了好幾天。我也很清楚在那惡劣的環境下別說洗澡了，連好好吃飯、睡覺都做不到，偶爾還會遭到鞭打。

證據就是卡西斯的身體依然渾身是血。我摸到的髮絲上也沾到了紅色的血。

這樣看來，當然沒有人替他洗過澡……

剛才滿身是血被帶走的卡西斯讓我感覺不對勁的理由也與這相似。

「也沒有臭味。」

仔細想想，不只是現在，在地牢裡好像也一直是這樣。就在我這樣自言自語時，我感覺到手掌下的卡西斯的頭稍微動了動。

那是個極其細微的動作。如果不是他和我的身體靠在一起，我一定不會注意到。

就在那一刻，突然閃過的念頭也讓我顫了一下，瞇起眼睛。

……難道這個人現在是清醒的？

一般來說，假裝失去意識的人不管再怎麼努力，還是會露出破綻。尤其是在像現在這樣身體緊緊相貼，距離相近的話更是如此。至少有意識和無意識的人，呼吸聲也有所不同。

然而，卡西斯沒有表現出任何可疑之處，我自然認為他是真的暈倒了。

但此時他依然像剛才一樣，發出穩定細微的鼻息，閉著眼睛靜靜地躺著。

我稍微觀察了一下卡西斯，但過了一段時間還是一樣，我因此感到困惑。

如果卡西斯真的醒來了，他應該不會那麼明顯地表現出動搖，其實真的熟睡時，也會稍微轉動頭。

那只是我的錯覺嗎？

然而，我沒有完全放下疑心，低頭看著卡西斯的臉。

嗯，為了以防萬一，考慮到一絲可能性，還是先暗中做點防備吧？

「……雖然對一個沒有意識的人說這種話有點可笑。」我再次開口，自言自語似的低聲說：「抱歉，剛才我沒辦法阻止他。」

如果卡西斯現在真的沒有意識也無所謂，如果他只是假裝昏倒，那也沒關係。

「但我沒辦法在那種情況下出面。」

當然，如果他能聽到我現在低喃的話更好。

「不過，今後不會再發生那種事情了。因為你已經屬於我了，其他人不能隨便碰你。」

在這個家裡，名聲比想像得還重要。所以從現在開始，即使是蘭托・阿格里奇，也無法像剛才一樣隨心所欲地對待變成我玩具的卡西斯。

我再一次慢慢地撫摸卡西斯的頭。

「我一定會讓你離開這裡。」

那更像是一種自我勉勵，而不是對卡西斯說的話。

我究竟能否讓這個人平安離開阿格里奇呢?自從遇見卡西斯後，捫心自問過無數次的問題再次浮現在腦海中。當然，沒有任何人知道那個答案。

另一方面，正如羅莎娜懷疑的那樣，那時卡西斯沒有失去意識。更準確來說，是從一開始就沒有暈倒。

「皮鞋變髒了呢。」

在宣布卡西斯將屬於羅莎娜後，蘭托・阿格里奇喚來附近的手下。

「擦乾淨。」

「是的，主人。」

一名男子迅速跑來，毫不猶豫地跪下，用衣襬擦拭蘭托·阿格里奇沾上血的皮鞋。那模樣根本不像部下，而是完全被馴服的奴隸。

倒在地上的卡西斯厭惡地看著那個場景。沒過多久，蘭托·阿格里奇離開後，他假裝因為忍受不了痛苦而失去意識。

「羅莎娜小姐，要怎麼處置玩具呢？」

「把他帶到我的空房。」

耳邊響起熟悉的聲音後，立刻有兩名壯漢走過來，抓住卡西斯的雙臂將他拉走。卡西斯放鬆身體，低下頭，裝出真的暈倒的樣子。

「這次的玩具到底是什麼來頭，還讓主人親自過來，把他打得滿身是血？」

遠遠離開剛才所在的地方後，在卡西斯左邊的男人壓低聲音，好奇地開口說。

聽他這樣說，蘭托·阿格里奇似乎不常像剛才那樣親自出面處理被綁來的人。

右邊的男子咂嘴一聲後回答：

「你少管閒事。我們這種人最好不要太好奇，反正他都變成這副慘樣了，在阿格里奇就無法活著離開。」

先說話的那名男子贊同似的沉默了。兩人似乎相信卡西斯失去了意識，沒有特別注意他。

卡西斯就這樣假裝失去意識，掌握了剛才所在的地點到現在位置的路線。從現在開始，他需要事先了解他要去的地方是哪裡，以及這座宅邸的結構。如果有機會，即使有點風險，他也打算試著逃跑。

然而，卡西斯不禁感到猶豫。

即使在受傷的情況下，要對付現在在身邊的兩個男人也不是件難事。不過，他無法保證能在那之後順利找到出口離開。而且，他的視力尚未完全恢復，所以視野十分狹窄。如果不是咒術，而是被下毒的話，應該能恢復得更快才對。

如果以現在的狀態貿然行動，在他離開宅邸之前，一定會被再抓回來。

卡西斯知道這個計畫很魯莽，但無法確定還有沒有這樣的機會，因此無法輕易放棄。

「這麼說來，這是羅莎娜小姐第一次得到玩具吧？」

「他可能是所有玩具中最幸運的傢伙。如果落到其他少爺與小姐手中，在幾天內就會連內臟都遭到解剖，馬上成為流浪狗的食物。」

當他思考時，突然傳入耳裡的名字讓卡西斯頓時想起剛才見過的人。

羅莎娜·阿格里奇。

第一次知道來過地牢的少女其實是蘭托·阿格里奇的女兒時，卡西斯也不禁有些驚訝。但得知事實後，馬上解開了不少當時的疑問。他沒有覺得遭到背叛，也不覺得遭到欺騙。

那是彼此互相信任才有可能發生的事，他反倒覺得蒙著一層霧的模糊視線變清晰了。

沒錯，總比不曉得接近自己的人是誰、必須無止盡地抱著疑心時來得好。不過當然，他在那之後又有了其他疑問。

少女說她完全是出自善意，但卡西斯沒有天真單純到會輕易相信她。

『我會好好教育他，不讓您失望的。』

『我會保護你，直到你安全離開這裡。』

只有羅莎娜才知道這之中哪一句才是真話。

就在這時，感覺到前方有人的動靜。卡西斯再次閉上眼睛，靜靜地集中精神。

「啊，您好，夫人。」

抓著卡西斯手臂的男人們嚇了一跳，繃直身體問候。

他們說夫人？

意料之外的人出現，卡西斯微微皺起眉。這麼說來，他聽說過阿格里奇家族人丁興旺，是相當龐大的家族。據說與費德里安只有一位女主人不同，蘭托·阿格里奇娶了十多位妻子。現在出現在卡西斯面前的似乎是其中一位。

「那孩子……難道已經死了？」

隨後傳來柔弱的聲音，令人難以相信是阿格里奇家的一員。也許是因為傳進卡西斯耳裡的那道聲音微微發顫，更加深了這種感覺。

她似乎以為假裝失去意識的卡西斯是具屍體。畢竟現在的卡西斯渾身是血，被當成屍體也不意外。雖然他在那之前也渾身是血，但現在這是因為剛才見了蘭托·阿格里奇。

「不是的，他只是暈倒了。」

「可是應該在東館的夫人，您怎麼會在這裡呢？您是來找羅莎娜小姐的嗎？」

男人們沒詳細說明卡西斯的狀況，轉移了話題，彷彿不想讓眼前的女人看到卡西斯的樣子。

從剛才那女人的反應和男人們的態度來推測，女人似乎是不習慣見到血的人。比起那個，他們剛才說了羅莎娜嗎？

卡西斯回想起男子剛才脫口而出的名字。那麼，這個人是羅莎娜的母親嗎？

「我聽說莎娜得到了玩具。我也可以看看嗎？」

「這就是羅莎娜小姐的玩具。」

「這孩子嗎？」

居然說是玩具。再次聽到這個名稱依然讓人感到不悅。

女人似乎有些驚訝地提高了聲音，沒想到此刻眼前的他就是變成羅莎娜玩具的少年。

「那麼，讓這個孩子變成這樣的，難道是莎娜？」她不可置信地反問。

「不是的。不是羅莎娜小姐做的，是主人……」

得到的回答讓女人低聲嘆了口氣。之前感覺到的奇妙緊張感逐漸消失，不久後，一陣輕巧的腳步聲走向卡西斯。

「夫人！」

下一秒，抓著卡西斯的男人們驚訝地對那個女人喚了一聲。因為她突然向卡西斯伸出手，卡西斯也因為臉上感覺到的輕柔動作感到驚訝，差點不自覺地顫抖。

女人小心翼翼地抬起卡西斯低著的頭。下一刻，那位女子突然停下了動作。

「阿西爾……」

自言自語般的呢喃聲飄散在空中。當然，卡西斯不明白她的話是什麼意思，近在咫尺的視線讓卡西斯感覺到與至今不同意義的不自在。

「夫人，這樣會弄髒您的手。」

身旁的男人們露出比卡西斯不自在好幾倍的表情，阻止那個女人，女人似乎這才突然回過神來。

「啊……嗯，我剛才說了奇怪的話。」

終於，托著卡西斯臉龐的手離開了。

「治療呢？不會就這樣放著他不管吧？」

「羅莎娜小姐有特別吩咐要請醫生過來。」

「那趕快帶進去讓他休息比較好。」

之後，女人再次靜靜低頭看了卡西斯一眼才離開。她明明說是要來看看變成羅莎娜玩具的他，似乎只稍微見過一面就滿足了。

接著男人們拖著卡西斯來到的房間，就在剛才停下腳步的地點旁。卡西斯沒想到目的地就在旁邊，只能不動聲色地皺著眉頭。看來那個女人為了見卡西斯，在羅莎娜預計安置玩具的房間附近徘徊。

最後，卡西斯決定將逃跑的機會留到下次。相對地，他悄悄睜開眼睛，仔細觀察周圍。雖然他的視線依然模糊不清，但足以確認房間的位置和門鎖等等。

「唔……我的肩膀快脫臼了。」

男人們隨手將卡西斯丟在地上。

「唉，這是怎樣？根本是帶了一具屍體過來。」

「他還有呼吸，趕快治療吧。」

然後醫生真的來了。在醫生檢查狀況並治療卡西斯時，帶他來的男人們熱烈討論著剛才發生的事情。

「話說四夫人，她剛剛說了阿西爾少爺的名字吧？」

「對，我也聽到了。」

「這傢伙像阿西爾少爺嗎？我覺得一點都不像啊。」

「就是啊，我還在想羅莎娜小姐和夫人怎麼都對他感興趣呢，難道在她們眼裡看起來很像嗎？」

聽到他們的對話，卡西斯也想起在走廊上發生的事。推測是羅莎娜母親的女人看到他的臉後，貌似瞬間回想起了某個人，下一秒喃喃自語地說了「阿西爾」——那就是她想到的那個人的名字？

但他們說是少爺，難道名叫阿西爾的人是剛才遇到的那女人的兒子？

「這樣看起來，皮膚白皙的部分有點像呢，但也只有這個地方而已。」

「他與阿西爾少爺去世時的年紀差不多吧？有可能是看到這傢伙的這副模樣，更想起了阿西爾少爺。」

「也對，也有可能。」

出乎意料地，他們說那個叫阿西爾的人已經死了。兩個男人留下奇妙的餘韻，之後含糊帶過。

治療大致結束後，他們在卡西斯的戒具上銬上鐵鏈，之後腳步聲漸漸遠去。

匡噹——喀噠！

「……」

只剩下自己一人時，卡西斯靜靜地睜開眼睛。門外傳來的腳步聲漸行漸遠，不久後完全消失。

卡西斯仍躺在地上，環顧四周。這裡是一個既乾淨又寬敞的空間，與他之前所待的地牢無法相比。然而，顯眼的家具只有靠著一面牆擺放的床，房間裡連窗戶都沒有。映入眼簾的景象十分冷清，除此之外，這裡似乎是一個普通的房間。

過了一會兒，卡西斯輕輕坐起身，連著手腕和腳踝的鐵鍊鏗鏘作響。

鐵鍊連著房間角落的柱子，但鐵鍊的長度很長，感覺比在地牢時更不受拘束，不過即使長度變長了，也無法碰到門。卡西斯決定先靜觀其變，現在隨便嘗試逃跑，引起注意的話毫無益處。

就像剛才在外面聽到的一樣，阿格里奇似乎不打算馬上殺了他，還像這樣請醫生來直接進行治療，似乎也不打算再用以往的方式拷問他。

是因為他成了羅莎娜·阿格里奇的玩具嗎？卡西斯用手摩娑著緊扣著手腕的戒具，並看向門口。阿格里奇似乎還不知道，其實現在束縛著他的大魔物用戒具沒什麼用，這是之前一位名叫夏洛特的少女闖入地牢攻擊他時發現的事。大魔物用的戒具會根據佩戴者的亢奮程度和攻擊性，發動強度一級到五級的限制效果。

反之，只要在任何情況下都保持冷靜，就能讓戒具的效果減弱到最低。這可以說是非常好的機會。

如果沒發生那件事，他可能無法如此自然地測試戒具的強度。那個名叫夏洛特的少女個性似乎相當單純，認為無法壓制卡西斯只是因為自己不夠成熟。她毫不懷疑地相信戒具會壞掉是因為憤怒到失去理智的她犯了錯，而不是卡西斯刻意誘導。

卡西斯的目光稍微沉了下來。在逃離阿格里奇之前，他都必須瞞著他的武力沒有遭到封印的事實，這樣大家才會放鬆警惕。

當他在思考這些時，突然感覺到門外有動靜。

卡西斯銳利的目光瞥了門一眼，像剛進入這個房間時一樣，重新躺在地上。喀鏘——傳來門鎖被打開的聲音，有人走進房間。

輕巧的腳步聲和刺激嗅覺的香氣十分熟悉。他因此知道現在進來的人是羅莎娜。

她走近卡西斯，靜靜凝視著他。

如今能決定卡西斯處境的人是羅莎娜，而此刻這裡只有他們兩人。卡西斯假裝昏迷，她這次或許會露出真面目。

卡西斯感覺到羅莎娜走過來，加強全身的感官。如果她胡作非為，卡西斯也不會任人宰割。只要等她更靠近時伸長手臂，用鐵鍊纏住她的脖子，或許能一下就讓她昏倒。

當然，如果卡西斯有那個意思，不僅可以讓她暈倒，甚至可以讓她當場死亡，但他很猶豫是否要做到這種地步。最重要的是……現在在這裡像這樣以牙還牙，真的是正確的選擇嗎？

卡西斯閉著眼睛，推算著與對方之間的距離。而羅莎娜不知道他的苦惱，將身體靠得更近，現在兩人完全都在彼此的攻擊範圍內了。

「真的只做了最基本的治療呢。」

然而，接著搔弄卡西斯耳朵的是伴隨低沉的呼吸洩漏的細微呢喃，接著，柔嫩的手碰上他的手腕。

喀鏘！當羅莎娜抬起他的手時，連著柱子的鐵鍊發出刺耳的金屬聲。眼神像在檢查狀況，掃過卡西斯的身體。

之後塞住他嘴巴的口銜被解開了。身旁傳來悉窣聲響，不知道在做什麼，過了一會兒，一股暖流再度沁入他的手腕。卡西斯無法形容那種感覺，他屏住呼吸。

羅莎娜在醫生草草治療過的傷口上塗上藥膏，纏上繃帶，並小心翼翼地輕撫過被戒具磨破皮的手腕和腳踝。羅莎娜更替他脫下已經破碎不堪的上衣，碰到底下赤裸的肌膚。在皮膚上擴散的溫度讓卡西斯差點忍不住跳起來，手碰到的每個傷口都感到一陣刺痛，但滲入肌膚的不只是刺痛。

卡西斯勉強忍住了令人發癢的撫摸，而仔細治療完後，羅莎娜也沒有離開，最後她坐到卡西斯的身旁。

不管房間多乾淨，卡西斯都沒想到她會這樣直接坐在地上，因此有點驚訝。卡西斯性格活潑的妹妹西爾維婭也不會毫無顧慮地這麼做。

然而，羅莎娜接下來的做的事更令人驚訝。她像剛才一樣手法溫柔地托起卡西斯的頭又放下，當他意識到自己躺在什麼地方後，默然驚愕。

我現在枕著的，該不會是腿吧……？

哪怕是現在，要不要假裝自己清醒過來了？卡西斯短時間內掙扎了無數次。如果不是羅莎娜輕輕撫摸著他的頭，他可能會真的睜開眼睛。

但溫暖的手輕輕撫過額頭，他比剛才更加說不出話。不知為何，卡西斯覺得自己現在像個無恥之徒。當然，這個情況絕對不是他所期望或促成的。

然而，此時此刻仍繼續若無其事地裝睡，讓卡西斯莫名覺得自己十分卑鄙。

「我不想死啊……」

就在卡西斯內心煎熬時，頭上忽然傳來自言自語。是摸著他的頭，似乎陷入沉思的羅莎娜突然喃喃自語。

卡西斯對那句話感到困惑，不懂這是什麼意思，不過羅莎娜沒有再多說什麼。

卡西斯也因為在意撫摸著自己的手，必須竭盡全力控制表情。

「但是真奇怪呢。」下一秒，羅莎娜撫過他頭髮的手停了下來，「在這段期間有人幫你洗過澡嗎？為什麼頭髮這麼柔順？」

如果卡西斯的眼睛睜著，肯定會在那一刻看到他的瞳孔微微顫動。

「也沒有味道。」

這次卡西斯不自覺地微微顫抖起來。雖然想從緊密貼著羅莎娜的身上離開，但他現在正假裝昏迷，動彈不得。或許是發現他剛才無意識地動了一下，一道更加執著的視線落在卡西斯的臉上。

雖然羅莎娜沒有察覺，但卡西斯的耳朵微微泛紅。現在她疑惑的問題，與他從費德里安繼承的特殊體質有關，卡西斯沒有想到羅莎娜會敏銳地看穿這點並產生懷疑，不禁驚慌起來。

而且，直接指出這一點的人是同齡的少女，這個事實讓卡西斯的思緒更加混亂。

幸好羅莎娜沒有為了聞卡西斯的氣味而將臉湊過來，或是更仔細地撫弄他的頭髮。

用不著說，到了這個時候，卡西斯真的已經無法睜開眼了。他祈禱著這段痛苦的時間趕快過去。

「……雖然對一個失去意識的人這麼說有點可笑，但我很抱歉，剛剛沒辦法阻止他。」

頭上再次傳來柔和的聲音。卡西斯靜靜地聽著羅莎娜為剛才的事道歉。

「但從現在開始，不會再發生那種事了。因為現在你屬於我了，其他人不能隨便碰你。」

她仔細梳理他頭髮的動作非常輕巧溫柔，甚至讓他頓時忘記她是他的敵人蘭托・阿格里奇的女兒。

「我一定會讓你離開這裡。」

這次也一樣，在那道聲音中果然感受不到虛偽。這件事還是不對勁，不過……

從羅莎娜走進房間時開始，卡西斯準備隨時出手的身體慢慢放鬆下來……目前感覺不需要攻擊她。

周圍的空氣不知為何出奇平靜，卡西斯輕嘆了口氣。

我再次去找卡西斯時是傍晚時分了。我剛才直到最後都沒有找到其他證據證明卡西斯當時是醒著的，只好離開房間。

幸好這次成功見到了睜開眼的卡西斯。門一打開，我就與在黑暗中閃耀著鮮明光芒的金色瞳孔對上目光。

我頓時遲疑了一下，但沒有表現出來，轉身關上門。之後觸碰牆上的燭臺，視野變得更加明亮。這種燭臺可以利用咒術隨意控制、維持燭火的大小，因此我調暗亮度，讓卡西斯可以舒服地休息。

我原本想把亮度調亮一點，但又覺得在視野太明亮的地方面對卡西斯不太自在，所以作罷，因此，房間裡的燭火只能讓我們看清對方的臉。

在微弱的燭光下，卡西斯靜靜地凝視著我。他靠坐在牆邊，離剛才躺著的地方不遠。

或許是因為與燭臺的距離相當遙遠，他一部分的臉龐被濃厚的陰影遮蓋住。看到他半隱藏在黑暗中，靜靜注視著我的模樣，也讓我覺得他就像野生動物，戒備並觀察著出現在自己領域的人。

「你的傷口不小，應該多躺著啊。」

本來想問他身體有沒有不舒服，但還是決定別說這種多說無益的話了。我親手照顧卡西斯的傷口才不到半天，除非他成了超人，否則身體狀況不可能在這段期間內好轉。

「剛才醫生來治療過了。你有其他不舒服或是會痛的地方嗎？」

聽到我的話，卡西斯皺起眉。微微瞇起的瞳孔凝視著我。

真希望我擁有讀心的能力，這樣我就可以得知卡西斯現在在我面前想什麼了。也可以確認之前來看他時，他是否真的暈倒了。

然而此刻他與我面對面，臉上仍然看不出內心的想法。

過了一會兒，卡西斯開口，簡短地回答：

「……沒有。」

但是是錯覺嗎？前面好像停頓得有點久。

「我帶了止痛藥來，你要吃嗎？」

我再稍微走近卡西斯。這次我沒有等他回應。

「在那之前，我帶了一些能簡單果腹的食物來，先填飽肚子吧。」

我現在拿著的托盤上除了藥之外，還有一些簡單的食物，但也只是柔軟的麵包和濃湯而已。卡西斯空腹了好一段時間，不能馬上吃油膩的食物才對，雖然我給他吃了代替食物的濃縮營養藥丸，但那不能算是食物。

我走向卡西斯，把托盤放在他身旁。

「這裡沒有餐桌和椅子，會有點不方便。我把本來放在這間房間裡的危險物品都清掉了。」

其實我心想著卡西斯可能會攻擊我，從剛才就稍微繃緊身體。與在地牢不同，雖然他的四肢綁著鐵鍊，但可以在一定的範圍內自由活動。

然而，卡西斯只不動聲色地觀察著我的行動，沒有離開他的位置。

「這種事可以交給僕人來做就好。」

他只用冷淡的聲音如此低喃。這回答讓我稍微安心下來。

因為在走進這個房間前，我一直很煩惱如果卡西斯對我表現出敵意時該怎麼辦。

「我吩咐僕人去為你準備衣服了。」

我決定不告訴他其實是因為我擔心他會攻擊進入房間的僕人，所以才親自過來，以及我也曾想過他或許會打算逃跑，做出激烈的行動。

反正以卡西斯現在的狀態，要逃出阿格里奇是不可能的，但可能他的想法可能會跟我不一樣。所以如果卡西斯引發了騷動，我必須在那件事傳到蘭托・阿格里奇耳裡之前解決掉。

總之，畢竟我的武力遠勝於這個家裡的僕人，所以遇到緊急狀況時，我打算再次打量卡西斯。

而且從現在開始，卡西斯與我是在同一條船上的人了吧?所以最好經常見面，順便增進感情。

「你現在穿的衣服太髒了，也破破爛爛的。等一下有人拿新衣服來的話，就把衣服換掉吧。」我這麼想著，和藹地說道。

那一刻，卡西斯的表情變了，但是是有點負面的意思。我不知道他到底在想什麼，他看著我的視線有些陌生。不過很奇怪，如果我沒看錯，現在摻雜在卡西斯眼神中的是一絲羞愧。

我的心裡再次浮現深沉的疑惑。

什麼啊？這個人……剛才果然醒著吧？

但卡西斯沒有看著我太久，先移開了視線，所以我也沒有辦法好好觀察他的眼神。不久後，卡西斯緩緩開口：

「所以……」接著傳來的聲音就像他的表情一樣僵硬，「我現在是妳的玩具了，那我應該做什麼？」

他明顯在轉移話題。我原本想忽視這件事，繼續說衣服的事，但還是順從地回答：「好好吃飯、好好睡覺、好好休息，趕快康復。」

卡西斯似乎沒預料到我會這麼回答。他像聽到了意想不到的話一樣看著我。

「先吃東西吧！我沒有下毒。」

卡西斯的目光落到擺在地上的托盤上。

「因為你有可能會懷疑我。」

我在卡西斯開口說話前，先將托盤裡的食物各吃下一口。看到我的動作，卡西斯的雙眼微微瞇了起來。

為了告訴他我吃下的食物沒有毒，我稍微等了一下。當然，不管食物裡加了什麼毒對我都不管用，但卡西斯不知道這一點。要說的話，這就只是一場表演而已。

「如果你還是沒辦法相信我，我再吃一次吧？」

「不用。」

說話有些冷淡的卡西斯把在我前面拉過地上的托盤，之後他抱著雙臂，沉默地看著我。

看來我在的話，他不方便吃東西，所以我說要去確認拿衣服的僕人來了沒有，走出房間。

我看房裡連坐一會兒的地方都沒有，之後還是拿一張椅子來吧。等我確定卡西斯不會威脅到我，我也會帶其他必需品給他。

不久後，我帶著要給卡西斯穿的新衣服回到房間。當然，我沒有親自拿來要給他的衣服，而是讓跟在我後面的艾米莉拿著，就像我不久前拿食物和藥過來時一樣。雖然這樣在某方面來說很麻煩，但我不能營造出親自照顧卡西斯的感覺。

抵達門口時，我讓艾米莉回去。

「可以了。妳走吧，艾米莉。」

「是，小姐。」

隨後，我拿著艾米莉交給我的衣物，走進卡西斯所在的房間。每次進出都必須這樣開關門鎖果然很麻煩，被關在房裡的人應該也會感到不悅，但目前這是無可奈何的事。

我皺著眉，推開門把。

喀噠！

我終於踏進房間的那一刻愣在原地。與剛才不同，卡西斯站了起來，而我的視線不自覺地飄向他背對門站著的背影。

我之所以愣在原地，是因為他脫下了上衣，裸露上半身。遠處搖曳的火光為他的身體描繪出朦朧的輪廓。

卡西斯的身上到處纏著繃帶，沒有纏著繃帶的地方則布滿數不清的鮮紅傷痕。但看到他赤裸身體的那一刻，最先掠過我腦海的想法並不是「感覺很痛」。

我放開門把，門在背後發出滑動的聲響，之後喀噠一聲，終於完全關上了。

卡西斯歪著頭轉頭看向我。當我與那雙帶著陰影的金色眼瞳對上目光時，不知為何，突然說不出話來。

這當然不是我第一次看到男人赤裸的上半身，也不是第一次看到卡西斯的身體。剛剛醫生沒有好好治療他的傷時，我也親手脫下他的衣服進行治療，當時我明明對卡西斯的裸體沒有任何感覺，但是……為什麼現在會像這樣隱約感到誘惑呢？是因為周圍比剛才還昏暗嗎？還是因為剛才一動也不動地躺著的卡西斯，現在如此生動地凝視著我？感覺就像在窺探某人的祕密。

燭臺發散的紅光使黑暗中的卡西斯格外顯眼。

那時，卡西斯緩緩張開雙唇：「我需要洗澡。」

近乎呢喃的低沉聲音搔動我的耳膜，破爛不堪的布料從他的手中滑落在地。纖細結實的背部肌肉也隨著那動作，描繪出更加明顯的曲線。

「喔，這樣啊……」

我不自覺地回答，下一秒馬上回過神。

不對，只是看到他裸露上半身而已，我為什麼會這樣？還有，這奇妙古怪的氣氛到底是怎麼回事？

看來問題在於剛才微弱的燭臺火光。但如果現在調亮燈光，照亮四周，我會十分在意脫下衣服的卡西斯。直到剛才都沒有調整燭光，偏偏在他換衣服時調亮也有點奇怪啊。

當然，現在的這些想法也是我出奇在意卡西斯的證據。我稍微皺起眉，用泰然自若的聲音說：

「這扇門是浴室。我怕你會一直在意我讓彼此不自在，所以特地選了有浴室的房間。」

這間房間雖小，但也有浴室，裡頭危險的物品當然都已經清掉了。

房間構造不是平面的，而卡西斯站在牆邊，似乎看不到門。他往我指的方向看去。

「這個。」卡西斯輕輕抬起手臂，看向我，「因為鐵鍊，我沒辦法換衣服。」

啊，聽他這麼一說的確是這樣。

戒具緊銬著手腕與腳踝，沒什麼太大的影響，但確實會妨礙到穿脫衣服。

但他剛才是怎麼脫掉上衣的？

對於那個疑問，我低下頭，馬上找到了解答。卡西斯不久前脫下的衣服完全破了，就像抹布一樣。他原本的衣服因為在地牢遭到鞭打，又被夏洛特攻擊而變得破爛不堪，所以現在隨手一扯就能脫下衣服。

就算可以這樣脫掉衣服……在被鐵鍊拴住的狀態下，的確沒辦法讓手腳套上衣服。

我思考了一會兒後，向卡西斯提議道：

「我幫你解開手腳上的鐵鍊，換成項圈可以嗎？」

「……」

卡西斯沉默了。他當然對我的話感到非常不悅，看著我的目光似乎更冰冷了一些。

「總比身體被四條鐵鍊拴住好吧。」

當然還是會讓他戴著戒具，因為戒具是束縛對方力量的道具，尤其當對方做出帶有攻擊性的行為時，具有壓制的功用。

與一般魔物用的戒具相比，大魔物用的戒具壓制力當然更強。但是他之前被夏洛特攻擊時，戒具曾被破壞過，我很懷疑它對卡西斯是否還有效用。現在卡西斯明明戴著戒具，我卻依然保持戒備、擔心他會攻擊我也是因為這個原因。

然而反之，如果戒具無法對卡西斯完全發揮效果，那鐵鍊從一開始就形同虛設。

所以即使說要解開四肢的鐵鍊，改用項圈，也只是做做樣子而已。但就算只是形式，我的立場也不得不這麼做。

雖然卡西斯沒有給出任何回應，但他的眼神贊同了我的提議。他當然一點都不喜歡項圈，但他似乎也認同每次需要時，都要這樣拆下戒具上的鐵鍊再裝上去很麻煩。他馬上放下手臂，帶著「隨便妳」的意思看著我。

我馬上走向卡西斯。其實我讓人去準備卡西斯的衣服時，也吩咐僕人準備項圈了。我沒有想到鐵鍊會妨礙他換衣服這件事，但他只是稍微動一下，鐵鍊也會發出噪音，令人煩躁。

當然，聽到我的命令，去準備項圈的僕人是用什麼眼神看著我的……應該不用多說。

我是還不打算讓其他人進入這個房間，因此得親自幫卡西斯戴上項圈，為此我必須靠近他。卡西斯可能也知道這一點，所以允許我靠近。

「就算不方便也先忍著。」

我跟卡西斯面對面。他的目光停在我臉上一會兒，但很快就移開視線，避開我。

他明明可以多看一下啊，真是堅決。我的美貌不就是我擁有的強大武器嗎？既然事已至此，如果卡西斯就像其他男人一樣被我的美貌誘惑、為我著迷，事情會變得更加簡單。

我感到有點遺憾，將手伸向卡西斯。當我的手掠過他的頸項，卡西斯的頭稍微動了一下，不過除此之外，他沒有任何動作，因此我得以輕鬆地幫他戴上項圈。

「……」

接著，我看著脖子上戴著黑色皮項圈的卡西斯……

難怪周遭的氣氛變得比剛才更奇怪了。一個上半身赤裸，滿是受虐的傷痕又戴著項圈的美男子，我莫名覺得自己成了變態，不悅地皺起眉。之後我發現卡西斯也露出與我相似的表情。

我將卡西斯手腳上的鐵鍊解開，把其中一個套到項圈上。雖然依舊戴著戒具，但就算只是拆下鐵鍊似乎也十分舒暢，卡西斯像在運動般動了動手腕和腳踝。

「這棟宅邸的構造就像迷宮，我的兄弟姊妹有時候也會迷路。」我怕卡西斯會胡思亂想，開口說：「第一次來阿格里奇的人自然都找不到出入口，在宅邸裡徘徊。」

聽到我隨口說的話，卡西斯轉過頭來。

「但我當然知道通往出入口的捷徑。」

接著，我在近距離下與那雙金色瞳孔對上目光，彷彿在說「我剛剛說了什麼嗎？」，並對卡西斯微笑。

「進去洗澡吧。」

卡西斯走進浴室後，我將地上的托盤與破碎的衣服收走。托盤上的碗盤是空的，看來他也沒有忘記吃掉止痛藥。幸好卡西斯沒像以前一樣說「怎麼能相信妳給的東西還吃下肚」。

看來卡西斯決定先乖乖地待在這個房間裡了。可能是評估過自己的身體狀況後下定了決心。總之，這是個明智的決定。

以他現在負傷的狀態，即使艱辛地成功逃出了宅邸，肯定也會在越過邊境前遭到魔物襲擊而死。

浴室那邊忽然傳來水聲，打散我的思緒。

因為卡西斯的脖子上連著鐵鍊，門無法完全關上，微微開著。聽到從門縫中傳來的聲音，我又感到有點不自在。但我立刻告訴自己不要在意，喚來一隻蝴蝶。

乘載著我意志的紅黑色蝴蝶輕輕飛來，就這樣融入牆壁。如今只要卡西斯在這房間裡發生什麼事，牠就會馬上傳送信號給我。我其實很想直接派人監視卡西斯，但我認為他可能會發現，所以很可惜地，我決定在房間裡動動手腳。

話說回來，我送去西邊邊境的蝴蝶還沒帶回消息，讓我很在意。我還以為費德里安的人為了尋找卡西斯，一定會在邊境附近徘徊，但他們還沒發現卡西斯失蹤了嗎？應該再送一隻蝴蝶過去嗎？

正當我苦惱時，卡西斯從浴室裡走出來。

洗完澡、換過衣服後，卡西斯的模樣確實比剛才還正常。他看到我坐在床上，呆站在原地。但是這間房間裡只有床鋪能坐，我也沒有其他選擇。

「過來這裡坐下。」

卡西斯看到我放在身旁的繃帶與藥，似乎推測出了我叫他的理由。

「我自己可以。」

「真的？你要怎麼處理背上的傷？」

卡西斯皺起眉，而我歪著頭看他，像在問他有什麼問題嗎？

「不用擔心，我從小就經常處理傷口，很擅長。」

其實我也可以叫醫生來，但這是能與卡西斯親近的機會，即使是件小事，讓他慢慢懷有愧疚感也不錯。當然，這個想法相當膚淺狡猾。

「妳說妳從小就經常處理傷口？」

卡西斯沉默了一會兒後反問我。看來他不太了解阿格里奇養育孩子的方法。

「嗯，哥哥受傷的時候，我也每天幫他治療傷口。」

這是事實，但稍微誇大了。阿西爾從小就笨手笨腳的，接受訓練時當然每天都會受傷，沒辦法每次受傷都請醫生來，所以母親跟我都為他治療過傷口。但我那時才幾歲，怎麼可能會處理嚴重的傷，頂多在受傷的地方貼上OK繃而已。

但那麼說的話，卡西斯可能會更相信我，讓我治療吧？再加上與小時候不同，我現在的治療能力比之前進步也是事實，因為我從小就到處打滾、接受訓練，也常常遇到必須自己包紮傷口的情況。

卡西斯依然站在原地，低頭看著我。由於他背對燭臺站著，臉被黑暗籠罩，看不清楚，所以我不曉得他現在是什麼表情。

他就那樣一動也不動好一陣子，我因此漸漸感到煩悶。當我想再次溫柔地催促卡西斯時，他終於從原地邁開步伐。

卡西斯看了我一眼，開始解開上衣鈕扣。滑下肩膀的衣服這時完全落至腰間。

「其他地方我可以自己來。」

所以只治療我無法碰到的背部就好——似乎是這個意思。我瞄了一眼背對我坐下的卡西斯。

……是我的錯覺嗎？不知為何，他的警戒心好像減輕了一些。

我瞇起眼，目光再次落在傷痕累累的背上。可能是因為剛才碰到水，傷口又開始滲血了。但是為了避免感染，需要再次清洗傷口。

我用乾淨的毛巾擦掉皮膚上的血後，正式開始治療他的傷。我的手第一次碰上傷口的瞬間，卡西斯的手臂稍微轉動了一下。

話說回來，他全身的肌肉都很結實漂亮呢。從我睜大眼尋找也毫無一絲贅肉這點來看，顯然平常就非常努力鍛鍊。如果他落到夏洛特手上，下場果然會十分悽慘，她會先順著肌肉紋理，剝下皮膚吧？

不僅如此，像這樣近距離一看，他的骨架也挺直端正。尤其是筆直延伸的脊椎與肩胛骨最引人注目。我的兄弟姊妹裡，也有迷戀骨頭與內臟、以收藏這些東西為樂趣的混帳，他們看到卡西斯肯定會流下口水。

為什麼這個人不只臉蛋，連骨頭也這麼漂亮呢？我用憐憫的眼神看著卡西斯。

真是各方面都很符合阿格里奇的喜好呢。

我突然想到，卡西斯在小說中的遭遇可能比我一開始預想得還要悲慘。我搖著頭，再次同情小說中卡西斯悲慘的命運。

別分心了，專心做該做的事吧。

我再度辛勤地動手。話說回來，卡西斯從剛才就不發一語，一注意到這點，在這太過安靜的房裡就不太自在。我瞥了他一眼，但卡西斯背對著我，看不到他的臉。

「我現在碰到的地方會痛嗎？」在安靜的空氣中，我的聲音輕輕響起：「會痛的話就說，我會更小心一點。」

卡西斯完全不說話。我更放輕力道，輕輕擦過他的傷口。

「現在感覺怎麼樣？」

就在此時，卡西斯的身體突然動了，下一秒結實的手抓住我的手腕。

「已經夠了，所以別再碰我了。」

耳邊響起冷漠的聲音。我還來不及做出反應，卡西斯就甩掉我的手，拿起剛才脫下的襯衫，重新穿上。

我知道他為什麼會有這種反應。

嗯，看來他還是會把我當成異性呢。

但是我假裝什麼都不知道，聲音溫柔地對他說：「我也幫你處理其他傷口吧。」

「不需要。」

我遭到毫不留情，如利刃一般銳利地回絕。卡西斯的表情依然冷若冰霜，根本不看我。之後卡西斯都冷漠地對待我，直到我離開房間。不過，剛才卡西斯究竟為什麼對我稍微放鬆了警戒呢？我站在剛才離開的房門前苦惱。

一開始，卡西斯看起來明明絲毫不想讓我幫他治療傷口，我想知道到底是什麼原因，讓他做出這麼衝動的決定。

我一邊走著，一邊獨自推測那個原因。

「羅莎娜小姐，您現在要去找玩具嗎？」

「不，我要先去毒蝶孵化室再過去。」

在那之後過了三天，我和卡西斯度過的每一天都差不多。我一天會去找他三次，親自照顧他的飲食，卡西斯似乎也會以此來推測一天過了多久。

我無法每次都治療他的傷口，因此也沒忘記請醫生過去。其實除了照顧卡西斯，我還有很多事情要忙，去毒蝶孵化室看看也是其中之一。

毒蝶孵化室今天也十分潮濕又悶熱，在密閉空間裡流動的空氣既濕黏又沉重。這裡原本是阿格里奇培育毒草的溫室之一，在我救下毒蝶的卵之後，改造成了孵化室，所以這裡現在依舊種滿了會釋放出毒氣的草，一般人走進裡面，肯定撐不到十秒就會昏倒。

然而，混合著多種毒氣的潮濕空氣無法對我造成影響。我穿過茂盛的毒草叢，往更深處走去。

走了一陣子後，被荊棘藤纏繞著的黑色蝶卵出現在視線中。毒蝶卵現在已經成長到大約我的兩個拳頭大了。我站在牠面前，拿出準備好的匕首，毫不猶豫地捲起袖子，劃開手臂。尖銳的刀刃劃過皮膚，鮮血伴隨著刺痛感汩汩流出。

滴答滴答。

從我手臂流出的鮮血一滴滴落在黑色蝶卵上，被血覆蓋的卵漸漸開始渲染成深紅色。

「好好享用。還有既然吸了血，就再快一點長大吧。」

一開始我總共有三顆毒蝶卵，但現在只剩下這一顆了。原本孵化毒蝶的成功率也大概只有三成。

毒蝶是一種魔物，非常難找到有卵的棲息地，要使其服從更加困難。為了成為毒蝶的主人，必須在孵化前像這樣定期讓牠吸收血液。

此外，有助於毒蝶孵化的養分從其名稱就能得知，就是毒。因此，從以前就在培養毒草的這個溫室可以說是非常適合毒蝶生長的場所，而從小就服毒的我的血液也一樣。所以，我吃下的毒量比以前增加許多。

若是依照原本的故事，找到這個毒蝶卵的應該是小說的男主角之一——「白之魔術師」。他是一位擁有操控魔物能力的人，在故事中他找到了毒蝶的棲息地，並成功將卵孵化出來。

我依稀記得那個棲息地，所以告訴了艾米莉毒蝶棲息地的位置，命令她將卵帶回來。飼養或馴服魔物是非常罕見的能力，我當然沒有那種才能。不過，如果是尚未孵化的毒蝶，或許可以留下印記，讓牠把我當成主人。能保護自己的手段本來就是越多越好，不是嗎？

就算失敗了，我也沒有任何損失，所以我不抱期待地採集毒蝶的卵，定期讓牠們吸食我的血。現在吸飽血的毒蝶卵看起來像覆蓋著一層薄薄的血膜。

我隨便將手臂止血後，撫過卵的表面。彷彿摸過活生生的動物皮膚，溫暖的溫度立刻滲入指尖，我莫名有種預感，這顆卵孵化的日子不遠了。

從毒蝶孵化室出來後，我去找卡西斯。

「午餐時間到了。」

今天的午餐菜色是燉雞肉、五穀麵包和水果。由於必須避免所有要使用刀叉的食物，所以能提供給他的菜色有限。

「這樣應該很麻煩，但妳每次都親自過來呢。」

卡西斯對我的態度依舊冷淡，但比起第一次見面，他沒有那麼彆扭了，態度比我想得還乖巧配合。我把食物拿給坐在床上的卡西斯。當我把托盤放在床上並向後退時，突然感覺到有什麼從胃裡湧上。

唔噁！從我嘴裡發出像是乾嘔的聲音。

滴答滴答——暗紅色的血流到我捂住嘴巴的手上。我昨天服下艾米莉帶來的毒藥後胃就很難受，結果吐血了啊。我用衣袖擦拭嘴角，若無其事地想著。

喀噠！

前方突然響起的聲音讓我抬起頭來，看到仰望著我的卡西斯。他因為剛才發生的事，驚訝得僵著臉，那雙稍微圓瞪的眼睛感覺有些陌生。他想拿起放在床上的托盤，但又放下來。

「妳……」

卡西斯想對我說什麼，張開了嘴，但又不知道該對我說些什麼。

「剛才那是、血……」

「啊，抱歉。」

我看到他的樣子後向他道歉。這對卡西斯來說肯定是令人驚慌的一幕。

「你明明在吃飯，卻因為我失去胃口了吧？」

畢竟是在飯桌前突然吐血，他會露出那種表情我也能理解。他該不會覺得我很髒吧？

我冷淡的反應讓卡西斯的表情一變。他用困惑的眼神看著我，再次開口：

「這不是重點……妳剛才吐血了吧？」

「是沒錯……不過你不用在意，這沒什麼大不了的。」我用袖子遮住嘴角說道。

這裡連鏡子也沒有，我無法將應該沾到嘴角和下巴的血擦乾淨。但是我的袖子也沾到血了，卡西斯的目光盯著我衣服上的紅色痕跡看。

「吐血沒什麼大不了的？」

卡西斯的表情似乎比剛才還嚴肅。

「嗯，這種事……」我煩惱了一下該怎麼回答後續道：「因為我從以前就經常發生這種事。」

不需要說明吐血的原委吧？如果對他說為了培養耐受性，阿格里奇的家風是從小就開始服毒，可能會適得其反。他搞不好會認為每天服毒的我就和其他阿格里奇的人一樣是惡毒之人，感到厭惡。

啊，那也不可以在這時表現得這麼若無其事吧？應該像第一次見到血一樣，做出吃驚的反應嗎？

我當然知道現在這麼做已經太遲了。對阿格里奇家的人來說，這點小事真的不算什麼，因此我不曾想過卡西斯會怎麼看待這樣的我。

「從以前就經常發生？」

這時，表情僵硬地望著我的卡西斯忽然若有所思地皺起眉。

「這樣說來，上次也是……」

嗯？他說上次？我什麼時候也在卡西斯面前吐血過？

但是我不記得發生過這種事，卡西斯也沒再繼續說下去，所以我很好奇他想說什麼。不過，現在更重要的是……

「你現在是在擔心我嗎？」我看著卡西斯的臉，隨口問道。

這時，卡西斯頓時顫了一下。

「說什麼啊，我為什麼要擔心妳？」他的表情突然帶著寒意，「看到有人在眼前吐血，不管是誰都會覺得驚訝吧？」

冷酷的聲音在我耳邊響起。像在表示這句話荒唐至極，比剛才更冷漠的表情也這麼說著，總而言之，他的回答完全否認了我的話。

然而，我本能地感覺到這是我可以深入了解的機會。

「啊，是那樣啊……我已經習以為常了，沒想到其他人會感到驚訝。」

這麼說來，我至今了解到的卡西斯是吃軟不吃硬的類型。既然如此，我也可以順便稍微對他顯露出脆弱的一面。

「但我以為你很討厭我……竟然還關心像我這樣的人，你真溫柔呢。」

我對卡西斯微微一笑，故意營造出有點苦澀的氛圍。

「謝謝你。」

看到這樣的我，卡西斯露出說不出話的表情。

啊，但是不能現在才裝柔弱吧，畢竟我之前曾經打上他的心窩，讓他暈倒。

嗯……不過卡西斯現在好像也忘記了那件事，就先裝作不知道吧。而且那時候卡西斯的眼睛也看不見。

「那我該走了。」

還是淡然地離開比較好吧。為了讓卡西斯享受愉快的用餐時光，我還是離開比較好。

「抱歉，嚇到你了。」

我對卡西斯這樣說完後轉身。最後一次看向他時，卡西斯臉色凝重地緊抿著嘴。卡西斯看著我背影的目光，似乎比平時停留得還久。

「莎娜姊姊！」

我剛走出房間幾步，就遇到了傑瑞米。從走廊盡頭走來的傑瑞米開心呼喚著我，像看到雪的小狗一樣跑過來。

我沒想到會在門口遇到他，頓時愣住。傑瑞米看到我，也不知為何驚訝地停下了腳步。

當然，那只有一瞬間，我和傑瑞米很快就若無其事地走向對方。

「怎麼了？姊姊的衣服上沾到血了耶。」

啊，是因為我身上沾到血了啊。我稍稍移動遮著嘴角的袖子，故意讓血沾到臉頰上。

「因為玩具不聽話，我去稍微懲罰了他。」

「啊，是那傢伙的血啊。」

幸好，沾在臉上的血看起來似乎相當自然，傑瑞米的臉色放鬆下來。再加上，他聽到我說去懲罰了卡西斯，更開心了。

阿格里奇的孩子們從小就開始服毒，但會盡量不向他人透露各自服用了什麼毒藥，以及產生了多嚴重的副作用，以防這件事變成自己的弱點。

實際上，也有一些兄弟姊妹試圖利用這點，在每月測驗中獲得更高的排名。

當然，我不認為傑瑞米會用這種事來威脅我，但是……從某種角度來看，這種防禦機制是在阿格里奇生活時養成的習慣。況且，既然不是在傑瑞米面前吐血，我沒有理由非得親口說出這件事。

「姊姊，妳別擦了，越擦越髒喔。」

「是嗎？因為一想到我臉上沾到骯髒的血，就覺得很不舒服。」

聽到傑瑞米的話，我放下手臂。稍微低下視線一看，胸口上斑駁的血跡相當自然。這樣真的會讓人以為是被其他人的血濺到了。

「我得回房間洗個澡。」

不是，你為什麼這麼高興啊？

傑瑞米似乎相當滿意我把卡西斯的血形容得很骯髒，像嘴裡含著糖果的孩子露出滿足的神情。

「傑瑞米，你怎麼會來這裡？來找我嗎？」

「因為姊姊不在房間，我想妳有可能是去找玩具就過來了。」

他是來找我的沒錯，還好今天比以往還早從卡西斯的房裡出來。

「好，那去我房間吧。」

我向眼前的傑瑞米走近一步。這時，傑瑞米嗅了嗅氣味後開口：

「但是莎娜姊姊，妳又去毒蝶孵化室了？」

我驚訝了一下。

這傢伙的鼻子真靈敏呢，該不會是現在聞到味道後發現的？

「姊姊身上有一點毒草的味道，但很細微就是了。」

他曾罵過卡西斯是狗，但這樣看來，傑瑞米也差不多。

反正傑瑞米早就知道我會去毒蝶孵化室，所以沒什麼好隱瞞的。

「嗯，我剛剛才去了一趟。」

不過，即使很細微，如果傑瑞米能聞出來，那代表我身上還殘留著溫室裡的毒氣。若是如此，沾在我身上的毒或許會影響到卡西斯。以後去看卡西斯之前還是別去溫室了。

「這次會孵化嗎？」與我並肩而行的傑瑞米用不滿的語氣問道：「難道就不能丟掉那顆卵嗎？不然直接送給其他人也好。」

我記得上次也聊過類似的話題。傑瑞米從一開始就不希望我孵化毒蝶，在艾米莉按照我的指示帶回毒蝶卵的那天，他甚至故意假裝失手，想摔破牠。

「傑瑞米。」

雖然他應該不會再這麼做，但我覺得還是需要再提醒他一次。

「你要是再像之前一樣打算妨礙我，我真的會生氣喔。」

「我不會的！」

傑瑞米聽到我的話，驚訝地大喊。

之前，傑瑞米假裝不小心想摔破毒蝶的卵時，我用冷漠的目光瞪著他，似乎帶給他相當大的衝擊。

「我只是因為姊姊必須用的血讓那個像寄生蟲一樣的魔物孵化才這麼做的。」

傑瑞米馬上開始喃喃自語。

我也知道他那麼做的原因。馴養毒蝶的人其實就像毒蝶的宿主，而且魔物就是魔物，即使馴化成功，仍然有危險性。

其中一個代表性案例，是主人馴養成功後，因為無法再供給毒蝶血液，被自己飼養的毒蝶啃食全身而死，所以傑瑞米的確是真的擔心我才這麼做。我向身旁的傑瑞米伸出手，隨即停在半空中。

「我想摸摸你的頭，但我的手上有血。」

「沒關係，我也去洗頭就好了。」

他也回答得太迫不及待了吧？

傑瑞米連一秒都沒猶豫地回答。我聽到他的話，不自覺地輕笑了一下。我如傑瑞米所願，用沾滿血的手撫摸他的頭。傑瑞米依然感到開心，頂著凌亂的頭髮看著我笑。

「不過還好快要孵化的那兩顆卵最後死了……喔，不對！事情不如莎娜姊姊所願，我當然也覺得很遺憾……」傑瑞米不假思索地說完，馬上害怕地解釋：「反正要馴服一隻以上也很困難，只要這次成功就可以了……妳懂我的意思吧？」

「我懂，果然只有你這麼關心我，謝謝。」

我不忍心看到他如此掙扎，便讓傑瑞米從苦惱中解脫。我親切地笑著，再次摸摸他的頭後，傑瑞米露出安心的表情。他的頭髮現在就跟鳥巢沒兩樣。

我帶著傑瑞米上樓，走向我的房間。

不過剛剛傑瑞米說錯了，我已經成功孵化了一顆毒蝶卵。

看著關上的門，卡西斯的臉色比平時更凝重。羅莎娜剛才走出那扇門的身影仍如殘影般留在視線中，外面隱約傳來的微弱腳步聲很快就消失了。

在靜謐的房間裡，卡西斯終於低下了頭。剛才羅莎娜站著的地方有幾滴紅色血跡。

卡西斯皺起眉。從剛才就散發出誘人香氣的食物就在眼前，但他連看都沒看一眼。

原本就不好的食欲變得更糟了。當然是因為剛才的事情。

『不過你不用在意，這沒什麼大不了的。』

『嗯，因為我從以前就經常發生這種事。』

代表她經常吐血，頻繁到讓她的反應如此冷靜嗎？實際上，羅莎娜自己早就習慣了這件事，從來沒想過她吐血會嚇到別人。腦海中閃過羅莎娜表情冷靜擦拭嘴角的樣子，以及在白色袖子和前襟上漸漸渲染開來的紅色斑點。

其實卡西斯每次見到羅莎娜時都會感到疑惑。每當兩人靠得非常近時，會有一絲淡淡的毒藥氣味忽然飄過來。一開始的一兩次還以為是錯覺，但隨著見面次數增加，他確定自己的想法是對的。

當然，從她身上散發出來的毒藥氣味非常微弱，如果不是原本就對此敏感的體質，卡西斯肯定也不會察覺到。

無論如何，這種情況通常有兩種原因：體內自行散發出毒素，或是從外部攝取毒素。

如果是前者，代表她生病了；如果是後者，代表她中毒了。

卡西斯無法得知羅莎娜是哪種情況，然而，從每次見面她身上都會散發出毒藥氣味來看，她維持現在這種狀態恐怕已經很長一段時間了。

不過，今天午餐時來找卡西斯的羅莎娜不知為何，毒藥氣味感覺比平時更強烈一些。而且她的身上稍微帶著血腥味。

因此，打從羅莎娜走進這個房間，卡西斯就暗中觀察著她。但沒想到她會在自己面前吐血……

這麼說來，在地牢時，他也曾經從羅莎娜身上聞到血的味道。就是羅莎娜提前告知卡西斯，自己之後暫時沒辦法過來的那天。

他想起她那天沒有特別說明原因，還帶著強烈的血腥味來到地牢，讓他感到困惑。難道那天也像今天一樣吐血了嗎？

卡西斯光滑的額頭上出現深刻的皺摺。他忽然想起不久前羅莎娜來找他時低喃自語的那句話。

『我不想死啊……』

卡西斯當時只是假裝昏倒，所以聽到了羅莎娜的自言自語。

當時不知道那是什麼意思，就先推到記憶的角落……現在看到滴在地上的鮮紅血液，當時聽到的話突然浮現在腦海中，不停打轉。而且，當初把卡西斯帶來這個房間的男人們之間的對話也突然浮現。

『話說四夫人，她剛剛說了阿西爾少爺的名字吧？』

『這傢伙像阿西爾少爺嗎？我覺得一點都不像啊。』

『就是啊，我還在想羅莎娜小姐和夫人怎麼都對他感興趣呢，難道在她們眼裡看起來很像嗎？』

『他與阿西爾少爺去世時的年紀差不多吧？有可能是看到這傢伙的這副模樣，更想起了阿西爾少爺。』

雖然可能與今天的事無關，但那天的記憶也讓卡西斯感到不安。不知為何，感覺胸口像卡著粗砂礫。

以前也曾有過這種感覺。當羅莎娜說要親自治療卡西斯的傷口時，看到她提起哥哥的模樣，雖然只是一瞬間，但卡西斯想起了妹妹西爾維婭。如果不是那樣，卡西斯絕不會讓羅莎娜治療他的背。

卡西斯皺起眉頭，動作有點粗魯地撥開遮住眼睛的瀏海。最後羅莎娜開門出去之前對他露出的那抹淡淡的微笑頓時掠過眼前。

『但我以為你很討厭我……竟然還關心像我這樣的人，你真溫柔呢。』

『謝謝你。』

還有她輕聲呢喃的話語。

心中的煩躁感變得更強烈。卡西斯皺起眉，甩掉多餘的雜念。

這時，他突然想起自己一直忘記的午餐，看向床上。托盤上的食物已經冷掉了，雖然依舊沒有食欲，卡西斯還是默默地將它塞進嘴裡。

沒錯，先讓身體恢復健康才是最重要的事。就算是為了此時此刻仍在擔心他，焦急不安的家人們。

一走進房間，我就去洗掉身上的血跡，傑瑞米也先回去他房間了，因為我手上的血沾到了他的頭上。洗完澡後，傑瑞米又過來找我，在我的房間裡待了一陣子才離開。

我終於能夠獨處，坐在床上。

捲起袖子，就看到纏在手臂上的繃帶。也許是洗完澡後隨便包紮的關係，傷口沒有完全受到壓迫止血，依舊滲出血來，將繃帶染成了紅色。那正是我剛才在孵化室裡親手用匕首割出來的傷口。

我動手拆下纏在手臂上的繃帶，細長的傷痕立刻出現在眼前。

「孩子們，吃飯時間到了。」

檢查過滲血的傷口後，我喚來蝴蝶們。不久後，紅黑色的蝴蝶一隻隻出現在空中。大約十五隻蝴蝶翩翩落在滲血的傷口上，那樣子看起來有點詭異。然而，由於毒蝶的主食是宿主的血液，所以我也沒有其他辦法。

我已經成功孵化一顆毒蝶卵的事還是祕密，因為我騙所有人說三顆卵之中成長最快的兩顆卵都孵化失敗，死掉了，但是實際上死掉的只有一顆。

我之前送到西邊邊境的蝴蝶以及放在卡西斯房間裡的蝴蝶，就是從之前孵化的卵裡出生的毒蝴蝶。我和毒蝶似乎比想像得還合得來，當然，我從在棲息地找到卵時開始就很期待，但我竟然真的成功馴養並喚醒孵化率只有三成的毒蝴蝶，令我十分驚訝。

毒蝶是類似半靈體的魔物，與一般生物不同。牠們平時會隱藏自己，在我呼喚時出現在眼前。

從同一個卵中孵化出來的毒蝶有個習性，會自我繁殖，形成群體。我現在擁有的毒蝶只有十五隻左右，但隨著時間推移，牠們會不斷繁殖，變成數十隻，甚至數百隻。

毒蝶的特質還會因為餵食哪種類型的毒藥與毒藥的強度而改變。因此，我也可以理解毒蝶宿主因為無法適時供應大量繁殖的蝴蝶食物，最後被蝴蝶捕食而死的情況。以這個角度來說，我隸屬於擁有各種毒藥的阿格里奇，對養育毒蝶來說相對有利。

還好我孵化的毒蝶都非常喜歡我的血。因此，在身為宿主的我死亡之前，毒蝶肯定會完全服從我，成為強大的武器。在我未來的計畫中，毒蝶將會成為相當有助益的伙伴。

因此，我至今都沒向任何人透露過我孵化了一顆毒蝶卵。這件事我打算對傑瑞米、母親以及我的親信艾米莉保密。至少在卡西斯逃出阿格里奇之前都要保密。

看到手臂上的傷口終於完全止血，除了其中一隻毒蝶，我將所有毒蝶都送回去。

「去西邊邊境。」

我命令單獨留下的蝴蝶去西邊邊境查看。可能是第一次讓蝴蝶飛這麼遠，所以之前送去西邊邊境的蝴蝶與我的連結變得太微弱，無法重新呼喚牠。我還不熟練，所以有點難同時操控那麼多隻蝴蝶。看來為了強化與毒蝶之間的連繫，我必須增加服用的毒藥劑量。過了一會兒，我把艾米莉叫到房間，指示她以後增加我服用的毒藥種類和劑量。

我目前尚未成年，成年之前還需要接受一些訓練。

「天啊，這不是莎娜嗎？」

所以今天從培訓室回來的路上，我遇見了一個不想遇到的人。在綠意盎然的小徑上，撐著陽傘站著的女人正是迪恩的母親瑪麗亞。她擁有棕色頭髮和紫色瞳孔，一看到我便面露欣喜地走過來。

「您好，您出來散步啊。」

看到瑪麗亞的瞬間，我差點不小心皺起眉。不過，我藏起心中的不快，用溫和的聲音向她打招呼。

「莎娜，真的每次見到妳就覺得妳又變漂亮了呢。」

她每次見到我總是那樣，在我面前的她今天也為我的美貌感到驚嘆。她毫不掩飾她的情緒，讓人無法相信她是內心難以捉摸的迪恩母親，看著我的臉驚嘆的表情也很天真。瑪麗亞有著圓潤溫和的臉龐和嬌小的身材，近看的話，感覺也像可愛的小動物。她身後跟著一排看似像侍女的人。雖然她的態度非常親切和善，但這樣的她讓我感到排斥。光憑她是迪恩的母親這點就讓我不喜歡瑪麗亞，除此之外，她這個人也讓我感到不自在。

瑪麗亞是蘭托．阿格里奇的第三任妻子。她在母親們中以性格開朗和豪爽而聞名，與傑瑞米和我的母親完全是天壤之別。

「時間彷彿只為西拉停止一般，她依然保持著亮眼的美貌，但妳比妳母親更美麗呢。」

「您過獎了。」

「哪有過獎，我甚至懷疑這世上到底有哪些詞能形容妳的美呢。」

瑪麗亞盯著我的臉看，一如既往地不停稱讚。

「喔，對了。這樣巧遇也是一種緣分，要不要一起去花園裡喝杯茶？」

看到她若無其事地邀請我，讓我有種我們所在的地方不是阿格里奇的宅邸，而是陽光溫暖的度假勝地的感覺。

「這麼說來，也很久沒見到迪恩了呢。反正這個家族的孩子們都非常忙，難得見到妳，順便叫迪恩來也不錯。」

迪恩目前不在阿格里奇宅邸裡，他正為了蘭托．阿格里奇下達給他的任務外出。還不知道這件事的人，恐怕只有現在我眼前的這個人而已。

我早就知道了，瑪麗亞不怎麼關心她唯一的孩子。像這樣不經意流露出來的冷漠以及其中的冰冷溫度反而和迪恩很像。

「來人，快去叫迪恩過來。」

而且即使迪恩在宅邸裡，我也不可能與他一起喝茶。我和他並沒有熟到可以圍著同一張桌子閒聊。

「夫人，迪恩少爺現在外出了。」

站在瑪麗亞後面的一位侍女告訴她迪恩不在後，她似乎這才知道迪恩不在宅邸裡。

「是嗎？這次是因為什麼事呢？」

「我不太清楚細節，但據說是主人下達了任務。」

瑪麗亞微微點頭，像在說原來是這樣啊。下一秒，她轉向侍女問道：

「妳叫什麼名字？是前陣子受到莉薇爾推薦，來服侍我的孩子對吧？」

「是的，夫人，我叫拉娜。」

「很漂亮的名字呢。願意告訴我我不知道的事，真是難能可貴。」

瑪麗亞的讚美讓侍女深深低下頭。瑪麗亞眼神柔和地俯視那位侍女，微微一笑。

「不過誰准妳未經允許就開口說話的？」

嘩啦！就在那一瞬間，眼前噴濺出紅色的液體。同時，站在瑪麗亞的侍女身體像壞掉的玩偶一般緩緩倒下。

咚！終於倒在地上的身體沒有了呼吸。

「把她丟給魔物當食物。」

瑪麗亞甩了甩剛才劃破侍女脖子的陽傘，若無其事地說。紅色血液滲入青綠的草皮。

接到她命令的侍女們井然有序地行動著。在那其中，瑪麗亞看著我，彷彿突然想起了什麼，睜大了雙眼。

「哎呀，真對不起，莎娜啊。骯髒的血有沒有濺到妳？」

在瑪麗亞動手的那一刻，我就知道會鮮血四濺，所以早就退了一步。因此侍女的血只落在我的腳前。

「沒有濺到我。」

「太好了。那我們去花園吧？」

我看了一眼瑪麗亞滿是鮮血的洋裝。在我眼前揮揮手臂的瑪麗亞，身體正面都被鮮血噴濺到了。她竟然打算以那副模樣和我一起去花園。雖然我早就知道她是那樣的人了，還是不禁感到厭惡。

「很遺憾，我有其他行程。下次再一起喝茶吧。」

瑪麗亞的性格十分單純，雖然因為我的拒絕而面露不滿，但也沒有死纏爛打。

「好吧。那以後有空時，來我房間玩吧。前陣子我幫玩偶們買了新衣服呢。我也有很多漂亮的衣服想送給妳。」

我微笑著表示同意。但就像以前一樣，我今後也絕對不會主動去她的房間。

就這樣，瑪麗亞和我懷著不同的想法對彼此微笑。當然，與她分開後不久，我臉上的微笑就消失無蹤。

「可惡，有股腥臭味。」

傑瑞米惱怒地皺起了眉。

他的身上全是魔物的毒液。因此整個視野模糊得只剩下黑色。

「討厭的蟲子們，又不能把牠們全都消滅掉。」

這個階段的訓練內容是在B區的魔物飼養場採集魔物的毒針。

阿格里奇的生意也包括了毒品和毒藥的黑市交易，因此，從以前開始就常以訓練為藉口，讓人順便去採集可以交易的物品。

說起來容易，但必須在不殺死飼養場內魔物的前提下只摘取所需的部分，所以遠比想像中還要棘手。

訓練個屁，這完全就是在剝削免費勞工吧？不然就給點錢，再使喚人工作。

傑瑞米暗自咒罵著，同時從口中吐出腥臭黏稠的液體。

就在那時，遠處有一群人正往這裡走來。傑瑞米煩躁地用手隨意抹掉臉上的毒液，朝地上甩了甩手。這時模糊不清的視線才變得清晰一點，傑瑞米的目光掃視了一遍那些漸漸靠近的人們。

「什麼啊，妳們是來丟垃圾的嗎？」

他看著接近魔物飼養場的人們手中搬動的屍體，問道。

「是的，傑瑞米少爺。」

「你們最好去其他飼養場。現在進去的話，妳們會死喔。」

因為傑瑞米剛從裡面逃出來，飼養場裡正一片混亂。收集毒針到心煩的他激怒了不少魔物，所以現在進去的話，肯定會被憤怒至極的魔物們猛烈攻擊。

「沒關係。我們也能在魔物之間撐一段時間。」

但是她們平靜地說著。

「等一下，妳們是誰的侍女？」

聽到那句話，傑瑞米忽然疑惑地問。

「我們聽命於瑪麗亞夫人。」

那一刻，傑瑞米的表情像是明白了一切。如果是瑪麗亞的侍女們，應該能依她們所說，在裡面撐個幾分鐘。因為瑪麗亞不喜歡軟弱無能的人跟著她，所以一開始就不會選擇那種人當侍女。

就算如此，當然也改變不了傑瑞米現在在這裡一揮手，她們就會死的事實。

但這也表示她們在僕人之中，戰鬥力還算不錯的。

其實傑瑞米無法理解瑪麗亞的喜好。既不是像左右手般的親信，又只是個做雜事的僕人，有沒有戰鬥力一點都不重要。

「好，那快去快回吧。」

其實，如果傑瑞米願意幫忙，這是件很簡單的事，但只要與羅莎娜無關，他都不想為無謂的事情浪費精力，所以傑瑞米只離開飼養場的門前，接著抱起雙臂，靠在牆上。侍女們走過傑瑞米身邊，進入飼養場。裡面隱約傳來魔物失控的聲音，然而，過了一段時間，裡頭仍然沒有傳出尖叫聲。

過了一會兒，侍女們空手出來，關上飼養場的門。實際上，她們進去再出來的時間還不到兩分鐘，似乎沒有人受傷或死亡。但這果然不是一件容易的事，她們每個人都冒著冷汗。

「所以我才叫妳們去其他飼養場啊。」

傑瑞米挺直靠在牆上的上半身，惹人厭地勾起單邊嘴角。

然而，從這裡到其他飼養場的距離有點遠，過去那裡可能會耽誤太多時間，最糟糕的情況下，可能會再次激怒主人，畢竟瑪麗亞是一個喜怒無常的女人。

「那麼我們先告辭了，傑瑞米少爺。」

「好。」

傑瑞米聽到侍女們道別後點了點頭。之後侍女們先離開，傑瑞米跟在她們後面。

不久之後，侍女們困惑地回頭看來。

「怎麼了？繼續走啊。」

傑瑞米只面不改色地這麼說。傑瑞米很明顯正跟著她們，但侍女們沒有立場阻止他，她們最終只能讓傑瑞米跟著，重新邁出剛剛停下的步伐。

最後傑瑞米跟著侍女們來到瑪麗亞身邊。瑪麗亞站在紅花盛開的花田正中央，在微風的吹拂下搖曳的紅花波浪，看起來宛如血海。

「瑪麗亞阿姨。」

她聽到背後的呼喚，隨即轉過頭去。傑瑞米用了一個從未聽過的稱呼，讓幾名侍女大感震驚。然而，在瑪麗亞身邊工作很久的人習以為常，一點反應也沒有。

「傑瑞米。」

瑪麗亞本人看起來毫不在意稱呼。她一看到傑瑞米，就開心地勾起微笑。

瑪麗亞本來就特別喜歡美麗的人、動物或物品。因此在阿格里奇中，她特別喜歡羅莎娜和她的母親西拉，即使傑瑞米像現在這樣無禮放肆，她也總是很寬容。

「你是來看我的嗎？真令人高興。」

她想得沒錯，傑瑞米的確是來找瑪麗亞的。如果不是，他不可能跟在侍女們後面。

「阿姨，妳的壞習慣又犯了啊。」

但那不是出於好意。傑瑞米公然挑釁瑪麗亞。

「明明安靜了一陣子，為什麼又殺了無辜的侍女啊？再這樣下去，魔物們會以為阿姨是飼養員喔。」

「傑瑞米，我是在懲罰那些不聽話的孩子。竟然說我殺了一個無辜的侍女，有這種誤會也太可愛了。」

嘔！傑瑞米假裝嘔吐。

無論傑瑞米說什麼或是態度多糟糕，瑪麗亞都微笑著，彷彿在說他可愛，表情像看到小孩撒嬌一樣。

「話說回來，真虧妳能用這副模樣堂而皇之地四處閒晃。阿姨，妳知道妳身上有股血腥味嗎？真的讓人反胃。」

嚴格來說，特地來找她像這樣找麻煩的傑瑞米也不太正常。而且，和剛才砍殺侍女、渾身是血的瑪麗亞一樣，剛從魔物飼養場回來的傑瑞米模樣也很狼狽。

「傑瑞米，我才要問你，你剛從魔物飼養場回來嗎？因為那黑色的東西，我看不清你漂亮的臉蛋啊。」

聽到瑪麗亞帶著惋惜的嘆息，傑瑞米冷哼一聲。他是第一次渾身沾滿魔物的毒液，感覺不怎麼難受，但是聽到瑪麗亞的話，他突然覺得嘴裡還殘留著毒液的腥味。傑瑞米皺起眉，抓起一把身旁的紅色花瓣，放進嘴裡咀嚼。

他們現在的所在之處遍地都是紅花，是阿格里奇家自己改良過的品種，含有毒品成分。不過，只有莖和葉的部分會導致產生幻覺。花瓣當然也不是完全沒有毒性，會引起頭痛等症狀。然而，對毒素有耐受性的傑瑞米來說，這點程度的毒素就像完全沒有一樣。

「莎娜看起來也很忙呢。訓練也要適時休息，太勉強對身體不好。」

「關妳什麼事……等一下，妳遇到莎娜姊姊了？」

傑瑞米不再嚼著花瓣清除嘴裡的味道，頓了一下。

「我們剛才偶然碰到，我原本打算也找迪恩過來，三個人一起喝茶，結果迪恩不在家，莎娜似乎也有事。」

這時，傑瑞米的臉皺得像一團紙團。

「什麼？因為沒事做，就想叫那個討人厭的傢伙過來嗎？」

在口中縈繞的淡淡花香突然令人作嘔。傑瑞米知道羅莎娜討厭迪恩和瑪麗亞，因此傑瑞米也跟著羅莎娜討厭他們。不對，說是「跟著羅莎娜」也不太對，即使單看迪恩，他也是個完全找不到優點、令人討厭的傢伙，而他的母親瑪麗亞也和兒子一樣惹人厭。

因此，傑瑞米平時就會像這樣故意抽空來找迪恩和瑪麗亞的麻煩。但可惜的是，傑瑞米來找麻煩對他們來說根本不痛不癢，所以最後滿臉不悅離開的總是傑瑞米。

傑瑞米因此更生氣，還是不放棄挑釁。

「沒錯，雖然是我的兒子，但迪恩的個性的確不太討喜。」

即使傑瑞米辱罵迪恩，瑪麗亞也毫不在意，點了點頭表示同意。

「我之前告訴過妳，不要讓迪恩靠近莎娜姊姊吧？」

傑瑞米煩躁地齜牙低吼。然而，瑪麗亞只是疑惑地歪著頭，似乎不記得了。

「你有說過那種話嗎？為什麼，兄妹和睦相處不是很好嗎？」

「兄妹？妳說兄、妹？」

這位阿姨是不是瘋了？阿格里奇家的成員關係比外人還糟糕，還說什麼兄妹情深。而且，為什麼偏偏是和迪恩那傢伙？

「喂，瑪麗亞阿姨。打開耳朵聽清楚。」傑瑞米嘴角勾起冷笑，繼續說：「對莎娜姊姊來說，能用上『兄弟姊妹』這個詞的，這世上只有一個人——我。懂了嗎？」

這番宣言說得十分理直氣壯，就像在吟誦即使世界分成兩半，也絕不會改變的萬古長存的真理。這時，瑪麗亞露出終於聽懂傑瑞米意思的表情。

「好好好，那下次我不會只找莎娜和迪恩，也會找你，傑瑞米。你是因為沒有找你，所以生氣了吧。」

「可惡，才不是那樣呢！」

傑瑞米比剛才更煩躁。瑪麗亞的腦袋裡到底裝了什麼，根本無法溝通。

「而且，妳以為莎娜姊姊很閒嗎？喝什麼鬼茶啊！」

他神經質地咕噥著，有股衝動想放火燒毀瑪麗亞親手打理的這片花園。

「最近本來就因為那該死的玩具，害我們在一起的時間變少了。」

「玩具？」

「就是那個青之混帳啊！不久前被莎娜姊姊帶走的那個……」

不過瑪麗亞的反應很奇怪。她表現出至今最生動的反應。看到驚訝地瞪圓雙眼的她，傑瑞米心生疑惑。

「什麼啊？妳該不會不知道吧？」

羅莎娜第一次擁有自己的玩具，這件事在宅邸內引起了不小的騷動。所以，傑瑞米以為瑪麗亞當然也知道才提起那件事。

但換個角度來想，瑪麗亞不是到現在都不知道自己兒子很久以前就不在家了嗎？因此聽到羅莎娜有玩具，表現出一無所知的反應並不令人驚訝。

「打開耳朵，關心一下周遭吧。住在同一個宅邸裡卻什麼都不知道，不用看也知道，妳又在玩什麼玩偶遊戲那種陰沉的興趣了吧。」

傑瑞米毫不掩飾地冷嘲熱諷，咂嘴一聲。但瑪麗亞的耳裡似乎沒聽到他的話。

「這樣啊，莎娜有了玩具……真令人好奇，那是個怎樣的孩子呢？」

「他就像迪恩一樣，光是存在就令人討厭。」

聽到瑪麗亞自言自語般的提問，傑瑞米無情地回答。然而，瑪麗亞還是對傑瑞米的話充耳不聞。她的眼中充滿了好奇。

「誰快去叫莉薇爾過來。發生了這麼有趣的事，卻到現在都沒跟我說，真是一點用處都沒有。」

但瑪麗亞在侍女鞠躬準備離開前，立刻改變了主意。

「不，我還是親自過去吧。傑瑞米，你要來我房間玩嗎？我請你吃好吃的東西。」

「滾開，我可不是阿姨的玩偶。」

傑瑞米彷彿非常了解瑪麗亞的想法，露出凶狠的表情，立刻渾身發顫地離開。瑪麗亞看著傑瑞米的背影，難掩遺憾。但不久後，她往宅邸裡走去，露出和剛才一樣充滿好奇與期待的表情。

「我必須趕快寄邀請函給莎娜。辦一個能帶玩具出席的茶會，不知道會多有趣。」

瑪麗亞興奮地自言自語，如鮮血般鮮紅的花朵在她背後隨風搖曳。

「羅莎娜小姐！」

剛要進入宅邸時，聽到有人呼喚自己，羅莎娜看向聲音傳來的方向。

從遠處急忙跑來的人有點面熟。是卡西斯在地牢時，守在大門前的守衛。難怪羅莎娜從剛才就感覺到有人跟著自己，他是有什麼話想說嗎？

更重要的是，那個人叫什麼名字？

羅莎娜想了一會兒，等守衛走到她面前時開口：

「尤安，好久不見了。」

但她在看著他跑過來時想起來了。不過就算忘了也無所謂就是了。

「您……您……您竟然記得我的名字，真是我的榮幸！」

從羅莎娜口中聽到自己的名字，尤安似乎非常感動。

「那個，羅莎娜小姐，突然叫住您真的很抱歉。我知道這樣很無禮，還是忍不住……」

羅莎娜在慌張結巴的男人面前歪過頭，只是一個小動作就讓尤安滿臉通紅，像隨時都會窒息，不知所措。

「我的身體已經恢復到可以走路了。」

對了，因為夏洛特突襲地牢，當時的守衛尤安需要接受治療，所以那件事發生後，這是羅莎娜第一次見到他。

然而，羅莎娜不禁感到疑惑。

為什麼要特地叫住自己，來報告自己的身體狀況呢？真是多此一舉。

「那個，我聽說小姐很擔心我，真的很感謝您，甚至關心我這種人……」

聽完接下來的話，羅莎娜明白了尤安這麼做的理由。

她只有問過一次，詢問新守衛前任守衛的近況，看來是被誤傳了。所以尤安感受到羅莎娜溫暖的關心，來表達感謝的樣子。

「是啊，聽說夏洛特讓你吃了不少苦頭，但還好現在已經沒事了。」

羅莎娜毫無情感，也沒什麼情緒地禮貌說著。不過，因為構成羅莎娜的所有要素本就非常迷人，不怎麼刻意也像呼吸一樣，自然地滲入人心。尤安因此感動不已，表情很激動。

「雖然不是什麼特別的……但這是給您的禮物，小姐。」

尤安立刻將一直拿在手中的東西遞給羅莎娜。羅莎娜看著它，露出微妙的表情說：

「是禮物嗎？給我的？」

「是的！雖然與羅莎娜小姐的美麗相比不足一提……但希望您收下……」

尤安連話都說不清楚，目光猶疑，滿臉通紅地低下頭。

羅莎娜的視線看向尤安遞到眼前的花束。不久後，她忍不住笑出聲。尤安不明白羅莎娜為什麼笑，現在連脖子都變紅了。

尤安似乎不清楚，但這些紫色的花是阿格里奇改良過的一種毒草。因為仍在實驗階段，尚未完成改良，所以沒有名字，目前證實的功效是麻痺。但效果頂多只會讓手腳有些發麻而已，這實驗也幾乎等同於失敗了，所以下次決定要進行新的品種改良。羅莎娜想起有聽別人隨口提過。

因此，羅莎娜看到尤安拿著這些花來，也沒想到他是要當成禮物送給自己。他可能不知道這種花是什麼，只是因為漂亮就摘下來了。的確，不是說所有有毒的生物都非常鮮豔美麗嗎？

「謝謝。」

羅莎娜接下尤安遞來的花。雖然這些花毫無價值，但也沒必要特意拒絕眼前的花。她現在當然不會再去地牢，也不會與尤安見到面了……不過無論是物品還是人，誰也不知道是否能在某個時機發揮用處。

羅莎娜掩飾不住喜悅，對尤安露出如詩如畫的美麗微笑。

「還有，羅莎娜小姐。那個，關於小姐的玩具……」

但是尤安來找她似乎不只為了這件事，他猶豫了一下，補充道：「玩具受傷有一部分也是我的責任，所以……對不起。如果知道他會成為小姐的玩具，我就不會碰他了……」

啊哈，看來他是在擔心羅莎娜可能會因為自己在地牢鞭打卡西斯感到不悅。

他在羅莎娜面前不知所措地不停道歉。

但是，羅莎娜不打算為此責怪尤安。更何況，她也沒有因為卡西斯遭到鞭打而心痛。

「你只是聽令行事而已，我不應該出手干涉，所以沒關係。」

她說完這句話後決定離開，先轉過身。

「謝謝你的花。那下次再見，尤安。」

在眼前展現的美麗微笑讓人目眩神迷。尤安在羅莎娜完全從視野中消失後，依然恍惚地待在原地，無法動彈。

「怎麼突然帶著花？」

「在來的路上收到了禮物。」

羅莎娜抱著一大束花走進卡西斯的房間。聽到卡西斯提問，羅莎娜一邊走向他一邊回答。也許是因為手中捧著的花，羅莎娜的臉看起來更加亮麗動人。

帶有白色紋路的紫色花朵很眼熟，好像在哪裡見過，但另一方面又像是第一次見到，有些陌生。這感想相當矛盾，但卡西斯對花也不甚了解，因此，他唯一得到的客觀結論只有這束花相當適合羅莎娜。

羅莎娜本來就是個連卡西斯一眼看到也難掩驚訝的美麗少女，那樣的她抱著如此鮮豔的花朵，不知為何襯得那份美貌更亮眼。

如果是其他人，一定會用沉醉忘我的強烈目光凝視著羅莎娜。然而，卡西斯反而別開了目光。自從他的視力開始恢復後，他反倒比以前更不願意與羅莎娜對上目光。

其實，每當卡西斯看到羅莎娜，總會毫無來由地感到不舒服。那並不是對她反感，更像是本能感應到潛藏於其下的危險，下意識地迴避。

「幾乎沒有香味呢。」

看到羅莎娜微微低下頭嗅聞花香時也是如此。

彷彿用金絲編織製成的順滑髮絲輕柔地落在紫色花朵上。她的睫毛又長又濃密，甚至落下陰影，和頭髮一樣是明亮的金色。白皙的臉上雖沒有任何表情，但僅靠天生的美麗便擄獲了所有人的目光。輕輕看向下方的紅色眼瞳再次抬起，凝視著卡西斯。

然而，卡西斯完全沒有表現出內心的情緒，神情淡然地向羅莎娜提出毫無意義的問題。

「妳心情看起來比平常好呢，看來妳喜歡花。」

「這個嘛。」

然而，羅莎娜含糊其辭，再次低頭看了看懷裡的花束。

「很漂亮，但是……」不久後，她緊抿著的雙唇再度開口說：「太快就凋謝了，所以我不喜歡。」

羅莎娜正在思考這種花的毒性能持續多久。毒草也和藥草一樣，非常敏感，效果會依據植物的新鮮度有所不同。這種花剛採摘下來時的效果最為顯著，隨著時間經過，花朵枯萎時毒性會變質，效果也會變得很微弱。不過正如之前所說，這種花本來就在改良時失敗了，毒性極低，再加上，它在植物中是枯萎速度特別快的花種。

當然，不是所有毒草都是這樣。有的晾乾後使用效果會更佳，有的會故意讓它腐敗再使用。如果這種花也可以那樣使用就好了。只能觀賞，沒有其他用途，果然是阿格里奇家中少數的失敗作品。

抬起頭一看，卡西斯不知為何緊抿著嘴，凝視著羅莎娜。

羅莎娜問他：「送給你吧？」

「為什麼要把妳收到的禮物給我？」

「因為你只待在房間裡，感覺很悶。不過花滿漂亮的，應該能讓心情好一點吧？」

反正由我帶走也沒有用，肯定只會變成垃圾。羅莎娜想到這裡，走近一步，想把手中的花交給卡西斯。

然而，當兩人之間的距離稍微縮短時，低頭看著花的卡西斯忽然頓了一下。

「等一下。這個……」

「是誰送的？」

怎麼突然問這種問題？

「父親的手下。」羅莎娜困惑地回答。

「妳原本就常常收到這種禮物嗎？」

「算是吧。」

不一定是花，羅莎娜平時也常常收到各種小禮物。別看她這樣，在阿格里奇宅邸裡有相當多羅莎娜的追隨者。

但原因是什麼呢？

卡西斯的表情稍微僵住，看著被捧在羅莎娜懷裡的花。而羅莎娜看著這樣的他，感到困惑。

真奇怪，他不可能知道這種花有毒才對。

外觀上只是普通的花，還是阿格里奇新改良的品種，所以在外面不可能看過這種花。此外，尤安是從莖的中間部分折斷，現在沒有毒素聚集的根部。

「如果你不喜歡，我就帶走了。」

「放著吧。」

但對方回答得相當堅決，讓羅莎娜露出困惑的表情，眨了眨眼睛。更奇怪的是，卡西斯好像也對自己說的話感到慌張，瞬間面露驚訝，看起來就像一時衝動說錯話的人。

「你不需要勉強接受。」

「不……我想了一下，妳說得對，有總比房間裡什麼東西都沒有好。」

不過他似乎不打算反悔。卡西斯這樣說著，直接從羅莎娜手中搶走花束。卡西斯的臉色依然有些僵硬。

羅莎娜完全不明白卡西斯到底在想什麼。因此瞇著眼看卡西斯，卻無法看出個所以然。

最後，羅莎娜放棄猜測卡西斯的心思，坐到他坐著的床邊。

「比起那個，你要不要看看這個？」

聽到羅莎娜的話，卡西斯皺著眉，將目光從花上移開。下一秒，卡西斯顫了一下後說：

「妳現在在做什麼……」

因為他看到羅莎娜把手悄悄伸進她胸前敞開的衣襟間。卡西斯的視線也因此無意間看向羅莎娜的手停留的地方。卡西斯驚慌地張大了嘴，但馬上不得不閉上嘴。

接著，羅莎娜的手拿出一張不知道是什麼的紙。

她看到說不出話的卡西斯，微微歪頭，嘴唇微動。

「因為沒有其他地方可以藏。」

卡西斯覺得慌張的自己太過愚蠢，沉默了一下，用手抹了一把臉後問：

「那是什麼？」

「阿格里奇的內部平面圖。」

下一秒，周圍瀰漫著與不久前不同意義的沉默。卡西斯的眼睛盯著眼前的羅莎娜。

「為什麼這樣看著我？我不是說過會幫你離開這裡嗎？」面對卡西斯的目光，羅莎娜只平淡地說：「現在看並馬上記起來。因為等一下出去前我會燒掉它。」

卡西斯低頭看著羅莎娜攤開在床上的紙。上頭畫的平面圖相當詳細，紙上畫的不只是建築物的內部，連圍繞著宅邸的外部結構也都詳細描繪出來了。

「以你的立場，還是會起疑吧？現在是有點困難，但不久後我會帶你去繞一圈宅邸周圍，到時候你可以親自確認我是否用假平面圖騙你。」

沒想到她準備了這個給他看。羅莎娜甚至覺得卡西斯會懷疑這份平面圖是陷阱是很正常的事，還說以後要讓他用自己的雙眼親自確認。

事實上，卡西斯並不怎麼期待有人會幫助他逃離阿格里奇，因為到目前為止，他不曾主動要求過羅莎娜什麼，只獨自待著，專注於恢復身體健康。他想等治好所有傷勢後，看情況自己破壞掉鐵鍊，逃離這裡。

卡西斯默默地凝視著羅莎娜的臉，之後低頭仔細查看阿格里奇的平面圖。

「現在這個房間的位置是？」

「這裡。」

正如羅莎娜之前所說。像這樣看過平面圖，整片阿格里奇的占地就像一座巨大的迷宮。雖然如果仔細搜查，並非完全找不到逃脫的缺口，但這樣一看平面圖，很難找到通往外面的路。

當然，這張平面圖也有可能是用來迷惑他的假圖。但是目前沒有辦法分辨真偽，所以懷疑追究也沒有意義。

「我知道的捷徑在這邊。在阿格里奇，應該只有我知道這條路。我也是之前偶然發現的。」

羅莎娜用手指的地方不是宅邸的外部，而是內部。

「連接宅邸的祕密通道嗎？」

「對。但使用那條路有一個小問題，不過……這可以說是最好的方法。」

卡西斯似乎只大略看了一遍平面圖就都記住了。她為了製作這個花了好幾天，結果他只花幾分鐘就看完了。羅莎娜莫名有點失落，但這樣當然比怎麼看都記不起來好。不久後，她用蠟燭的火將紙張燒毀，離開了房間。

羅莎娜離開後，卡西斯再次在腦中描繪剛才看到的平面圖。想著想著，他的視線忽然看到旁邊的花束，卡西斯微微皺起眉。羅莎娜拿來的東西肯定是毒花，當然，卡西斯連這朵花的名字都不曉得。然而，隨著花香稍微飄散出來的的確是微弱的毒氣。因為非常細微，不知道會對人體造成什麼影響，但卡西斯還是很猶豫該不該跟羅莎娜說這件事。不僅如此，剛才羅莎娜明確地說過，她平時經常收到這樣的禮物。

『她說那是父親手下給的禮物，對吧？』

剛才，羅莎娜似乎不知道這朵花的來歷……從她身上感受到的淡淡毒藥氣味也與這個有關嗎？剛才他覺得沒有必要多嘴，所以沒有說出口，但還是很在意。卡西斯不安地低頭望著那束花，伸手觸碰它。

沙沙──

剛剛還很鮮活的花開始滲出黏液，漸漸枯萎，最後乾枯而死。這是能力的反作用。卡西斯看著指尖捏著的乾枯花瓣，皺起了眉。

這是機密，費德里安家族遺傳著淨化和治癒的能力。然而，因為某些原因，他現在只能使用微弱的淨化力量。也是因為這樣，卡西斯才能敏銳地察覺到花上散發出來的毒素氣味。

至今他能吃下羅莎娜送來的食物和來路不明的藥物，也是因為知道即使其中加了毒，也不會對自己的身體造成嚴重的影響。但因為現在受到戒具限制，淨化能力無法如願發揮。

卡西斯目光不悅地看著散落在床上的花瓣殘骸，隨即將它們清理掉。

「羅莎娜，玩具比之前更聽話了嗎？」

今天一整天真的很倒楣。白天遇見瑪麗亞還不夠，這次竟然碰到蘭托。羅莎娜看著眼前的蘭托·阿格里奇，壓下煩躁。

他交疊雙腿坐在一張大椅子上。一手拿著酒杯，另一手托著下巴的樣子顯得極其慵懶。

「他比一開始還聽話。」

雖然今天有點不順利，但又能怎麼樣。羅莎娜揚起嘴角，對蘭托·阿格里奇露出微笑。

「這是我第一次得到玩具，要教的東西果然很多。」

「那當然，那像臭水溝老鼠的血統終究改變不了。」

蘭托·阿格里奇理解似的冷哼一聲。他是個卑劣殘忍的男人，但也有單純的一面，只要像這樣和他一起咒罵費德里安，就能稍微緩和他特有的尖銳氣息。

「但也因為如此，讓他屈服很有趣。一開始就太乖巧的話，反倒會讓我很失望。」

儘管從羅莎娜那誘人的紅唇中流洩出來的聲音如玉珠般清脆，內容卻相反。

「可能因為是爸爸送的玩具，我非常喜歡。只要再修理一下損壞的部分，應該就可以正式開始玩了。」

如天使般美麗的少女臉上浮現有些殘酷的微笑。蘭托．阿格里奇靜靜注視著這樣的女兒，突然揚起單邊嘴角。

「妳越看越像我啊。」

真是的，越來越會胡說八道了。

羅莎娜差點忍不住失笑。她以為那是在胡言亂語，但蘭托似乎是認真的。雖然不自覺地感到不悅，但從另一方面來想，蘭托會有這種誤解，就是她一直以來表現出色的證據。

「明明小時候一點都不特別，十分柔弱。」蘭托彷彿想起了那時的羅莎娜，咂嘴一聲，「這樣說來，名字好像是叫阿爾吧。妳那個死去的哥哥，無論我怎麼擦亮眼睛都找不到一點用處。」

果然是像西拉，只有外表能看的兒子，在其他方面實在讓人無法忍受。想起死去的兒子曾哭著抓住他的褲腳說「我真的做不到這種事」，那時的煩躁似乎又湧上心頭。

「沒有人比那傢伙更脆弱了。阿爾肯定對妳造成了不良影響。」

「如果您是指我遭到廢棄處分死去的哥哥，他不叫阿爾，而是阿西爾。」

那時，靜靜聽著他說話的羅莎娜開口。蘭托抬起原本注視著酒杯的視線。

「當然，他已經不光彩地死去，所以父親不需要特別記住他的名字。母親和我一直都為此感到羞愧。」

羅莎娜和剛才一樣，臉上帶著微笑。

「父親說得沒錯，確實是在阿西爾死後，我才開始展現出值得誇耀的成果，但我認為那是時機湊巧罷了。」

所以蘭托根本不知道現在她的心有多冰冷。

「對我而言，阿西爾毫無意義，所以無論他是生是死，都與我無關，反正我現在站在這裡。」

羅莎娜的聲音中沒有絲毫動搖。那樣子有些傲慢，但這是阿格里奇家的人應有的態度。

「因為我是驕傲的阿格里奇，也是最像我敬愛的父親的女兒。」

蘭托同意羅莎娜的話，滿足地再次舉起酒杯。當然，他完全無法想像羅莎娜在心裡怎麼嘲笑這樣的他。

「艾米莉，妳可以走了。」

「是，小姐。」

回到房間的羅莎娜像平常一樣服下艾米莉端來的毒藥後，讓她離開。不知為何，今天感覺比平常更累。她想躺到床上馬上入睡，但看來她的一天不會就這樣結束。

翩翩飛舞。

兩隻蝴蝶出現在空中，飛向坐在沙發上的羅莎娜。是之前送到西邊邊境的那些蝴蝶。

「回來了啊。」

她向前伸出手，牠們輕輕落在羅莎娜的手指上。

「好，發現了什麼？」

一隻蝴蝶將牠在西邊邊境所見的景象分享給羅莎娜。

寧靜的黑森林、紅色新月、從睡夢中醒來的烏鴉叫聲、浸濕葉子的血水、遭到屠殺的屍體。

以及獨自站在那之中，眼睛比鮮血還紅的男人。

「……！」

匡噹！羅莎娜不自覺地猛然從座位上站起來。這突然的動作讓停在手指上的蝴蝶飛向空中，也因此與蝴蝶失去了連結。

然而，不久前看到的場景清晰地在羅莎娜的腦海中重現。在遭到屠殺的屍體之間，如死神般站著的男人，羅莎娜非常熟悉。

是父親蘭托·阿格里奇最疼愛的兒子，每月測驗都穩坐第一，至今從沒有缺席過大晚宴，如怪物般的男人。

迪恩·阿格里奇。

他回來了。

5

chepter

被馴服的人是誰？

精神從早上開始就特別緊繃。自從知道迪恩回來後，我一直都是這樣，但今天早上尤其嚴重。

從蝴蝶在西邊邊境看到他的那天，到我得知這件事時隔了一段時間，恐怕今天或明天就會在阿格里奇見到迪恩。

再次回想起蝴蝶與我共享的畫面，我不禁在心裡咒罵。在迪恩前面死去的人們，很有可能是來尋找卡西斯的費德里安成員。然而，他們已經成為冰冷的屍體了。

該死，竟然像這樣慢了一步。難道是蘭托命令迪恩去清理邊境的嗎？

但在面積那麼廣闊的邊境中，居然偏偏在西邊遇到了迪恩，只能說是運氣不好。

「怎麼了？有話想說就直說。」

或許是我表現出了心煩意亂的情緒，卡西斯一如往常，用冰冷平靜的語氣開口。他今天似乎覺得項圈特別不舒服，不停摸著後頸。被那份從容吸引，我不自覺地開口說：

「卡西斯……」

然而剛說出一句話，我再次緊閉上嘴。現在還是不要告訴他真相比較好，因為費德里安不可能就這樣放棄尋找卡希斯，所以加強偵查邊境附近並等待下一次機會似乎才是最好的方法。

「趕快好起來。」

所以我一說完，卡西斯又像以往一樣用微妙的眼神看著我。

滴滴……滴滴滴……

我去餵毒蝶卵鮮血，剛離開孵化室。一早就烏雲密布，現在終於下雨了。我抬頭望著陰暗的天空一會兒，不過雨點還很小，直接淋雨也沒關係。如果艾米莉在身邊，她一定會說要去拿雨具，搶先走在我前面，但是現在只有我一個人在這裡。

阿格里奇家的人幾乎都偏向個人主義，喜歡單獨行動。像瑪麗亞每次出門都隨身帶著侍女反而比較少見。

被雨打濕的草木散發出獨特的淡淡香氣，我穿過那條路，走進宅邸。這時，我突然意識到自己正走向哪裡，停下了腳步。

啊，對了。現在不是去卡西斯房間的時間。

自從上次聽了傑瑞米的話，我修改了去孵化室的時間。不過，也許是因為我真的十分心不在焉，回過神時，正不自覺地走向卡西斯的房間，況且現在淋了雨，頭髮和衣服都濕透了。

居然想以這副慘樣去找卡西斯，我得再回去房間才行。我會這麼心不在焉，顯然是因為迪恩。而我只因為意識到這件事就感到心情低落。

啪嚓。

這時，我突然感覺到背後有人的動靜。位置比想像得還接近，我下意識地做出了動作。但是當我察覺並轉過身時，對方已經進入了我的個人領域，一股不久前在外面聞到的淡淡青草味頓時掠過鼻尖。

下一刻，一名全身黑的男子如水面泛起漣漪一般，出現在我面前。

滴答、滴答。

從他和我身上滴落的透明水珠像斑點，不停落在地板上。不知何時接近我，擋住我視線的男人宛如獨自聳立於冰封湖面上的古木，周圍的溫度瞬間驟降，圍繞在四周的背景似乎不知不覺間變成了結霜的冬天。

如今完全從少年蛻變成青年的男人，眼神一如既往冷峻地俯視著我。宛如冰雕的冷冽臉龐與烏黑的頭髮形成對比，看起來格外白皙。

我感受到四周的空氣濃度明顯比剛才還濃，開口說：「迪恩。」

那一刻，宛如琉璃的紅色瞳孔中閃過奇異的光芒。為了和他拉開距離，我差點不自覺地後退一步。然而在此之前，迪恩伸上前的手抓住了我的手腕。冰冷的體溫傳遞到皮膚上，我顫了一下，眼皮也發顫，彷彿有條蛇爬上我的手臂，纏繞住我。同時，迪恩的目光往下看。

「這裡。」接著，一個近似耳語的低沉聲音在耳邊掠過：「為什麼受傷了？」

無論是皮膚上感覺到的手，還是看著纏在手臂上的繃帶的視線，都一樣冰冷而執著。

迪恩低頭看著我衣袖滑落後露出來的手臂，再抬眼凝視著我的眼睛。

「是因為毒蝶嗎？」

那是在確認什麼的眼神。低沉聲音刺入耳膜的瞬間，心臟微微顫抖。雖然我知道不可能，但還是懷疑他是不是發現了我送到西邊邊境的蝴蝶。

「我聽說還有一顆蛋沒有孵化。」

但果然不是因為這件事，他是指孵化室裡的蛋。

我沒有回應，他握在綳帶上的手就更用力。手指陷入布料下的肌膚，感覺傷口裂開了。

這個變態的傢伙。

然而，我不打算在這時露出痛苦的模樣來滿足迪恩。我實在不想看到眼前那張正經的臉露出惹人討厭，冷若冰霜的微笑。

我今天特別慶幸自己不是一個常將情緒表現在臉上的人。

「放手。」

我盡量用不帶感情的聲音低聲說，抽回被他抓住的手。

迪恩也像從來沒有執著地用手挖開我的傷口一樣，比我想得還輕易地放開了我的手，就像是他在讓我一樣，讓我心情變得更糟。

「你什麼時候回來的？明明因為任務，好一段時間沒看到你了。」

很久沒有看到你，我還很開心呢。

聽到我藏起真心話的問題，迪恩簡短地回應：「不久前。」

「那應該去問候父親才對。」

當然，即使知道我的真心話，迪恩也面不改色。因為他本來就是那樣的人。

「聽說卡西斯·費德里安變成妳的玩具了。」

難以捉摸的冷靜目光輕瞥了一眼我的背後。彷彿拉上了厚重的遮光窗簾，那表情讓人完全無法讀懂他的心思，也很難理解他現在說的話是否別有意涵。迪恩總是這樣，總是冷漠無情，完全感覺不到人情味。因此，小時候的我很好奇在這個世界上，究竟是否有人可以激發他的情緒。

「以剛剛才回來的人來說，消息真靈通呢。」

像這樣面對迪恩，有股無法壓抑的生理抗拒感湧上。

「看來我的玩具真的很有名呢。」

「我只關心與妳有關的事情而已。」

突如其來的話讓我啞口無言。

在寂靜的走廊上，我和他沉默地看著對方。兩人都神情自若，但現在的對話明顯很奇怪。

然而，說出奇怪對話的當事人和聽到的我都沒有一絲動搖，正面看著對方。有一點要在這時先說明，迪恩關心我的那句話絕對不是一般常用的意思。

「那是什麼意思啊？」我冷笑一聲，自言自語似的低喃：「真無聊。」

彷彿失去了興趣，我說完後轉身離開，而迪恩沒有挽留我。

身後有一道執著的目光跟隨著我。我有感受到，但仍毫不回頭地一直往前走。

卡西斯解開繃帶，查看傷口。雖然還沒有完全痊癒，但這樣已經算不錯了。隨著時間經過，身體也漸漸變得輕盈。只要小心不讓傷口再裂開，應該可以順利康復。

但他還是無法靜靜待著不動，會趁獨處時用可以在房間裡做到的方法獨自鍛鍊身體。

有時，卡西斯會用銳利的目光看著空中。乍看之下是注視著牆面，但實際上，他追尋的是更遙遠的某處。

羅莎娜給他的平面圖如烙印般清晰地刻印在他的腦海中。卡西斯推算著現在他被關押的房間位置和外面宅邸的結構，不停描繪出無數條可能的路徑。

喀唧！

就在這個時候，羅莎娜走進了房間。通常她不會在這個時候過來，讓卡西斯感到疑惑。不過打開門走進來的羅莎娜有點不對勁。卡西斯想出聲喊站在門邊的人，卻又閉上了嘴。

她看著地面，背靠著門沉默地站著。不知為何，羅莎娜全身濕透了，卡西斯從羅莎娜身上聞到一股淡淡的青草香氣，心想外面可能正在下雨。

這時，卡西斯看到從羅莎娜的左手流下的不是透明的雨水，而是其他東西。

「羅莎娜。」

但她似乎沒有聽到他的呼喚。仔細一看，她似乎正專注於留意門外的情況。卡西斯也跟著羅莎娜仔細聆聽，但外面沒有傳來任何動靜。卡西斯微微皺起眉，這段期間，累積在地板上的血跡逐漸擴大。最後，卡西斯走向羅莎娜，卻無法如願碰到她。

鏗鏘！繫在脖子上的鐵鍊被拉緊，響起刺耳的金屬聲。距離門口大約七步，那也是與現在站在門前的人之間的距離。

再靠近一點看，羅莎娜的臉色更加蒼白。淋濕的頭髮滴下水珠，不過更讓他在意的是濡濕袖子的鮮紅血跡。

「羅莎娜。」

可能是因為這次距離比較近，或是卡西斯的聲音更加重力道的關係，他再次呼喚她的名字，羅莎娜的目光終於動了。

水珠沿著如玻璃般光滑的臉頰滑下，經過紅唇旁，短暫停留在纖細的下巴後滴落。

兩人的目光在空中交會。

我不自覺地傾聽門外的動靜。我想知道迪恩是否還站在走廊上，但外面沒有傳來任何聲響。也對，我和迪恩交談的地方本來就離現在這個房間有一段距離，然而即使知道這件事，我也沒辦法輕易拉回集中在門外的注意力。

「羅莎娜。」

如果不是耳邊響起呼喚我名字的低沉聲音，我可能會一直站在那裡。像蒙著一片霧的模糊視野逐漸清晰起來。隨後，映入眼簾的是直凝視著我的金色眼瞳。

「卡西斯。」

他什麼時候靠得這麼近了？

注意著門外的我也沒有察覺到卡西斯走近。這麼說來，都是因為迪恩，害我不自覺地走進了這個房間，我原本明明打算回自己的房間啊。

這時，忽然感覺到雨水順著臉頰流下來，我抬起手擦去水滴。眼睛似乎也進了水，有點乾澀，因此我慢慢眨了眨眼睛，並用手抹過眼角。

卡西斯直盯著我的臉一會兒後說：「先止血吧。」

直到那時我才垂下目光，檢查我的手臂。

啊，用繃帶隨意包紮止血的傷口裂開了，肯定是因為剛才迪恩用手按壓傷口。竟然流了那麼多血，迪恩那該死的混帳。

如果剛才不是用右手，而是舉起左手擦去水珠，恐怕連臉上都會沾滿血。而且從遇見迪恩的那一刻起，我似乎不自覺地全身繃緊，確認過我現在身處何處後，肩膀這才放鬆下來。

我決定聽卡西斯的話。或許是因為還留有迪恩的殘影，我不想馬上出去。雖然不太可能，但如果我現在開門出去，卻看到迪恩還站在剛才那個地方，恐怕會泛起雞皮疙瘩。

「我拿毛巾給妳，等一下。」

卡西斯什麼都沒有問。不清楚是體貼還是毫不在意，但其實不論是哪種都無所謂。

「謝謝。」

我乖乖地接過卡西斯遞來的毛巾。白布碰上流血的手臂，白色布料立刻染成了紅色。

「坐著處理比較好。」

卡西斯的建議讓我凝視著他。看來他已經習慣和我一起坐在床邊了。

但如果我坐下來，連床都會濕掉。當我煩惱時，卡西斯已經先坐到床上，把繃帶和新的毛巾放在一旁，再次看向我。

啊，是那個意思啊。

我走向卡西斯，坐在他放好的毛巾上。但在那一刻，卡西斯皺起眉。

嗯？不是這樣嗎？我不解地看著他後，卡西斯深嘆了口氣。

「妳全身都濕透了，用這個擦吧。」

看來放在床上的毛巾不是要我鋪在底下坐的意思。但是似乎沒有多餘的毛巾，卡西斯不太情願地把床上的薄毯子遞給我。

「不用了，不需要做到這種程度。」

我拒絕了。反正我不打算待在這裡太久，也不想讓卡西斯大費周章，給他添麻煩。

我拒絕後，卡西斯抿起嘴。出乎意料的是他的臉上出現了一絲微妙的困惑。

「那……就這樣披著吧。」

卡西斯別開視線，又向我伸出手。話說回來，他從剛才就沒有正眼看過我，現在他的目光也微妙地避開我。

我稍微往下看，這才意識到卡西斯擺出這種態度的原因。因為淋了雨，濕透的衣服緊貼著身體，我又穿著白色衣服，所以肌膚若隱若現。

卡西斯的聲音和表情一如往常地冷淡，所以我沒有察覺到這件事，不過他似乎滿困擾的，所以為了顧慮我的感受，從剛才就一直別開視線。

這種程度明明算不上赤裸，表現得真可愛呢。

「好，謝謝。」

我從卡西斯手中接下毯子，披在肩上。在那之後，他的視線才再次轉向我。我捲起袖子，露出纏著繃帶的手臂，繃帶已經被雨水和鮮血浸透了。

我拆下黏在皮膚上的繃帶。卡西斯靜靜地看著那樣的我。

完全拆下繃帶後，我看到比剛才在孵化室檢查時更嚴重的傷口，血從傷口不斷滴落。

啊，真是浪費。最近本來就為了餵養毒蝶而常常獻血，感覺就像每週去捐血一次。早知如此，剛才在孵化室就應該更仔細地包上繃帶的。

反正必須餵食已經孵化出來的毒蝶們，所以我原本只簡單包紮了一下。如果在路上沒有遇到迪恩，我早就回自己房間餵食毒蝶，也止住血了。

現在在卡西斯面前也無法喚來毒蝶們，結果只白白浪費了珍貴的鮮血。

「那看起來像割傷。」

這時，默默低頭注視著我手臂的卡西斯開口。他似乎一眼就能看出這種小事。

「還有妳，纏繃帶的手法糟透了。上次不是說很擅長嗎？」

啊，被小看了。我現在會隨便纏上繃帶都是有原因的啊。

「嗯，我本來很擅長，但這次只是碰巧鬆開了。」

他當然一臉不相信我的表情。卡西斯似乎非常不開心地凝視著我手臂上的傷痕。接著不知道在想什麼，他的眼神頓時變得有點沉重。

之後卡西斯搶走我剛拿起的新繃帶，不發一語地開始將繃帶纏到我的手臂上。

我凝視著那樣做的卡西斯。

「你感覺是一個對妹妹很好的哥哥。」

這時，我隨口說的話讓他的手頓時停住。

「上次聽你說有個妹妹。其實我們家是一個非常大的家族，所以有很多母親和兄弟姊妹。」

卡西斯彷彿不想回應我的話，又默默地開始動起手，但我仍然仔細地觀察他的表情。

「但我們不親近，如果沒有特別的事，在宅邸裡也很少遇到。」

我一直在認真思考上次卡西斯在我面前瞬間放下戒心的原因，自己得到了一個結論。

「看到你，我就想起我過世的哥哥。」

那一刻，卡西斯的目光注視著我。我們的目光近距離交會的瞬間，我暗自露出了一抹滿意的微笑。

這樣啊，是這個啊，之後我應該深入挖掘的弱點。

正如我所知，卡西斯顯然非常珍惜自己的家人，小說中也特別提過好幾次他與妹妹西爾維婭的深厚情誼，這大概就是讓卡西斯心軟的原因吧……

「你有一個妹妹，對吧？我也有一個同父同母的親哥哥。」

我也是某人的妹妹，這無疑讓他想起了他的妹妹西爾維婭。雖然卡西斯緊抿著唇，但我感覺到他的氣息稍微改變了。

我在心裡反覆衡量，得出了現在是個好時機的結論。

「卡西斯。」

就在卡西斯幫我包紮完收回手的瞬間，我喚了一聲他的名字。我引來卡西斯的目光，舉起沒被他抓住的另一隻手伸向前。

指尖碰上堅實的胸膛，順勢用力地將他的身體向後推。咚一聲——卡西斯的上身應聲被推倒。但他沒有完全倒下，用雙手撐著，在途中停下。

卡西斯皺著眉，抓住我的手臂，不懂我想做什麼。我毫不猶豫地欺近他，卡西斯瞬間屏住呼吸。

大概是被這突如其來的襲擊嚇到，我能感覺到指尖碰到的肌肉繃緊。

「妳為什麼突然……？」

「你不覺得到目前為止都太過得安逸了嗎？」

我的輕聲細語讓卡西斯的目光微微顫動。他再次開口，似乎想說什麼，但我搶先了一步。

「如你所知，我們現在不是很安全。」

我濕透的衣服滲出水滴，慢慢浸濕卡西斯的襯衫。披在肩上的毯子已經滑到了背後，緊貼著的身體感覺到心跳，分不清是誰的。

「幫幫我，卡西斯。」

卡西斯想推開我的動作突然停住的感覺，清晰地從他的身體傳遞過來。

「……妳要我幫妳？」

摻雜著急促氣息的低沉嗓音搔著耳膜。我看到從我的髮尾滴落的水珠打濕他的臉頰。

「你和我……我們之間需要一個安全裝置，所以我現在要對你做的事……」

我盡量斟酌言詞，在不引起卡西斯反感的情況下刺激他的弱點，讓他願意順從我接下來要做的事情。

「答應我，你不會生氣。」

卡西斯依然默默地注視著我。

「也答應我，你不會打我。」

這次他的眼角顫了一下。我是為了以防萬一而這麼說的。當然，我不覺得他會對我使用暴力，但他可能會因為驚訝而推開我。

「還有……不要討厭我。」

我說完後慢慢低下頭，頭髮落在卡西斯的襯衫上。他似乎還不了解我想做什麼，帶著疑惑的視線看著我。

我用手稍微打開卡西斯的襯衫，將臉埋進白皙的頸間，微微張開嘴唇，彷彿還想要嗅聞淡淡的清新香氣。赤裸的肌膚互相觸碰的瞬間，與我緊貼著的身體像被雷電擊中般僵硬緊繃，但我毫不在意，繼續動著嘴唇。

嗖！這時，卡西斯立刻用一隻手抓住我的肩膀，另一隻手則抓住我的手臂將我拉開。

「妳現在……」壓抑的聲音打上耳膜，「在做什麼？」

但卡西斯似乎馬上意識到他抓住的是我纏著繃帶的左臂，緊抓住我手臂的手突然放鬆力道。

我現在大致了解卡西斯．費德里安是什麼樣的人了。就算是在這種情況、這種時刻，這個男人也對我關懷備至，紳士到這種地步。

只是很遺憾，以我的立場，不得不利用這樣的他。

「對不起。」

我抬起剛才被卡西斯抓住的左臂，輕柔地撫過他的臉。我現在的表情肯定無比淒涼又可憐，讓人覺得必須對我掏心掏肺，卡西斯依然緊皺著眉，終究無法甩開我的手就是證據。

「即使不舒服也忍耐一下。」

雖然很抱歉，但我不能在這時半途而廢。留在卡西斯脖子上的痕跡還是太淺了，這樣還遠遠不夠。

「我會盡量快點結束……」

我盡可能可憐地低下目光，輕聲低語，彷彿我也無能為力，彷彿要對他做這種事我也相當抱歉。

「你不要動就好了。」

但他果然不想再默許我的行為，卡西斯握住我放在他臉上的手。與此同時，我的頭再次埋進他的頸項。

「等一下，妳……」

卡西斯開口想阻止我，但我沒有停下來。握住我的手開始漸漸加重力道。

我以為卡西斯會立刻推開我，但他沒有。也許是我的行為太過出乎意料，讓他不知該如何反應，緊貼著的身體比剛才僵硬。

怦通！比剛才更激烈的心跳撼動全身，這次依舊分不清是誰的心跳聲，我為了盡可能留下清晰的痕跡而果斷行動。

突然間，卡西斯的手放上我的後頸。我以為他想像剛才那樣拉開我，所以更用力地咬上他的脖子。

這時，伸進我頭髮之間的手停住了，我感覺到低沉的呼吸聲在耳邊響起。從後頸稍微被拉扯的感覺來看，卡西斯的手指似乎被我的頭髮纏住了，但不至於弄痛我，反而矛盾地讓我將他的手當成支撐，得以更輕鬆且專注地留下印記。卡西斯沒有亂動妨礙我或推開我，因此比預期得還輕鬆。只留一個似乎不夠，於是我索性多留下了兩三個痕跡。

過了一會兒，我滿足地慢慢撫過留在卡西斯頸項上的痕跡。除了呼吸，與他毫無動靜的溫順身體不同，他那雙明亮的金色眼睛像要將我吞下肚一樣閃爍著。

手指觸碰到的堅實肌肉不斷放鬆又繃緊，彷彿在忍耐著什麼。

「謝謝你的幫忙，卡西斯。」

我溫柔地對他低語。這樣應該就可以暫時放心了。

真是物以類聚呢。

我冷冷地注視著遠方的兩個人——蘭托・阿格里奇和迪恩・阿格里奇。他們兩人站在花園裡交談。

如果讓蝴蝶去探聽，我應該可以偷聽到他們的對話，但目前仍有風險，所以我乾脆放棄了。如果貿然出手，非但可能什麼都得不到，反倒暴露了底牌。

話說回來，他們這樣一看還真像呢。

蘭托和迪恩是一對髮色和瞳孔顏色一樣的父子。然而，近看會發現五官本身完全不像，而且兩人的氣質相差太多，反而像這樣遠遠一看才會覺得他們相像。

這時，蘭托抬起手拍了拍迪恩的肩膀，似乎在稱讚他順利完成任務回來。

阿格里奇家的孩子們在成年之前不准踏出宅邸，因此，現在只有極少部分的兄姊能像這樣接下家族任務。確切地說，目前只有兩個人。

現在我有一個姊姊和兩個哥哥，但同父異母的姊姊只有十七歲，還未成年，所以目前只有兩個哥哥負責對外活動，其中展現出優異成果的無疑是次子迪恩。

我似乎瞬間產生了錯覺，與遠處的迪恩對上了目光。我裝作沒看到他，立刻冷冷地轉過身。

五年前，阿西爾之所以死亡，是因為清除目標的任務失敗，最後被宣告進行廢棄處分。

而最後處決他的人，正是迪恩．阿格里奇。

那是我無法喜歡上他的第一個理由，而第二個理由……正是因為他是這裡唯一一個看過我脆弱模樣的人。

「做不到嗎？」

剛從青澀少年成年的男子開口。如果人的聲音能具象化，那他的聲音肯定是寒冬夜裡一碰即碎的沙粒。

他冷漠又無情的聲音從我的頭頂落下。我頓時屏住呼吸，彷彿看到一把鋒利的匕首抵著喉嚨，當時的我驚訝得說不出話，甚至忘了旁邊還有人。

「那就放棄吧。」

帶著寒意的聲音刺入耳膜。在那之後，他開始朝我走來，打算代替我完成我無法做到的事。

如果我再笨一點，說不定會因為不用弄髒自己的手而感到安心，或者因為能夠掙脫這可怕的情況而感到無比高興。

但是我知道，這不是慈悲也不是寬容，如果我現在無法做到這件事，等著我的只有死亡。所以無論發生什麼事，我都必須做到這件事。

而且即使不是那樣，我也……

「……開。」

我終於咬牙說出一句話，讓走過來的人停下了腳步。聲音沙啞到幾乎聽不見，非常細微，但驚人的是他聽到了。

我伸出顫抖的手扶著牆，逼迫癱坐在地的身體站起來。

「滾開，迪恩。」

接著我再次對不知不覺間已逼近到身旁的男子，咬牙切齒地擠出話語。

「這裡不需要你插手。」

那是十五歲最後一次的每月測驗日。幾年前就已經去世的阿西爾在我面前哭泣——沒錯，這是幻覺，否則死去的人不可能像活人一樣好端端地站在我面前。我從剛才就感到頭暈，似乎也是在不知不覺中被施打了大量幻覺劑。不對，也許現在我會感到頭暈不只是因為幻覺劑。

我往流著血淚死去的哥哥走去。我不是用花哀悼他，而是拿著能一刀奪走他氣息的利刃。

「我不會再讓你這種人再次害死阿西爾。」

那一刻，男人如結冰的大海般平靜無比又冷漠的眼中閃現冷峻的光芒。我不知道那個眼神意味著什麼。不，對當時的我來說那種事根本無關緊要，一點都不重要，所以我將跟隨著我背影的執著視線拋諸腦後，只朝眼前的人走去。

十五歲，與今天的我同年的阿西爾在這個房間裡看到了什麼？阿西爾的幻覺中究竟出現了誰，讓他無法完成目標，必須犧牲自己作為代價？

從那天以後，我對此一直很好奇，但能回答我的人已經不在世上了。

「羅莎娜小姐，這是瑪麗亞夫人送來的邀請函。」

收下艾米莉遞來的邀請函，我稍微皺起眉，心想著該來的終於來了，但這並沒有讓我感到愉快。

前幾天，傑瑞米小心翼翼地來找我懺悔。他偶然遇到瑪麗亞，短暫交談時，不小心提到了卡西斯・費德里安的事。他以為瑪麗亞當然已經聽到這個消息了，但她似乎還不知道我有了玩具這件事，大吃一驚。

不用想也知道，一定是傑瑞米先去找瑪麗亞麻煩，結果一不小心提到了卡西斯的事。傑瑞米通常既聰明又狡猾，但偶爾也會做出這種蠢事。

也對，畢竟他在小說中也向女主角西爾維婭一五一十地說出了卡西斯死去的事。不過他來找我像這樣坦白時，似乎與夏洛特那次不同，真的不是別有意圖、刻意告訴瑪麗亞的。

瑪麗亞聽到我有玩具的消息後，表現得很感興趣讓傑瑞米感到不安。儘管他不喜歡卡西斯・費德里安，但牽涉到瑪麗亞，他似乎擔心可能會影響到我。

我稱讚了立刻向我坦白的傑瑞米。他原本擔心我的反應會很冷淡，但很快就笑著搖起尾巴。這不是傑瑞米第一次做出這種蠢事，不過他能意識到自己的錯誤並馬上來找我這一點值得稱讚。

如果在毫不知情的情況下收到瑪麗亞的邀請函，我一定會非常困惑，因為平常的瑪麗亞不會這麼纏人。我思考了一會兒後，送出接受瑪麗亞邀請的回覆。瑪麗亞建議帶卡西斯一起參加茶會，但我決定不帶他去參加。上次那件事之後，他和我之間的氣氛與以前不同，這也無可厚非。經過那種事，他看到我一定會感到不自在。

一開始卡西斯會默許我當時的行為，也是因為他已經了解自己在表面上被賦予了什麼角色，也知道他屬於我。在那之後，他有時會什麼話都不說，只靜靜地注視著我，那眼神算不上溫和。

我餵食完毒蝶後，將還沒完全止血的手臂纏上繃帶。我餵血給孵化室裡的卵的次數明顯增加了，這是迪恩回來之後發生的變化。

我凝望著窗外，太陽漸漸西沉。

瑪麗亞的茶會辦在明天。這次是我第二次參加那種場合。

瑪麗亞的茶會在宅邸中央的玻璃溫室舉辦。不同於培養毒草的溫室，這裡完全是為了休息而建造的地方，所以有時也會在這裡舉辦促進感情的茶會。

當然，正如之前所說，阿格里奇家的人都有嚴重的個人主義，甚至早中晚餐都會各自用餐。阿格里奇家的人正式一起吃飯的機會，只有每個月一次的大晚宴，不過能得到允許參加那個場合的人，除了蘭托·阿格里奇之外只有三個孩子而已，因此，在這個家中，只有瑪麗亞會像這樣特地辦茶會，邀請大家來促進感情。當然不是每個受到邀請的人都會答應出席，他們也只有心情好時才會撥空參加。

「快過來，莎娜。」

明亮的陽光從圓拱型的玻璃天花板灑落。我一踏入溫室，瑪麗亞就起身迎接我。看到她如此歡喜的表情，有時也會覺得她的親生孩子不是迪恩，而是我。

「看來我是最後一個到的呢，謝謝您邀請我。」

我態度平靜地向她打招呼。今天似乎大約有十個人參加瑪麗亞的茶會，因為只有一張空椅子，我知道那是為我準備的座位。真正煩人的是我的座位在瑪麗亞旁邊，剛才瑪麗亞站起身的座位右邊是空的，而她的左邊坐著我的母親西拉。

「莎娜……」

她似乎不知道我今天會來參加，看到我後一臉驚訝。其他人也用深感興趣的眼神看著我，湊在一起竊竊私語。看來瑪麗亞沒有事先告知其他出席者我會參加。

「原來母親也在這裡啊。」

在瑪麗亞的引導下，我走向空位。之後，我假裝親近坐在附近的母親時，她放在腿上的手顫了一下。

和對我的出現而感到困惑的母親不同，看到她在這裡我並不驚訝。其實我不意外母親會參加瑪麗亞的茶會，因為她無法拒絕瑪麗亞的邀請，從以前開始就偶爾會被邀請來參加這種活動。

雖然我早就知道了，但她真是個內心軟弱的人。她每次看見瑪麗亞都很害怕，卻連一句拒絕都說不出口。在我看來，瑪麗亞和我母親的關係就像蛇和老鼠。若說瑪麗亞是掠食者，那我母親就是被捕食者，甚至像食物鏈最底層的獵物一樣。

而且，正如之前所說，親手殺死阿西爾的人正是瑪麗亞的兒子迪恩。據說迪恩當時的年紀尚小，仍在每月測驗中嶄露頭角，在執行官的監督下處死阿西爾。

無論是讓年幼兒子殺害兄弟的蘭托．阿格里奇，還是真的聽命殺害自己同父異母兄弟的迪恩．阿格里奇都一樣不正常。

當然，迪恩也有可能是無法拒絕父親的命令，不得已才聽命動手的，但就算如此，也絕對不可能是能輕鬆面對面的關係。瑪麗亞看起來一點也不在乎那件事……不，以瑪麗亞的性格來說，她可能早就忘記那件事了。

總之，姑且不談瑪麗亞，我母親是絕對無法忘記當時那件事的。她現在坐在點心桌前的臉色也不太好看。

「莎娜，我沒想到妳會來……妳應該先告訴我一聲。」

她一看到我，臉色更沉了下來，不管怎麼看都像不歡迎我過來。這也無可厚非，因為這場茶會不是普通的茶會。

所以我也是幾年前參加過一次瑪麗亞的茶會後，再也沒有參加過了。但以我的立場來說，不曉得到底是誰該擔心誰。

「是我故意保密的，西拉。這樣才是驚喜禮物啊。」

瑪麗亞滿足地來回看著母親和我，像在看著雙手捧著的鮮花。與她相反，露出勉強笑容的母親臉色逐漸變得蒼白。竟然茶會都還沒正式開始就這樣了，讓我心想一旦氣氛變得熱絡，我母親會不會暈倒。

從之前的傳聞聽來，這個茶會的氣氛似乎和我很久以前參加時沒什麼改變。

「很久沒有在茶會上看到莎娜了，心情真好。以後要常常來喔，西拉也喜歡這樣不是嗎？」

天曉得，她看起來一點都不喜歡的樣子。

「如果時間允許的話。」

我簡短地回答後，端起前面的茶杯。味道清爽且風味濃郁，顯然是最高級的茶，但不合我的口味。

今天在場的大多數都是蘭托·阿格里奇的妻子們，也有幾個她們的孩子。

「如果莎娜的玩具也一起來的話，一定會更有趣的。大家不這麼覺得嗎？」

其他人也附和瑪麗亞的話。

「是啊！聽到莎娜第一次得到玩具的消息時，我真的很驚訝。」

「我上次看過一眼，在我目前看過的玩具中應該是最漂亮的。」

「我想也是，難怪莎娜也會感興趣。」

「我從來沒見過他，還很期待今天可以看到呢，妳為什麼沒帶他來？」

帶著遺憾與好奇的目光湧來。瑪麗亞也看著我，笑著補道：「就是啊。為了莎娜的玩具，今天我特別準備了專用的鳥籠呢。」

就如她所說，玻璃溫室的正中央擺著幾個像鳥籠的巨大籠子。裡面陳列著今天茶會出席者們的玩具，被當成了觀賞對象。

正中間最華麗的鳥籠是空的，那應該就是為卡西斯準備的位置。如果把卡西斯帶來這裡，他一定也會變成那副模樣。那樣的話，卡西斯會乖乖待著嗎？反正我為了展示留下了痕跡，要在這個場合當眾炫耀、展示卡西斯也不錯……但也不是沒有其他方式，我何必親自把卡西斯帶到這裡，惹他反感。

「我的玩具非常怕生，說不定會咬我以外的人。」

人們臉上的好奇變得更強烈了。

「看來妳還沒使用藥物吧？」

鐵籠內的玩具形形色色，就像現在在場的人們喜好一樣多樣，其中也有人看似沉迷於藥物。訓練過程中多少會過度使用藥物，或是只出於個人喜好，讓玩具對藥物上癮。

「或許也可以進行藥物訓練了，不過我還有點猶豫。如果變得太溫順……」我低下視線，低聲呢喃：「我感覺很快就會玩膩，想要殺掉他。」

喀噠！那一秒，茶杯放到桌上的聲音格外響亮。聲音是來自我母親的位置。我忽視她的不安，笑了一下。

「第一次有感興趣的玩具，多玩一下比較好不是嗎？」

有幾個人贊同我的意見。

「也對，使用藥物的話，會變得非常笨。」

「那很好啊，會十分聽我的話。」

「太聽話也很無趣吧？」

「我不喜歡不聽話的孩子，很麻煩。」

現在聚在這裡的人們大多和瑪麗亞的性格或興趣相似，畢竟他們接受了她的邀請。

「也對，如果考慮到莎娜的玩具用途，沉迷於藥物也不太好吧。」

此時，一位母親別有意味地低聲說道。我馬上就想到她為什麼這麼說了。

「我上次看到後，就知道夏洛特被關進禁閉室的理由了，聽說是青之貴公子，真的是極品呢。我明白孩子們因為想得到他而大鬧的原因了。」

我唯一一位同父異母的姊姊也來參加了這場茶會。擁有棕色頭髮和紅色眼睛的格麗潔達與卡西斯一樣十七歲，她和我的關係還算不錯。她帶著微妙的微笑瞥了旁邊一眼，那是夏洛特的母親。然而，她只是皺了皺眉，彷彿夏洛特的醜態讓她感到難堪。

「是啊，雖然無法看到莎娜的玩具很可惜，但又不是只有今天辦茶會。」

今天瑪麗亞看起來心情特別好。

「好了，既然大家都到了，作為替代，我讓你們看看我的新玩偶。莎拉，帶過來。」

我沒有按照邀請函寫的內容帶卡西斯來，還以為她會表現得更遺憾呢，真令人意外。

看到瑪麗亞燦爛的笑容，似乎只要母親和我坐在她的兩旁就滿足了。她一直微笑著，對在溫室一角待命的侍女下令。

我微微瞇起眼睛看著那樣的瑪麗亞一會兒，接著看向侍女們離開的方向。

現在要正式開始了嗎？我看到坐在瑪麗亞左邊的母親臉色變得更沉了。

鏗鏘！不久後，一位手腳戴著手銬腳鐐的女人被侍女們拉著，搖晃不穩地走過來。她用心打扮的美麗模樣真的就像精心裝扮的洋娃娃，當然，那只是遠遠看去的感想，近距離看到的那女人模樣十分淒慘。

「這是我的新玩偶莉薇爾。大家都很熟悉吧？」

莉薇爾原本是瑪麗亞的貼身侍女，負責統率其他侍女。然而，與瑪麗亞說的話不同，現在在眼前的她很難辨認出長相。那也難怪，她就像遭到凌虐，臉上被劃出了幾十道傷痕，怎麼能辨認出長相呢？

「好了，莉薇爾。要跟茶會的客人們打招呼才對吧？」

「唔、唔唔……啊。」

而且不知道為什麼受罰，她連舌頭都被割掉了。以這副模樣穿著滿是蕾絲的華麗禮服、盛裝打扮，反而只讓人感到詭異。

我母親的臉色現在蒼白到發青了。

但這也無可厚非，我也覺得這個茶會真的令人作嘔。

「西拉，我的新玩偶怎麼樣？比上次的可愛吧？」

瑪麗亞指名向我母親提問。可笑的是，瑪麗亞不是想欺負我母親，她對我和我母親完全沒有惡意，現在的瑪麗亞就像天真爛漫的少女，想要得到最喜歡的朋友附和。

「是……是啊……」

母親結結巴巴地小聲回答，彷彿喉嚨被堵住了。這時，瑪麗亞的臉上露出滿足的微笑。

「莉薇爾，妳聽到了嗎？西拉好像很喜歡妳呢。來，妳去幫西拉倒杯茶吧。」

瑪麗亞的玩偶接到指令後，腳步不穩地朝我母親走去。她每走一步，連著腳鐐的鐵鍊就發出鏘啷鏘啷的聲響。

以前我參加這個茶會時，是單純欣賞玩偶就結束了，現在似乎還要像這樣伺候賓客。

咕嚕嚕……瑪麗亞的玩偶就像斷線的木偶，顫著手臂將茶倒入母親的茶杯中。

那或許是會傳染的，不久後，母親端起茶杯的手顯然也在發抖。最後，茶杯裡大幅擺盪的液體流出杯子，濡濕了她的手和衣服。

「天啊，西拉！」瑪麗亞看到後大喊。

「西拉，妳沒事吧？茶應該很燙，妳沒有燙傷吧？」

「沒有……我沒事。」

但瑪麗亞馬上用冰冷的眼神看向身旁的女人。

「莉薇爾，妳到底怎麼倒茶的，讓西拉打翻了茶？而且竟然只呆呆地看著她，看來妳受到的懲罰還不夠。」

聽到那句話，母親的臉色變得一片慘白。因為自己的失誤可能會讓瑪麗亞的玩偶再次受到懲罰，這也無可厚非。

「莉薇爾沒有做錯任何事，剛才那是我的失誤，所以她沒有理由受罰……」

「我就說西拉真的很善良。」

瑪麗亞小聲地讚嘆「妳怎麼連心腸都這麼善良又美麗呢？」。然而，她接著堅決地搖了搖頭。

「但是不行，剛才那情況，妳那雙漂亮的手可能會留下燙傷的傷痕啊。沒能防範於未然也是在旁伺候的莉薇爾不好。」

「那麼……」

「莎拉，立刻把莉薇爾帶走……」

匡啷！

這時，東西碎裂的尖銳聲響迴盪在溫室內，連閒聊都稱不上的兩人也停下了對話。

我感覺到溫室裡的人們視線都集中在我身上，微微一笑。

「哎呀，對不起。我不小心失手了。」

我剛才故意摔落的茶杯在地上碎成了碎片。

「母親。」

下一秒，我呼喚母親，她的眼角瞬間一顫。我張開嘴，吐出溫柔的聲音。

「您的手好像越來越紅腫了。最好在變得更腫之前用冷水降溫吧？」

幸好她似乎馬上察覺到了我的話中之意。我繼續低聲補道：「說不定燙傷了，應該出去請醫生來看看。」

「哎呀，看看我這腦袋。沒錯，西拉，再這樣下去真的會傷害到妳漂亮的皮膚，那可不行。」

瑪麗亞對母親的美貌近乎崇拜，因此附和我的話。我先發制人，以免她又命令她的玩偶送我母親離開。

「我也想近距離看看瑪麗亞小姐的玩偶，正好我需要新的茶杯。」

看到我對她的玩偶有興趣，瑪麗亞很高興。她讓莉薇爾來到我這邊後，命令侍女帶我母親離開溫室，也不忘吩咐立刻請醫生來。

我能感受到母親的視線看向我的側臉，但我沒有再看向她，直到她離開這個溫室。

如果母親夠機靈，應該不會再回來溫室了，而我終於能更輕鬆地參加瑪麗亞的茶會。

真的，每個人的嗜好都好糟糕。

我無趣地看著眼前的來回攻防。

「我對你的玩具非常有興趣，要不要和我交換玩具一天？」

「這個嘛，我不是很想呢。」

「那我們打個賭吧。讓玩具們打一場，贏的那方可以隨意決定。」

「好啊，那聽起來很有趣。」

我同父異母的兩個兄弟討論著他們關在鳥籠裡的玩具，開始了一場莫名的賭注。他們招招手，站在鳥籠旁待命的男人開始動作。

他碰了某個裝置後，連結兩個鳥籠的鐵門便打開了。最先行動的是在右邊鳥籠裡的男人。他的手腳都遭到束縛，搖搖晃晃地走過鐵門。那個男人像注射了興奮劑一樣喘著粗氣。他的瞳孔放大、眼神渙散，看起來是完全無法溝通的狀態。

在另一個鐵籠裡的人們也都像這男人一樣，看起來都有些地方不正常。阿格里奇家的人把這些人都稱為玩具，真的把他們當作物品對待，而不是人。

不論是被關在籠子裡，展示在我們眼前的人們，還是在籠子外滿臉傷痕的女人都一樣，現在他們也為了賭局，要讓籠中的人們像鬥犬一樣廝殺。

「妳覺得誰會贏？」

「嗯，我覺得是棕色頭髮的。」

「不對，現在他好像嗑了太多藥，神志不清。你看，走路搖搖晃晃的。」

「那樣應該幾乎感覺不到痛，不是更有利嗎？」

坐在桌前的人們開始打賭，兩人之中誰會贏。陽光從頭下透過玻璃落下，炫目明亮，四周有散發出陣陣幽香的美麗花朵盛開，賞心悅目。

在場的人們看起來也如此天真無邪，彷彿對這間溫室裡發生的所有怪事都不感到奇怪。鳥籠中的戰鬥如今幾乎是場亂鬥。裡面鮮血四濺，痛苦的呻吟聲越響亮，觀眾就越開心。

讓母親離開溫室果然是個明智的選擇。內心軟弱的她如果看到這種景象，十之八九會昏倒。

但是他們無法得知比賽的最終結果。

「不好了！」

因為有兩名男子氣喘吁吁地衝進溫室。他們的儀容不整，臉像被打過一樣紅腫，衣服上也有像被踢過的痕跡。其中一人似乎傷到了右手，另一個則是肋骨受傷。

茶會的主辦者瑪麗亞銳利的目光投向擾亂歡樂時光，引起騷動的肇事者。

「搞什麼啊，這麼吵。發生了什麼事？」

「羅莎娜小姐的玩具逃跑了！」

喧鬧不已。溫室裡的人們目光如炬，紛紛看向我。

「我的玩具自己解開鎖，逃出房間了？」我在注視著我的人們之間，平靜地反問道。

「不是。我們進房間想把那傢伙帶來茶會，可是他趁機甩開我們逃走了。」

「把我的玩具帶來茶會？」

那一刻，衝進溫室的男人似乎發現自己失言了，閉上了嘴。

「誰指使你的？」我把手中的茶杯放在桌子上後，用手撫過圓潤的杯緣，「我不記得我有同意這件事，你們剛才卻擅自想把我的玩具帶來這裡，是這個意思嗎？」

我觸碰的茶杯上出現了裂痕。清澈的液體從逐漸擴大的裂縫流溢出來。

啪嚓！完全破碎的茶杯碎片隨即如花瓣一樣在盤子裡綻放。我注視著那些男人，他們的臉色發青。不知不覺中，溫室裡安靜得連針掉落的聲音都聽得到。

「那個，那個……」

「是迪恩少爺這麼吩咐我們的……所以我以為羅莎娜小姐也允許了……」

然而，他們打算當成藉口的話反而成了關鍵。現在在這個場合提到迪恩的名字並不稀奇，他們的表情沒有一絲虛假。

瑪麗亞張開嘴想要說什麼，不過我搶先開口：「你們瞧不起我吧。」

聽到我在溫室裡迴盪的平靜聲音，男人們倒吸了一口氣。他們因為我散發出來的寒意而顫抖不已。

螳螂捕蟬，黃雀在後，其實不管在哪裡，無辜受苦的總是夾在中間的人們。如果他們一開始就察覺到異常，並違抗將卡西斯帶來的命令，那就不會像現在這樣站在我面前。

「如果不是這樣，你們怎麼敢在我面前這樣大膽地胡言亂語。」

然而，理解他們和原諒他們是兩回事。而且他們剛才說的那句話，聽起來也像在暗示比起我，他們更害怕聽到迪恩的名字。

如果是這樣，或許是因為我不像其他兄弟姊妹，不曾像對待蟲子一樣傷害或殺害過阿格里奇家的僕人。

即使真的只是在這途中出了差錯，發生了單純的誤會，沒有好好確認就犯下這種失誤仍是他們的錯。

「不、不是那樣的！只是這中間有誤會……對不起，小姐！請原諒我們！」

所以他們不僅未經我允許就帶走玩具，還讓他逃走了，可以說是個不小的罪過。可能是知道自己錯了，他們臉色蒼白地懇求原諒。那模樣看起來十分令人不忍，但我不打算放過他們。

「可是，你為什麼還筆直地站在我面前呢？」

下一秒，伴隨著臨死前的哀號，男子的腳跪了下來。飛過去刺上他膝蓋的刀，是剛才還放在桌子上的小刀。

「唔，啊……」

不過他似乎很機靈，忍下了呻吟聲。我放下剛才朝男人扔出小刀的手，冷冷地低語：

「如果真的感到抱歉，就應該立刻跪下道歉。你們兩個都只有嘴上功夫厲害呢。」

如果我不是羅莎娜．阿格里奇，可能會寬宏大量地原諒他們，但我不是擁有純潔心靈的聖女，我在這個世界中的角色反倒更像邪惡魔女。

「低下頭，在我砍掉那搞不清楚狀況的腦袋前。」

兩人渾身顫抖地趴在地上磕頭。為茶會準備的閃亮銀器如今變成了武器，劃開的不是麵包，而是人肉。明亮的陽光灑落在溫室的地板上，紅色的血一滴一滴落下。

我不喜歡讓別人把我刻劃成畏懼的對象，也覺得會對這種事感到喜悅的人們個性真的很糟糕。不過如果有必要，我也只能不停展現可怕的一面給他們看。

「最後發現玩具的位置是？」

可能是因為害怕，他回答得非常迅速，令人滿意。

「往西南方向的走廊。傑瑞米少爺追了過去。」

我認為不能再耽誤時間了，立刻站起來。

「艾米莉。」

「是，我去處理。」

聽到我喚道，艾米莉邁出了腳步。那些男人似乎知道讓我的心腹艾米莉行動代表著什麼，比剛才更懇切地向我求饒，大聲求我饒過他們。艾米莉摘下右手手套，走向他們。

我不理會他們，看向瑪麗亞。

「看來茶會就到此結束了。」

聽到所有對話的其他人似乎也有同樣的想法。

「要我幫忙把玩具找回來嗎？」

「感謝您的好意，但是沒有那個必要。」

即使我拒絕了，瑪麗亞仍不死心地再次勸道：「我不清楚中間是否有其他誤會，但他們提到了迪恩的名字，我袖手旁觀也不太好……」

匡噹！

這時，外頭傳來不明的巨響。灑滿溫暖陽光的溫室裡突然變得昏暗，接著有一個漆黑的物體從另一頭飛來，撞上玻璃牆。

匡噹！嘰嘰嘰！

「呀啊！」

圍坐在桌旁的人們大吃一驚，從座位上跳了起來。

「突然間這是發生了什麼事？」

「那是魔物吧！」

撞上溫室玻璃的是一隻大如一棟房屋的魔物。牠除了有四條腿和帶有毒刺的尾巴之外，外觀也與蜘蛛相似。這魔物的名字叫「卡藍圖」，是被養在阿格里奇飼養場裡的魔物之一。

「夫人！」

就在這時，一個滿身毒液的女人走進溫室。從她的服裝看來，似乎是瑪麗亞看守溫室的侍女之一。

「這是怎麼回事？」

可能是對目前的情況感到驚慌，瑪麗亞詢問侍女的聲音比剛才還要尖銳。

「第五號飼養場的門被打開了！請趕快躲起來！」

五號飼養場，是離現在我們所在的溫室非常近的魔物飼養場。不管怎麼想，我都覺得現在發生的事與卡西斯有關。

我不管攔阻我的人，走向溫室門口。我需要親眼看看外面到底發生了什麼事情。

匡啷！

嘰咿！

就在這時，一聲尖銳的巨響響起，碎裂的玻璃碎片和魔物一起湧進溫室。

卡西斯大約是在三十分鐘前離開房間的。打開門鎖進來的兩名壯漢走近卡西斯，在他的戒具上掛上鐵鍊。

「反正都戴了戒具，為什麼還要掛上那麼多鐵鍊呢？真麻煩。」

「總之動作快。要是晚到，可能會被大罵一頓。」

可能是因為卡西斯手上戴著戒具，不發一語地乖乖待著，男人們沒什麼防範。

「你們要帶我去哪裡？」卡西斯看著他們，冷冷地開口。

「這傢伙真是囂張。」

「喂，不要碰他。這可是羅莎娜小姐的玩具。」

被卡西斯語氣激怒的男人聽到一旁的另一個男人這麼說，冷靜下來。但他仍然怒視著卡西斯。

「我們收到命令，要帶你去參加瑪麗亞夫人的茶會。不要亂來自討苦吃，乖乖待著。」

他們只有這麼解釋。

卡西斯自己進行推論。是羅莎娜參加了那位名叫瑪麗亞的人舉辦的茶會，要他們把他帶過去嗎？

突然間，他想起依舊殘留在脖子上的紅色痕跡。那痕跡故意留在會被人看到的顯眼地方，說不定真的是打算給別人看的。

想到這裡，腹部隱約有股熱流蠢動沸騰，帶著寒意的眼神也變得更銳利。卡西斯稍微別過頭，躲掉要為他戴上口銜而伸來的手。

「搞什麼？還不給我乖乖待著？」

凝視著面前那些男人的卡西斯目光看向門口。門鎖解開了，門微微敞開著。卡西斯的手臂肌肉瞬間繃緊。

「哇，這扇門為什麼打開了？」

如果當時沒有感受到敞開的門外有另一個人的氣息，卡西斯肯定會立刻將他腦袋中的想法付諸實行。

進來的是一個黑髮藍瞳的少年。

他的外貌就像被精心飼養在家中的寵物一樣漂亮，他的眼神卻像還沒馴化的野生動物。

「您好，傑瑞米少爺！」

看到黑髮時就預料到了，他是蘭托·阿格里奇的兒子。看起來比羅莎娜年輕一點的少年不理會那些男人的問候，將目光直接鎖定在卡西斯身上。

「你就是青之混帳嗎？」

不加修飾的言詞使卡西斯瞬間瞇起眼。他早就知道了自己的身分，這句話顯然是故意說來嘲弄自己的。

「你的耳朵是堵住了嗎？為什麼不回答？」

卡西斯默默地盯著眼前的人。名叫傑瑞米的少年對他充滿敵意，像這樣刻意來找麻煩，毫不掩飾地顯露出他的真正意圖。

卡西斯的沉默反倒更像忽視。意識到這一點後，傑瑞米的臉色也越來越凶狠。

「那個，少爺，您怎麼會來這裡？」

被夾在這兩人之間的男人們冷汗直流。

「你們才是，為什麼會在這裡？要帶他出去嗎？姊姊要你們帶她的小狗去散步？」

「不是，我們正要帶他去參加瑪麗亞夫人的茶會。」

聽了那句話，傑瑞米理解似的點點頭。

「啊，那討人厭的茶會？是今天嗎？」

接下來的話讓手下們的表情尷尬地僵住。

「若是把玩具擺在一起，玩扮家家酒的那種令人作嘔的茶會，我也知道。總之，瑪麗亞阿姨，那女人就是無法找姊姊的麻煩所以急得發狂。明明莎娜姊姊對那種噁心的茶會毫無興趣，卻總是送來令人作嘔的邀請函。」

聽到他公然咒罵阿格里奇家的其中一位夫人瑪麗亞，手下們說不出話。既不能在這時附和傑瑞米，一起辱罵瑪麗亞，也無法當著傑瑞米的面反駁他的話。

幸好傑瑞米似乎不怎麼在意他們的反應，繼續若無其事地說：

「可是姊姊沒有說要帶玩具去參加那個茶會啊？」

「或許是臨時改變心意了吧？我們也是茶會途中收到消息，聽說是迪恩少爺吩咐馬上把羅莎娜小姐的玩具帶到溫室去……」

很不幸地，他無法把話說完。因為就在那一刻，毫不留情的飛踢踢上了他的腹部。

砰！

「唔……！」

被傑瑞米狠狠踢中的男人向後飛去，摔在地上打滾。

「傑、傑瑞米少爺！」

從剛才踢上男人腹部的力量強度和速度來想，肋骨非常有可能受傷了。

「這些傢伙是不是都吃了老鼠藥？」

倒在地上的男人頭上傳來陰冷的聲音。

「竟然敢在這種情況下提起混帳迪恩的名字？」

正面迎來殺氣騰騰的眼神，男人們臉色發白。阿格里奇的家人不都是這樣的嗎？傑瑞米的身上果然也流著那個血脈，有著粗暴殘忍的一面。即使如此，他只有在羅莎娜面前會像一隻拔光了刺的刺蝟，所以在仰慕羅莎娜的手下中也有不少人討厭他。

傑瑞米特別容易因為羅莎娜的事失去理智。正像現在，他們的話顯然激怒了傑瑞米。在這種時候，只能低調行事，以免再惹怒他。

「你說看看，這是誰的東西？」

「是羅……羅莎娜小姐的。」

砰！

「嘎啊！」

「你這傢伙明明就知道啊。」

砰！

「唔……！」

「竟然敢這樣亂說話？」

只要是關於羅莎娜的事，傑瑞米本來就算在睡夢中也會跳起來，這男人還提起平常關係惡劣的迪恩，也難怪他會感到不悅。

「為什麼嘴巴這麼搞不清楚狀況？嗯？你的腦袋是裝飾嗎？看起來很沒用，要我幫你拿下來嗎？」

他煩躁地痛打那個男人後，似乎想起了一直待在旁邊的卡西斯，突然轉過頭。

「你又為什麼這麼聽話地滾出來，惹人生氣？如果是迪恩那混蛋在耍小把戲，你不知道你的下場也會很慘嗎？這個蠢貨。」

這番不講理的話就像在亂發脾氣。因為嚴格來說，卡西斯一步都還沒有踏出房間。

卡西斯冰冷的金色眼眸毫不動搖地倒映出眼前的景象。

「喂，你現在馬上跑過去，好好向莎娜姊姊確認是不是真的要帶這傢伙去溫室……」

這時，傑瑞米在卡西斯身上發現了令他非常不悅的事。敞開的衣領間，露出了留在脖子上的紅色痕跡，猛然刺進他的眼中。

乍看之下就像遭到施虐，非常露骨又深刻的痕跡，甚至留下了咬痕，使痕跡更明顯。

同時，與白皙皮膚形成對比的鮮紅痕跡看起來也很疼，不用問也知道是誰留下的。

那一刻，傑瑞米的雙眼火光四濺，他咬緊牙關。

「啊，心情本來就夠糟了，還有這像蟲一樣的傢伙……」

瀰漫在周遭的空氣變得無比殘暴，無法與之前相比。傑瑞米在心裡不停咒罵，握緊拳頭又放開。他努力讓沸騰的心情平靜下來，但還是做不到。

「喂，你現在立刻轉身背對我，往那邊走一步。」

他看著卡西斯的眼神依然像看著不共戴天之仇一樣凶狠。傑瑞米的頭指向現在仍微微敞開的門。剛才聽他們之間的對話與現在少年說的話，卡西斯很確定面前的這個人沒辦法直接碰他。

卡西斯原本緊抿著的嘴角，一邊斜斜往上揚起。

「我為什麼非得聽你的話？」

卡西斯故意挑釁四地說完，使眼前的臉龐扭曲。

那一刻，一記凶狠的拳頭朝卡西斯揮來。換作其他人，早就因為那股猛烈的氣勢而不自覺地縮起身體了，然而，卡西斯完全不為所動。

砰！拳頭沒有打上卡西斯的臉，反倒擦過他的臉頰，打上牆上。粉塵從破碎的牆面上飛揚飄落。傑瑞米的表情似乎對卡西斯沒有閃躲自己的拳頭而更加生氣。

「看看這傢伙，莫名地機靈呢。」

看來他果然無法直接碰卡西斯。他假裝要攻擊卡西斯，打算誘導他照自己的意思行動，但卡西斯沒有照他的計畫行動，讓他面露憤怒。

「啊，算了。」

傑瑞米洩氣似的收回拳頭。然而，他接下來轉為攻擊站在旁邊的男子。

「傑、傑瑞米少爺，為什麼對我……唔唔！」

傑瑞米狠狠踩上倒在地上的男人的手。這時，那男人不小心放開了手中的鐵鍊。

「喂，你剛才有看到那混帳甩開他的手，想逃跑嗎？」

傑瑞米先對倒在地上的另一名男子說，厚臉皮地把自己剛才做的事推給卡西斯。

「他不知道反抗得多激烈，讓我們手下二號放開了所有鐵鍊呢。」傑瑞米的嘴角露出卑鄙的笑，「我明明睜大雙眼盯著你，竟然還試圖逃跑，膽子真大呢。」

他無論如何都想讓卡西斯揹上逃亡者的罪名。但是，卡西斯沒有按照他的想法行動，所以他打算改變方向，這樣掩蓋事實。這或許意味著，他也需要這種虛有其表的名分。

卡西斯現在非常清楚他為什麼會有這種反應了。無論是眼前這個少年對卡西斯表現出來的敵意，還是即使討厭他也無法對卡西斯動手的原因，都是因為他是羅莎娜的玩具。剛才他會開始表現出顯而易見的怒氣，也是在看到卡西斯的脖子之後。

卡西斯依次望向倒地的兩個男人和露出扭曲微笑的傑瑞米，隨即低聲呢喃：

「看來阿格里奇家沒有正常人呢。」

卡西斯感覺這顯而易見的伎倆有點可笑，但情況不糟。眼前的少年似乎不認為卡西斯真的可以從自己手中逃脫，離開這個房間。現在會做出這種行為，也只是為了找個正當理由攻擊卡西斯。

卡西斯覺得那不自量力的自信很可笑。

兩人的目光在空中交會，傑瑞米再次看著卡西斯，嘲諷道：

「不聽話還想逃跑的狗就得挨打，好好教訓一番。」

但很難說。

獵人究竟能抓到狗還是會被狗咬，只能拭目以待了。

一走出門口，強烈的陽光就讓視野一片空白，從頭頂直射而下的陽光存在感特別強烈，或許是因為很久沒有像這樣站在陽光下了。

卡西斯走過純白的走廊，踏上綠意盎然的草地，各種嘈雜的聲音灌入耳中。

咻！突然間，發出噪音的主角之一迅速接近他，下一秒聽到銳利的破風聲。

卡西斯避開攻擊，頭轉向右側。下個瞬間，一條伸長的腿掠過，擦過他在空中飄揚的頭髮。

「你這跟老鼠一樣的混帳！」

傑瑞米不見剛才的從容，氣急敗壞地大吼，立即一蹬地面，再度撲向卡西斯。

銬在卡西斯手腕上的長鐵鍊像鞭子一樣揮舞，打向傑瑞米。剛才傑瑞米在走廊上也因為那條鐵鍊嘗到了苦頭，所以立刻彎下腰。

但是就像預想一樣，這次換從下面飛來一記踢擊。傑瑞米忍下咒罵聲，舉起手擋住飛踢。

喀啷！

卡西斯沒有再次攻擊傑瑞米，而是踩著他的手臂向後跳，讓傑瑞米更加火大。可能是剛才在房間裡被打了一下，口中有了傷口，舌尖上有股血腥味。他仍然瞪著卡西斯，將一口帶血的唾液吐在草地上。

「不要像有尾巴的狗一樣只會逃跑，認真地打一場吧？」

他挑釁似的對眼前的人說，但其實傑瑞米還無法預料到之後的情況，他只是想稍微教訓一下這個自以為是的混蛋。

然而，卡西斯嘲諷似的對他發動猛烈的攻擊，趁他慌張時逃離了房間。

他應該馬上殺死那傢伙的。傑瑞米咬牙切齒。

其實到目前為止傑瑞米的確稍微小看了他，卡西斯·費德里安的身手比想像中敏捷。而且，卡西斯像要故意激怒傑瑞米，找出他的弱點後，專挑那部分攻擊。同時一有機會就甩開他，跑到更前面。

他行動的目的很明顯是要逃離宅邸，而不是攻擊傑瑞米，或許是因為這樣，卡西斯的戒具還沒有發動。

或許那個像老鼠一樣的混帳是看準這點，故意使用這種卑鄙的手段。不只是傑瑞米，他在來到這裡的途中，幾乎沒有攻擊遇見的人，只盡量迅速讓對方暈倒後繼續往前。

現在卡西斯也無視傑瑞米的話，像在確認什麼一般往旁邊瞥了一眼，直接轉向左邊。

「你想去哪裡！」

但是，傑瑞米毫不猶豫地跟在卡西斯後面。卡西斯感到煩躁，用膝蓋踢向傑瑞米的側腹。傑瑞米輕鬆地躲開後，用手抓住鐵鍊用力一扯。

砰！然而，卡西斯的身體反倒貼得更近，挺著胸膛撞來，最後他不得不拉開距離。他依舊沒有放開握在手中的東西，但鐵鍊終究無法戰勝慣性，還是斷了。

「滾開，我沒時間應付你這種人。」

敏捷地向後退的卡西斯終於開口了。

「你這混帳……」

「看你嘴上嫌麻煩，卻一直跟在我的屁股後面大聲吼叫的樣子，真不知道誰到底才是狗。」

卡西斯的聲音很冷靜，但傑瑞米反而被他的那種態度氣得雙眼發紅。

「我沒有東西可以丟給你吃，所以不要來煩我，滾開。」

「這傢伙真是活膩了……」

卡西斯對他不屑一顧，把他當成煩人小蟲般的態度讓傑瑞米氣得瞪大雙眼。莫名讓他想起討厭的混帳迪恩，殺氣騰騰。

至今為止，傑瑞米還不曾想殺死羅莎娜的玩具卡西斯。但是此時此刻，徹底被激怒的傑瑞米腦袋中只有鮮明的殺意。

「好，我就要看看你能得意到什麼時候！」

或許是因為難得生氣，眼前一片血紅。傑瑞米盯著卡西斯的眼神凶狠。有幾名手下聽到騷動，不知不覺間聚集在周圍，包圍住卡西斯。

喀啦喀啦！

失去理智的傑瑞米伸出手，將卡西斯剛才扯斷的鐵鍊扔到一旁。鐵鍊沒有襲向卡西斯，反倒撞上藏在茂密灌木叢中的鐵門。

嘰——！鏗鏘！

金屬撞擊的聲音刺耳地刺上耳膜。鐵門的門把上了鎖，鐵鏈如蛇一般纏繞於其上，傑瑞米咬緊牙，用力拉扯。

「傑瑞米少爺，您現在在做什麼！」

戒備並包圍住卡西斯的手下們驚愕地大喊。他們試圖阻止傑瑞米，但受到蠻力拉扯，生鏽的鎖更快碎裂。

嘰——！

鐵門終究發出令人毛骨悚然的聲音打開了。

匡噹……！

嘰咿咿咿！

就在下一刻，黑色物體如潮水般湧出鐵門。

「唔、唔哇！」

卡西斯睜大了雙眼，也在尖叫逃跑的人群中快速移動。

嗖——！啪！

他一躲開，鋒利的黑色物體就飛來，刺上地面。在鐵門內的是與蜘蛛相似的魔物卡藍圖。

攻擊卡西斯的魔物從地面拔出像武器一樣鋒利的腳後，再次向下刺。逃跑的其中一個人被刺穿了身體。

嘰咿！

卡西斯急忙尋找做出這般殘忍狠毒行徑的凶手。就像剛才打開鐵門時一樣，不知何時利用鐵鍊掛在樹上的傑瑞米出現在眼前。

「你……！」

「蟲子就該像蟲子一樣，變成魔物的食物。」

他帶著卑鄙的笑俯視卡西斯，踩著樹枝爬到更高處。

卡西斯看到傑瑞米獨自悠哉地離開，憤怒不已地用凶狠的眼神瞪著他。

但那也只有一會兒，他不得不匆忙地側身躲過飛來的毒刺。可能是錯覺，他似乎聽見頭上傳來討人厭的嘲笑聲。

隨著喀嚓聲響，四肢變得遲鈍，刺痛感開始擴散。才無法像至今一樣保持冷靜，戒具就啟動了第一階段。

該死，他們居然在家裡飼養這樣的魔物？而且數量不是只有一兩隻，周圍立刻被魔物噴出的毒氣籠罩而變暗。

「呀啊！」

遠處突然傳來細小尖銳的尖叫聲。卡西斯下意識地轉頭看去，看似是在宅邸裡工作的女人在逃跑時被毒針射中而倒下。

「救、救救我……！」

卡西斯聽到求救聲，不由自主地想跑過去。然而，女人的身影瞬間被巨大的魔物擋住並消失。

咻——！

而且不知不覺間，其他魔物也接近卡西斯，不放過機會，朝他揮動大腳。

「唔……！」

卡西斯急忙抬起手臂，用手腕上的鐵鍊擋下攻擊。但沒有任何武器，要對抗魔物還是有極限，受到強大力量壓迫的身體背靠著樹，彷彿就要深陷其中。

這時，旁邊有某個反射著陽光的東西閃閃發光，刺痛雙眼。卡西斯咬緊牙擺脫魔物後，立刻朝倒在附近的人伸出手。

指尖碰到硬物的瞬間，這次魔物的毒刺刺來。

「羅莎娜小姐，您的衣服髒了。」

呀啊啊！

艾米莉的手一碰到黑色身體，逼近羅莎娜的魔物就發出可怕的尖叫聲掙扎。

「小姐您不需要出面，請您後退。」

羅莎娜的目光掠過艾米莉伸向前的手。艾米莉只脫掉了右手手套，她手背上刻著的圖紋比剛才還清晰。

「艾米莉，妳從現在開始禁止使用能力。」

她的心腹艾米莉的能力是以生命力為代價，所以不能長時間使用。聽到羅莎娜的命令，艾米莉默默服從。剛才脫掉的手套早已在混亂中不見了，所以她解開一條髮帶，纏住右手。

「艾米莉，也給妳一根吧？」

格麗潔達不知何時拔起了鳥籠的鐵欄杆，當作武器使用。艾米莉沒有回答，踩著地板上一片狼藉的盤子，用腳固定住翻倒的茶几。

喀嚓！她接著折斷畫出優雅曲線的桌腳。那也是鐵製的，所以算勉強可以使用的工具。

嘰咿咿咿！

有能力對付魔物的人都留在溫室，沒辦法的人則從後門逃走了。

「格麗潔達。」

羅莎娜提起裙襬，輕輕一踢倒在地上的椅子，準確地刺上朝她撲來的魔物眼睛。

嘰咿咿！隨之而來的是震耳欲聾的尖銳哀號聲。

「我得去外面看看。現在這裡沒有我也沒關係吧？」

喀噠！

在如泡沫般流淌而下的白色裙襬底下，描繪出優雅弧線的鞋子踩上地面。

「好，妳去看看。我覺得這一切都是傑瑞米惡作劇的結果，搞不好妳的玩具會被破壞到無法使用。」

根據這情況，格麗潔達幾乎確定魔物飼養場的門會被打開是傑瑞米幹的好事。羅莎娜從感到有趣而微笑的格麗潔達身上移開目光，邁步向前走。艾米莉像影子一樣跟在她身後。

嘰咿咿！

見到血的魔物們更加興奮失控。

「唔啊啊！」

勉強抵擋卡藍圖的一群男人中，其中一人被毒刺中腿部而倒下。飼養場的門一打開就四散的魔物依然在周圍徘徊。

「救、救命啊！」

獨自對抗怪物的男人大喊，但沒有任何人去幫他。

咻！魔物像利刃一樣堅硬發亮的腳如閃電般飛來。

噠！

就在那時，有人跳到魔物的頭上。他動作敏捷地將手中的武器深深刺入卡藍圖的額頭。

嘰呀——！

魔物發出可怕的哀嚎聲後倒下。隨著咚一聲，周圍頓時稍微揚起一陣塵土。在塵土中出現的人，在魔物飼養場的門被打開前曾是他們的追捕對象，是羅莎娜的玩具。

除了手臂和臉上的擦傷之外，卡西斯似乎沒有其他傷勢。腰側的衣服破了，但是身體沒有受傷。男人原本應該攻擊卡西斯並抓住他，但現在情勢急迫，無暇顧及這個。

卡西斯從痙攣的魔物頭部抽出武器，甩了甩沾滿魔物腥臭體液的手。

卡西斯拿著的長槍與阿格里奇家的手下們持有的一樣，是從剛才遭到魔物襲擊的人手中拿來的。

「謝、謝謝……」

卡西斯看著突然道謝的男人，臉色僵硬。其實他沒有理由去幫助阿格里奇的人，但看到有人在眼前無力地被魔物攻擊，大聲求救，身體就不由自主地動了。

卡西斯有些後悔自己浪費了時間。他為了逃出這裡，立刻再度轉身。

「哇，你這像蟑螂一樣的傢伙，居然還四肢健全地活著。」

就在那時，頭上忽然傳來熟悉的聲音。

「你的戒具壞了吧？為什麼殺了這麼多魔物還毫髮無傷？」

卡西斯的眼中迸發出火花。

「傑瑞米．阿格里奇……！」

剛才消失的傑瑞米出現在樹上，再次俯視卡西斯。即使那犀利的目光彷彿會刺穿自己的臉，傑瑞米依然無動於衷。

「啊，總之太好了，我剛才有點失去了理智，畢竟如果你因為我而死，我會非常傷腦筋啊。」

自己親手打開魔物飼養場的門，如今卻說卡西斯死了會讓他很困擾，令人無言至極。

卡西斯緊咬著牙。

「明明現在也卑鄙地自己爬到樹上袖手旁觀，居然還有臉說這種可笑的話……！」

咻——！

卡西斯手中的長槍瞬間飛向傑瑞米。驚訝的傑瑞米晃了晃，像要從樹上掉下來了。

「唔啊！」

然而，接著從另一邊傳來震耳欲聾的尖叫聲。映入眼簾的是不知何時來到附近的卡藍圖朝倒在地上的人揮下牠的腳。不過下一秒，死去的不是被壓在魔物底下的人。

嘰咿咿咿！卡藍圖的龐大身軀發出一聲淒厲的慘叫，轟然倒地。

「這是在吵什麼？」

像猛獸伸展四肢般慵懶的聲音拉住他的腳步。在逐漸平息的沙塵中，一位高大的青年映入眼簾。他似乎和卡西斯一樣是撿起掉在地上的武器，他手中的長槍狀況也不太好。混合著毒液和體液的黏稠液體沿著往下垂放的利刃，不斷滴落。

黑髮紅瞳，年紀應該已有二十歲左右。那名男子的模樣猛然一看有點像蘭托·阿格里奇，但他明顯更年輕，散發出來的氣質也和蘭托·阿格里奇截然不同。也許是錯覺，但在他出現的瞬間，空氣的流向似乎改變了。

卡西斯本能地意識到，必須戒備眼前的男人。

卡西斯挺直背脊，拔起另一支刺在地板上的長槍。不過也許是戒具發動了，他的手腳沉重，無法自在行動。

「是在遛狗嗎？但這陣仗還真大呢。」

看他表情高雅地說遛狗什麼的，似乎和引發這場混亂的傑瑞米·阿格里奇是兄弟。

「我不在的時候，我的弟弟妹妹們好像有了新的嗜好。」

在樹上費力重新找回平衡的傑瑞米低喃道：「唉！光是看到迪恩那傢伙就覺得煩。」

聽到這句話，卡西斯發現現在出現的男人，就是剛才那些來接他的手下提到的「迪恩·阿格里奇」。

「傑瑞米，是你打開飼養場大門的嗎？」

迪恩的問題讓傑瑞米顫了一下。他還沒開口辯解，迪恩就繼續說：

「你還是老樣子會魯莽地闖禍。雖然蠢一點很可愛，但你的行為舉止都蠢到無藥可救啊。」

彷彿沒聽到回答也知道事情的所有經過，他毫不猶豫地責備道。

看來羅莎娜說的是真的，阿格里奇家的人對家人都沒有特別的感情。現在迪恩看著同父異母弟弟的眼神中，也沒有一絲溫度。

勃然大怒大喊的傑瑞米也一樣。

「這傢伙在說什麼啊？說到頭來，為什麼會發生這種事？明明是你自作主張，叫人把莎娜姊姊的玩具帶來的！」

迪恩瞇起眼，皺著眉頭，露出在思考什麼的表情一會兒後，目光冷漠地看向傑瑞米，接著自言自語似的小聲低語：「母親做了件很有趣的事呢。」

然而，他似乎不打算多做解釋，立刻轉動視線。

他的目光再次緊盯著卡西斯，轉動的視線頓時固定在他的脖子上。

「你明明是羅莎娜的狗。」迪恩的嘴角隨即露出了顯而易見的冷笑：「為女人著迷，像發情公狗一樣的青之貴公子，的確是難得一見的奇景。」

聽到這句話，傑瑞米又咬牙切齒，看來是又想起了暫時忘記的事。

從剛才開始，卡西斯就敏銳地提升感官，尋找逃脫的機會。然而，戴著戒具的手腳限制了他的行動，而面前的男子身上也完全找不到破綻。

「這麼說來，前陣子我在邊境解決了一些偵查犬呢。」

這時，他像突然想起了什麼繼續說下去，讓卡西斯的表情一僵。

「看來像是來尋找失蹤的主人，費德里安忠誠的心腹們啊。他們比我想像的還要難纏，處理起來相當費力。」

卡西斯周遭的空氣溫度驟降至冰點。握著長槍的他，手背上慢慢浮現青筋。

「你現在⋯⋯」卡西斯目不轉睛地看著眼前的人，開口說：「是當著我的面，說你用那雙手殺了我家的人嗎？」

四周開始飄散著濃烈的寒氣。彷彿只要走錯一步，就會被銳利的氣息割傷，連傑瑞米都在那一刻停下了動作。

輕微的鏗鏘聲響起，戒具啟動了第三階段。手腳像掛著錘子一樣沉重，像針深深刺入肌膚般的疼痛在血管中流竄。

但是卡西斯沒有感受到痛楚。迪恩凝視著這樣的卡西斯，歪過頭，他的臉上立刻浮現不合時宜的微笑。

「我只是提前送他們到主人即將前往的地方而已，有什麼問題嗎？」

卡西斯的臉上完全失去了表情。他緊握得像要折斷槍桿的手慢慢放鬆力道，然而，那雙注視著眼前之人的金色瞳孔反而變得更銳利。

下一刻，卡西斯的身體自然彈也似的衝向迪恩。

鏘——！

迪恩舉起手臂，狠狠打掉從正面刺來的鋒利槍尖。經過幾回合，雙方都可以大概推測到彼此的實力。

卡西斯瞬間轉動手臂，再度從右側攻擊。

嘰咿咿！

如果魔物沒有剛好衝過來，他說不定就成功砍傷對手的側腹了。然而不幸的是，魔物的毒刺是朝卡西斯這邊射來，他不得不扭轉身體，避開魔物的攻擊。

迪恩沒錯過這一瞬間，猛烈的攻擊往眼前襲來。卡西斯踩著襲來的魔物尾巴，利用反作用力向後退。對面的迪恩揮動手臂，怪物的體液同時飛濺到地上。

卡西斯往下瞥了一眼。在殺死魔物前，他被迪恩使出的攻擊傷到了肩胛骨，正在流血。

而迪恩從容地站著，甩了甩沾滿魔物體液的長槍。

卡西斯看向那樣的他。

「你的眼力真好。」

雖然時間短暫，卡西斯還是明白了，剛才迪恩對卡西斯顯然沒有使出全力。因為卡西斯原本手腳就戴著戒具，力量受到限制，兩人不可能公平地較量。

「你知道退讓的時機，和羅莎娜的其他條狗不一樣，十分聰明呢。」

迪恩說的「羅莎娜的其他條狗」是指傑瑞米。

聽到迪恩的話，卡西斯眼中的火焰燒得更猛烈。

「看來你不打算殺了我。為什麼？」

雖然卡西斯看起來像隨時都會撲向眼前的人，但出乎意料的是，他沒有行動。

「處罰你不是我的責任。」

熱氣激烈翻湧，甚至讓胸口發疼。好想馬上親手殺掉眼前的男人。

「所以你才把我引誘到這裡嗎？」

「你不傻呢。前面那些正努力準備陷阱的手下會感到很遺憾。」

但卡西斯知道自己必須在這裡停下，就這樣回頭、離開這裡是最明智的選擇。儘管心痛不甘，但還是必須這麼做。

「莎娜啊……！」

這一刻，如果不是從不遠處傳來的細微聲音，他肯定不會再遲疑，早就轉身離開了。

卡西斯和迪恩同時看向聲源。

現在才注意到周圍的景象。破碎的玻璃碎片、魔物屍體以及倒下的人們和血跡散落在地上，還有一群人在處理活著的魔物。在他們身後是一個圓拱型的玻璃溫室，但其中一面牆被打破，有個卡藍圖的屍體半掛在上頭，無力地垂下。碎裂的玻璃內部也能看到魔物的屍體，旁邊擺著幾個用途不明的大鳥籠。

不知為何，有人被關在裡頭。他們都像陷入恐慌狀態，大聲尖叫或做出異常舉動。

這時，有位女子映入卡西斯的眼簾。

「莎娜啊！」

她在一片混亂中徘徊，找尋著某個人。那女人的長相和羅莎娜非常相似，一看就知道她們是母女。

『那孩子……難道已經死了？』

『我聽說莎娜得到了新玩具。我也可以看看嗎？』

『阿西爾……』

再者，之前離開地牢的那天有聽過那個聲音。她似乎也發現了卡西斯和迪恩，停下腳步。這麼說來，聽說羅莎娜參加的茶會是在溫室裡舉行，所以，她是在找女兒嗎？

嘰咿咿！這時，還活著的一隻魔物從迪恩的後方靠近。

卡西斯趁迪恩對抗魔物時，轉身打算離開。然而，接下來迪恩的行動讓卡西斯無法邁開腳步。

迪恩沒有攻擊魔物，而是將牠引誘到其他地方。令人驚訝的是，那方向正是剛才還在尋找羅莎娜的女人獨自站著的地方。

「搞什麼……！」

卡西斯不由得感到震驚。冰冷無情的紅色雙眼默默凝視著卡西斯，就像傑瑞米在房間裡一樣，那是要求他做出某些行動的眼神，但這麼做的他更惡劣。

魔物發現了羅莎娜的母親，開始衝向那邊，周遭沒有任何人能幫她。

嘰咿！

迪恩站著一動也不動，彷彿毫不在意她的生死。在那短暫的時間裡，卡西斯的內心爆發了數十次、數百次的衝突。

這是一個顯而易見的陷阱，所以踏入那個陷阱是很愚蠢的行為。再這樣下去，那個女人一定會遭到魔物襲擊，但這和卡西斯有什麼關係呢？

但是……

『看到你，我就想起我過世的哥哥。』

為什麼偏偏在這一刻，想起了和眼前那女人相似的少女。

『哥哥受傷的時候，我也每天幫他治療。』

她每天來找他，在他耳邊低聲說過的話，偏偏在這時縈繞於耳邊。

『我一定會讓你離開這裡。』

『謝謝你。』

『卡西斯，趕快好起來。』

最後，卡西斯不得不咬緊牙，朝魔物前進的方向跑去。

「喂！你剛才做了什麼？」

傑瑞米是不知道什麼時候過來的，站在迪恩的背後，似乎也目睹了剛才的情景。幸好卡西斯似乎趕上了，魔物的動作變慢下來。

「瘋了，真是瘋了，你真的是瘋子嗎！你打算殺了莎娜姊姊的母親嗎？」

傑瑞米震驚又無法理解地對迪恩大吼。但迪恩忽視他，朝卡西斯和魔物所在的地方走去。

「真的是個瘋子……」

傑瑞米用厭煩的目光看著他。

嘰咿咿！

迪恩走近殺死魔物後脫身的卡西斯。由於急著救羅莎娜的母親，卡西斯無法及時躲過魔物的毒刺，因此他的動作明顯比剛才遲鈍。

在魔物的屍體前面，是一臉驚愕的羅莎娜母親。或許是腿軟了，她癱坐在地。

但是迪恩連看都不看她一眼，立刻攻擊卡西斯。

砰！

「唔唔！」

卡西斯的側頭部受到強力攻擊，只能搖搖晃晃。

即使如此，他還是用手中的武器當支撐，試圖站起身，但下一秒就被踢上下巴，倒在地上。

「迪恩．阿格里奇……」

灼熱的聲音從緊咬著的牙縫間，像被咬碎一樣吐出來。滴答滴答……鮮血從額頭流下，落在綠意盎然的草地上。

迪恩轉動打上卡西斯頭部的長槍桿，用裂開的槍尖刺上戒具的某個部分。

那一刻，極大的痛苦傳遍卡西斯全身。大魔物用的戒具瞬間發動最高的第五階段，卡西斯受到深入骨髓的劇痛折磨，而迪恩的腳殘酷地踩上他。

羅莎娜的母親西拉雙眼無神地注視著兩人。她被剛才發生的事情嚇傻了，呆滯地看著他們。

不久後，她似乎終於意識到眼前發生的情況，睜大了眼睛。西拉瞬間倒抽了一口氣，顫抖的嘴唇微微張開，呼出的氣息也逐漸急促起來。

「西拉阿姨，您有沒有受傷……」

「啊啊、啊……不可以……」

傑瑞米過去確認羅莎娜母親的狀況，臉上浮現困惑。

「住、住手……不要殺他。」

「啊，等一下，我不喜歡這種情況啊。」

「不要殺阿西爾……」

該死，完蛋了。

看她的眼神，羅莎娜的母親似乎無法保持理智了。不只是捂住臉的雙手，她全身都在顫抖。儘管如此，她的視線仍緊盯著被迪恩踩在腳下的卡西斯。

看到那副模樣，傑瑞米不由得低聲咒罵。

迪恩以冰冷的目光望著羅莎娜的母親。

「你現在在那裡做什麼？」

就在這時，唯一能解決這情況的人出現了。

「莎娜姊姊！」

傑瑞米開心地呼喚她的名字。面無表情的羅莎娜身後站著艾米莉。

她的目光掃過跌坐在地上的母親和傑瑞米、在他們面前的魔物屍體和迪恩，以及被他踩在腳下的卡西斯。

「艾米莉，去清理周圍剩下的魔物。」

她向艾米莉下達命令後，再次邁開步伐。現在周圍只剩下兩三隻魔物而已，羅莎娜也滿身都是魔物的毒液和體液。

「母親，您為什麼會在這裡？」

羅莎娜的目光定在癱坐在地，不停顫抖的西拉身上。

傑瑞米小心翼翼地回答：「那個……好像是因為擔心姊姊才出來的。」

那一秒，羅莎娜的目光顫了一下。

「有沒有受傷？」

「好像沒有。」

「這裡對母親來說還是很危險，傑瑞米，你帶母親回去。」

聽到羅莎娜的話，傑瑞米想說些什麼，張開了嘴，但似乎又馬上意識到自己的處境，看著羅莎娜的臉色點了點頭。

「我知道了。」

那時，羅莎娜的背後傳來尖銳的聲音。

「西拉！」

那宛如尖叫的聲音主人是瑪麗亞。跟著羅莎娜離開溫室的瑪麗亞發現癱坐在魔物屍體前的西拉，氣喘吁吁地跑過來。

「天啊，西拉，妳沒事吧？我以為妳在房間裡，這是怎麼回事！該不會被那個魔物襲擊了吧？」

瑪麗亞大驚小怪地檢查西拉的身體，最後終於發現到西拉毫髮無傷，放心似的深吐出一口氣，臉上的擔憂也減輕了。

「迪恩，是你殺了魔物嗎？做得好，做得好！從你出生以來，從來沒有這麼了不起過！」

瑪麗亞看到站在魔物屍體旁的迪恩，似乎誤解了情況並稱讚他。

聽到那句話，傑瑞米的表情自然變了。

「妳在說什麼？讓那隻魔物衝向莎娜姊姊母親的人就是迪恩啊！」

「你說什麼？」

瑪麗亞不敢相信地睜大雙眼。

「啊，不可以……」

這時，一道啜泣的微弱聲音傳入所有人的耳中。

「求求你住手……」

西拉用手捂著臉喘氣，喃喃自語著毫無章法的話。她從指縫中露出的瞳孔放大，像受到了什麼巨大的衝擊，睜大的藍色眼睛睜大，盈滿的淚水流下臉頰，絕望的眼神直盯著踩著卡西斯的迪恩。

「不要、不要殺阿西爾……」

瑪麗亞十分驚慌。她努力安撫哭泣的西拉，對迪恩扔去凶狠的眼神。

「是啊，迪恩，你當時為什麼殺了阿西爾！」

但因為她的話，身旁傳來的哭聲更加大聲，瑪麗亞再次不安地撫過西拉的背。

「西拉，冷靜點，那不是阿西爾。來，妳仔細看看，一點都不像啊。」

在一旁看著的羅莎娜採取了行動。迪恩看向朝他走來的羅莎娜，不久後，站定在他面前的羅莎娜抬起手臂。

啪！撕裂般的尖銳聲響徹周遭。

黑髮隨著稍微轉向一旁的頭飄散在空中，泛著冷冽光芒的兩雙紅瞳在空中交會。

俯視而來的目光彷彿能射穿自己，會感到畏縮也不奇怪，但羅莎娜毫不退縮，反而帶著不劣於對方的冰冷表情直視著迪恩。

「不僅隨意偷走我的東西，還讓我母親置身於危險之中。」

迪恩直望著羅莎娜片刻後，慢慢抬起手，撫上臉頰。剛才被羅莎娜的手打上的左臉稍微泛紅，他緊閉著的嘴脣慢慢張開。

「我替飼主抓住了逃走的小狗，以謝禮來說，這太過分了。」

「我不曾拜託過你。」

瑪麗亞和傑瑞米不自覺地屏息注視著兩人。

「而且，現在的這個行為也太過分了。」

羅莎娜冰冷的眼神掃過卡西斯。他沒有失去意識，但因為戒具發動而受到重創，無法推開迪恩。勉強睜開的眼睛無法聚焦，從卡西斯頭上流下的血染紅了青綠的草地。

「這是我的東西。如果非得懲罰，要由我親自動手。」羅莎娜再次抬起視線，正面凝視著迪恩：「立刻退後。」

迪恩以深邃平靜的目光凝視著羅莎娜。不知道這樣對望了多久，迪恩終於露出扭曲的微笑，放下踩著卡西斯的腳。

「今天還算有趣，就到此為止吧。」

下一秒，他將手伸向羅莎娜。

傑瑞米看到後像要馬上跳起身，身體顫了一下，但迪恩沒有像其他人擔心的一樣毆打羅莎娜報復。

「好久沒看到妳生氣的樣子了，感覺還不錯。」

突然間，溫柔的手撫過羅莎娜的臉龐。冰冷的指尖滑過皮膚的觸感令人發寒。

「但是……」

然而，羅莎娜只對面前的人投以冰冷的眼神，一動也不動。

迪恩凝視著她，臉上的微笑更加深一些。

「像那時一樣流淚的話會更好啊。」

他細語般的聲音太小了，沒有傳到傑瑞米和瑪麗亞那邊，只有與他們距離較近的卡西斯聽到了迪恩的聲音。

迪恩的指尖劃過眼角時，一股刺痛感傳來。羅莎娜的白皙皮膚被稍微劃傷，立刻流下鮮紅的血珠，看起來就像流著血淚。迪恩帶著冰冷的微笑俯視著她，之後收回手。

傑瑞米不知何時站了起來，一邊咒罵一邊準備隨時衝向他。但迪恩像平常一樣無視傑瑞米後，邁步離開。

羅莎娜冰冷的目光定睛望著迪恩離開後的空位，不久後才收回。

「小姐，都照您的吩咐處理完了。」

「做得好，艾米莉。」

聽到艾米莉走進房間後這麼說，我輕輕點了點頭。我一時忘了自己曾指示她去懲罰剛才去溫室的那些男人，並將他們關進地牢，因為白天發生的事讓我忙得不可開交。

「我找到了在中間傳話的那些人，但他們已經死了，似乎是被逃出飼育場的魔物襲擊了。」

「是嗎？」

「是的，所以不僅是迪恩少爺是否有越權行事一事，其他情況也很難舉證。」

就如來到溫室的男人們所說，確實有其他人以迪恩的名義傳話給他們。然而，還來不及問出真相，他們就變成永遠無法開口的死者了。

「我想也是，畢竟死人不會說話。」

話雖如此，居然偏偏是被逃出飼養場的魔物殺死，這時機也太巧了。

「但也有些人懷疑是瑪麗亞夫人想把小姐的玩具帶走。」

「這種說法真有趣呢。」

「還有人說她因此冒用兒子迪恩少爺的名字，事情鬧大後，試圖處理掉相關人員，讓這件事不了了之。」

艾米莉說的這個假設可信度很高。若是這樣，如此期待見到的卡西斯沒來參加茶會卻不怎麼遺憾的瑪麗亞非常可疑。因此，如果殺害在中間傳遞消息的手下封口，並布置得像遭到魔物襲擊的話，那一切就變得相當自然。

當然，我知道那不是真相。

「謠言的當事人有什麼反應？」

「她好像連有這種謠言都不曉得，現在也忙著照顧西拉夫人。」

看來瑪麗亞比我想像的還喜歡我母親。竟然只顧著照顧我母親，連參加茶會的人們現在是怎麼謠傳自己的都不曉得。

連瑪麗亞這樣的女人都成了俘虜，母親的手腕真的讚嘆幾百次都不夠。

「外面很安靜呢。」

「是的，因為是突發狀況，大家一開始都很驚慌，但善後工作很快就結束了。」

白天時因為飼養場的門被打開，宅邸裡一片混亂。飼養在阿格里奇的魔物本就大多是用來採取毒素的，其中卡藍圖算是攻擊性強的大型魔物，因此造成不少損失。

雖然現在大致處理完了，但直到剛才還是令人頭痛。今天這起事件的肇事者傑瑞米註定無法逃過責罰。

不只一兩個人看到了傑瑞米打開飼養場的門，所以狡辯也無濟於事，在許多證詞中，那兩個來溫室的男子也聲稱，起初放走卡西斯的人就是傑瑞米。他們說自己的傷不是卡西斯造成的，而是傑瑞米。雖然承認了中途未經仔細確認就試圖帶走卡西斯的錯誤，但他們不願意擔下幫助卡西斯逃脫的罪名，十分迫切地喊冤。

可能是因為這樣，剛才最後見到的傑瑞米一直看著我的臉色。他平常就會在卡西斯的附近徘徊，最後果然闖了大禍，竟然還把魔物飼養場的門打開。

我知道傑瑞米像被遺棄的小狗一樣可憐地看著我，但我什麼也沒說，只轉過身。

「您打算怎麼處理卡西斯．費德里安？」

但其實我沒有像他想得那麼生氣。

「把他關進幻覺之房裡。」

「遵命。」

表面上我也不能不處罰試圖逃跑的卡西斯，因此我決定將他關進幻覺之房。

叩叩！這時，從門外傳來敲門聲。

「羅莎娜小姐，我奉西拉夫人的命令過來。」

「進來。」

我使了個眼色後，艾米莉退到後方，獲得許可走進房間的侍女在我面前低下頭。

「我母親醒來了是嗎？」

「是的，夫人想見羅莎娜小姐，堅持要親自來見小姐，但因為夫人的體力尚未恢復到能起身下床，所以我來代為傳話。」

白天發生的事似乎對母親的身心造成了負擔，她到剛才都一直昏迷不醒，所以我剛才也去母親的房間探望過她。

我聽到侍女的話後站起身。

「好。既然母親找我，我不能不過去。」

「莎娜，妳沒事吧？」

一走進母親的房間，迫切的提問就鑽進耳朵。她一看到我就立刻撐起上半身，掀開被子坐起來。要不是在旁照顧她的侍女們阻止，她可能會真的踢開被子走下床。

「我沒事，母親。」

我望著母親一會兒後回答。她抓住走近床邊的我，仔細檢查我的身體。

「有沒有受傷？聽說魔物也侵入了溫室，妳沒事吧？」

「母親，您冷靜一點。」

直到剛才還失去意識的人如此激動似乎不太好，因此我握住母親的手，對上她的目光斬釘截鐵地說：「我沒有受傷。您看，我完全沒事啊。」

我們對視時，指尖感受到的顫抖逐漸平息。母親的模樣就像作了恐怖惡夢的人一樣可憐，任何人看到這樣的她，都會忍不住安慰她。

「這樣啊……太好了。」

不久後，低語般的聲音在耳邊響起，映入眼底的臉龐看起來比剛才輕鬆許多，讓我放下心來。

「母親您才是，身體還好嗎？」

「好多了。」

瑪麗亞似乎在母親醒來後回去了。以瑪麗亞的個性來說，她應該不會輕易離開母親的身邊，所以我有點意外她現在不在這裡。不過白天發生了那種事，不管再晚也得為茶會收拾善後，所以這也無可厚非。

我握著母親的手，坐上床邊的椅子。我使了個眼色後，房間裡的侍女們都離開房間。

我凝視著母親的臉，問道：

「母親，您剛才為什麼跑到外頭來？」

母親在魔物四處徘徊的溫室外到處找我的事令我相當意外，因為她在瑪麗亞的茶會上不慎將茶灑在手上而提早離席了。

「我還以為母親當時在房間裡。您沒聽到魔物從飼養場逃走的消息嗎？」

母親回答我的問題：「我有聽到……但魔物逃走的飼養場在溫室附近不是嗎？」

接下來的話讓我緊抿著嘴。

「我想到妳在那裡，就沒辦法靜靜待在房間裡。」

注視著我的藍色眼睛依舊渾沌茫然。她似乎只是想到我可能會遭到那些魔物襲擊受傷就感到驚慌失措。

母親當然是真的擔心我。再次意識到那個事實，平靜的內心開始泛起漣漪。

『妳在說什麼？讓那隻魔物衝向莎娜姊姊母親的人就是迪恩啊！』

忽然想起白天時傑瑞米說的話，我看著母親，嘴角輕輕揚起微笑。

「謝謝您擔心我。」但我接下來的話絕對不親切也不溫暖，「但老實說，您這樣是在妨礙我。」

我冷淡的聲音讓面前的母親臉色僵硬。我直視母親的眼神肯定也與聲音一樣冷酷無情，否則她的臉色不可能變得如此蒼白。

「母親，您在那裡能做什麼？」我舉起手溫柔地撫過、整理母親凌亂的髮絲，「剛才您也束手無策地遭到魔物攻擊，差點受傷不是嗎？現在您身上毫髮無傷才令人驚訝。」

與溫柔的手相反，我對她說的話像尖刺一樣銳利。

「雖然您說您是因為擔心我而跑出來的……但是……」

即使知道這麼說會傷害到我重要的母親，我仍沒有止住話。

「請妳看清楚現況，只是看到魔物就精疲力竭、臥病在床的人不是我，而是您啊。就像我說的，我即使經歷過白天的騷動也像這樣毫髮無傷，平安無事啊。」

「莎娜……」

「再這樣下去，都不知道是誰該擔心誰了。」

我再次看著母親的雙眼微笑後，她似乎不知道該說什麼，嘴脣微微顫動著。

「白天時，就算您在魔物中找到了我，您這副羸弱的身軀能夠走向我嗎？如果我遇到了危險，母親能救我嗎？」

母親的眼淚就像氾濫的河水，飄忽不定的眼神正對我說著——

妳為什麼總是說這麼殘忍的話？

「不僅如此，如果有人想獨自逃離魔物，將母親當作誘餌的話，您該怎麼辦？而且今天不只是魔物飼養場的門被打開了，如果我的玩具為了逃出宅邸，將母親當成人質或打算傷害您的話呢？您行動時曾考慮過那些情況嗎？」

此時此刻，我永遠放棄了成為她善良又可愛的女兒。

「母親。」

低沉的聲音如回音一般，在瀰漫著沉重靜默的房間內迴盪。我對母親溫柔地微笑，又輕輕低聲說出讓她受傷的話語。

「如果您真的為我著想，我不期望您幫到我，但至少別變成我的負擔，讓我覺得您是個麻煩。」

「羅莎娜小姐。」

我打開母親的房門走出來，就看到艾米莉站在眼前。她似乎正準備敲門，舉著手。

我有猜到艾米莉來找我的理由，因為來母親的房間前，我事先吩咐過她去辦一些事。

「位置呢？」

「聽說剛經過正門。」

聽到蘭托·阿格里奇回到宅邸的消息，我立刻轉身離開。在他透過別人聽到白天發生的事前，我最好先去見他。

感覺事情鬧得比我一開始的計畫還大，但情況比想像中還好。

其實，正是我用迪恩的名義命令他們把卡西斯帶出來的，所以在溫室裡才會刻意做出那麼激動的反應，這樣才不會有人懷疑我。雖然想到那些毫不知情，在我面前瑟瑟顫抖的男人還是有點抱歉。如果他們知道這件事，肯定會立刻委屈得渾身發抖。

這次的計畫有一部分如我預料，也有一部分不然。其中，母親跑出來找我這件事就是屬於後者，為了防止意外發生，我還特意將她送回了安全的房間，讓我感到非常心累。因為我沒想到傑瑞米會追著卡西斯跑，甚至打開魔物飼養場的門，一個弄不好，母親說不定真的會死去。

我稍微回想起離開房間前，最後看到的母親臉龐，立刻像用橡皮擦擦去記憶一樣，將記憶殘像趕出腦海。

對我來說，不論卡西斯有沒有聽話地來參加瑪麗亞的茶會，還是逮住機會試著逃跑都沒有壞處。當然，我判斷過後者的可能性遠遠高出前者，卡西斯也沒有讓我失望，從之前就在卡西斯附近徘徊的傑瑞米也一樣。

由於把他帶出房間時是用迪恩的名義，所以即使出了問題，我的責任也很輕。就算迪恩否認自己下達過那種命令，只要除掉能證明真相的人就好了。

正好，那些冒用迪恩名義傳話的人在我動手之前就死了。聽艾米莉說是被魔物殺死的，所以這在某方面來說，算是不費吹灰之力。而且我之前給卡西斯看的平面圖其實只有一半是真的，所以就算傑瑞米沒有放出魔物，卡西斯也絕對無法逃出宅邸周圍的迷宮。

對於欺騙卡西斯這件事，我不怎麼愧疚。他要靠自己的力量逃出阿格里奇本來就是不可能的事，如果做得到，小說中的卡西斯不會那麼悲慘地死去才對。所以我想讓卡西斯經歷過一次逃脫失敗的經驗，並藉這個機會，將沒有我的幫助，他無法獨自逃離這個地方的事實深深烙印在他心裡。

但是……意想不到的是卡西斯是為了救我母親而被抓住。那是我至今不曾想像過的結果。可能是因為這樣，我從剛才就心情莫名沉重，難以言喻。

「歡迎回來，主人。」

但現在不是思考這些事的時候。我準備登上舞臺，解決最後一件事。

「父親，您回來了？」

由於我匆忙加快了腳步，成功得到了第一個向蘭托．阿格里奇打招呼的機會。他的視線看向我的笑容。我現在的微笑一定就像我這輩子練習過無數次一樣，完美無缺，美麗至極。

聽到蘭托．阿格里奇回到宅邸的消息後，其他家族成員也陸續聚集過來。依據阿格里奇家的家風，家族成員原本很少這樣團體行動，但因為今天發生了白天那件事，他們似乎是來看看情況的。

迪恩正好也走下樓梯，他的視線精準地直視著我。我明明用力揮動手臂，狠狠打了他一下，他的臉上卻已經看不到紅腫的痕跡了。說到底，他剛才分明可以完全避開或擋下我的手，但他沒有這樣做，讓我非常不悅。

「好，我不在時沒發生什麼事吧？」

看他的表情，他的心情似乎相當不錯，肯定還不知道白天發生的那件事。

「父親，我有個好消息要告訴您。」

我開口說完後，周圍的人們都投來疑惑的眼神。這也難怪，白天發生的事絕對不值得開心，所以我也能理解他們為何會露出那種表情。

蘭托．阿格里奇也用「什麼事？」的眼神看著我。

我向在身旁等待的觀眾投以更深的微笑，朗誦出準備好的臺詞。

「我剛才成功孵化了毒蝶。」

話音一落，喧鬧的噪音在轉眼間席捲四周。蘭托．阿格里奇也用最近最激動的語氣急切地反問：

「真的嗎？」

我直接把毒蝶叫到身旁，代替回答。

吸收了水晶吊燈的燈光，形成神祕光環的半透明紅黑色蝴蝶一隻隻出現在空中時，人們忍不住驚嘆。如之前所說，孵化毒蝶並留下烙印是一件非常困難的事，所以在出色的魔法師中，能操縱毒蝶的人寥寥可數。

我辦到了如此了不起的事，他們會驚訝也是理所當然。在這之中，大概沒有多少人真的覺得我能孵化毒蝶吧。

「很好，妳想培育出哪種蝴蝶？」

蘭托．阿格里奇似乎也知道依據注入的毒素種類和飼養方式，毒蝶的性情會有很大的差異。他用摻雜著渴望與貪婪的眼神一直盯著在我周遭飛舞的毒蝶們。

如果是蘭托．阿格里奇，他原本應該可以輕易從我手中搶走毒蝶卵，但他沒有這麼做。原因顯而易見，他就是個沒有勇氣成為宿主卻貪得無厭的醜陋人類。

「當然要培育成殺戮之蝶。」

我彎起眼角，甜美地微笑。之後將一隻手放在胸前，另一隻手輕輕提起裙襬，乖巧地低下頭。

「能親手培養出阿格里奇的強大武器之一，是至高無上的榮耀。」

聽到想要的回答後，蘭托．阿格里奇的表情無比滿足又歡喜，如果我現在要求贈禮，他可能會馬上掏心掏肺，獻上一切。

話雖這麼說，但這個只在乎自己的人當然不可能真的那麼做。

「羅莎娜，我總是對妳抱持著很大的期待。」

「謝謝您，父親。」

現在真的迎來將卡西斯送出阿格里奇的最後階段了。

我踩上最後一階樓梯時，站在一旁等我的迪恩映入眼中。

「剛才只打了一巴掌，真遺憾。」再次正面看到他的臉後，我說：「如果卡西斯沒有救到母親，你打算怎麼做？」

迪恩一如往常地用冷靜的雙眼俯視我，厚顏無恥地回答：「什麼都不做。」

該死的混帳。

我用冰冷的目光仰望面前的人，忍下湧上心頭的不悅。我絕對不想讓迪恩看到我感情用事的一面。

「我不是說過了嗎？」

迪恩對這樣的我笑了。那是個只是看到就讓人寒毛直豎的微笑。

「我喜歡看到妳哭。」

阿格里奇家的人果然都不正常，其中迪恩是屬於最危險的那群人。

「真遺憾。」我壓抑著心中熊熊燃燒的怒火，冷冷地走過他身邊，「那是今後直到你死亡的那一刻，永遠都無法再看到的樣子。」

我能感覺到一股執著的視線從背後注視著我，但我見怪不怪地忽視他。不知為何，現在這個情況讓我有點反胃。

我走在安靜的走廊上，往旁邊看去。在擁抱著夜空的玻璃窗上，映照出我不亞於剛才見到的迪恩，冷靜到令人不寒而慄的表情。

好吧……這股輕蔑和憎恨不僅是針對他人。

『是的，正如母親的期望，我現在也成了優秀的阿格里奇。』

『因為我是驕傲的阿格里奇，也是最像我敬愛的父親的女兒。』

真的就像人生中不斷重覆的那句話。倒映在玻璃窗上的我不知不覺間成了比任何人都像阿格里奇的人。

「真噁心。」

我用其他人聽不到的細微音量喃喃自語，別過頭不看玻璃窗裡的臉龐。

這時，卡西斯被關在幻覺之房。

『不可以……妳不可以死，睜開眼睛，拜託……』

和白天時聽到的一樣，斷斷續續的哭聲刺進耳裡。閉上眼睛時，無法分辨是夢境還是幻覺的場景浮現在昏暗的視野中。

抱著某人哭泣的女人終於回頭看向他——是卡西斯的母親。滿是眼淚的臉上帶著鮮明的怨恨和責備，讓他頓時屏住呼吸。看清她懷裡的人是誰後更喘不過氣。

滿地的鮮血狠狠刺痛了他的雙眼。他唯一的妹妹，滿身是血的小小身軀一動也不動地躺在紅色的血泊中。

『你知道自己做了什麼嗎？』

場景變換，這次出現了一個男人，用比以往更冰冷的目光俯視著他。

『你那無法控制的力量就像災難。』

沒錯……這是深埋在意識深處的過去記憶。

『以後不能再將你的力量用來做同樣的事情。』

第一次學會後悔的那一天。愚蠢的他只能親自飲下絕望的毒酒。

『我們是高貴的審判者費德里安，別忘記那名字的意思。』

如堅硬岩石般的聲音從頭頂壓上他。

『失去驕傲的人唯有毀滅一途。』

就在某個瞬間，在耳邊響起的聲音漸漸變得模糊。

『接下來我會對你施加禁制。』

卡西斯從如沙堡般崩毀的夢中掙脫，睜開眼。

「你可以多睡一下。」

如微風般纖細清透的聲音宛如殘影，與殘存於夢中的聲音重合。額頭上感受到溫暖的溫度，應該是身旁那人的手。

朦朧不清的視野中映出熟悉的臉龐。卡西斯即使意識不清，也轉過頭想擺脫那股安穩的溫暖。

「別這樣。」

然而，溫柔的手堅定地阻止他的動作。

「反正這是幻覺。」

卡西斯聽到小聲的耳語，愣住了。

「這裡是幻覺之房，代表包含我現在在這裡的事，都不是發生在現實中的事情。」

溫柔的手再次觸碰他。羅莎娜拉過卡西斯的肩膀，讓他更舒服地躺著。不知為何，聽完她的話，總覺得這真的不是現實，而是夢境的延續。

「我感覺有點對不起你。我還以為自己早就忘記這種情感很久了。」

說完後，她沉默了一會兒。

羅莎娜說的話有點奇怪。她做了什麼對不起他的事嗎？反倒是今天，他的所作所為可能會讓羅莎娜陷入困境。當然，卡西斯不會為那件事向她道歉。

然而，羅莎娜在那之後沉默了一會兒，而卡西斯莫名覺得現在的寂靜沒那麼糟。奇妙的是，這陣沉默沒有那麼不自在，有點溫和的氣氛如海浪一般在房間中流動。

「謝謝你救了我母親。」

這時，她的聲音再次響起。

「你明明可以假裝不知道，但你沒有那麼做。」

接著，細碎的呼吸輕輕掠過額頭。

「如果你這個人不像現在那麼好，我的心應該會比現在還輕鬆。」

撫著卡西斯頭髮的手最後覆上他的眼睛。

「休息吧。」

真是個奇妙的夜晚。

關於白天的事，他們應該有該對彼此說的話，卻表現得像那些事一點也不重要一樣。

「當你再次睜開眼睛時，應該已經回到了現實世界。」

唯獨那一刻，兩人似乎都忘了各自的處境。明明那絕對不可能發生。

卡西斯微微張開雙唇，但最後他一樣沉默不語。

不知為何，那晚特別漫長，彷彿永遠不會結束。

6

chepter

逃脫，然後另一個束縛

這次事件的責任大多都由傑瑞米承擔。儘管他說他打開魔物飼養場的門，是為了抓到卡西斯，但一開始讓卡西斯逃離房間的人也是他，因此他百口莫辯。

其實我也透過偷偷放在卡西斯房間裡的毒蝶得知了那天詳細的事情經過。卡西斯會逃出房間也是為了躲避傑瑞米的攻擊，不得不做出這種選擇。

我在這件事上當然發揮了很大的影響力。因為我孵化了毒蝶，蘭托·阿格里奇對我特別寬容，事情才得以就此收場。就算如此，我也無法完全不懲罰卡西斯，所以我把他關進了幻覺之房。

幻覺之房被改造成拷問用的房間，進去那間房裡的人往往還沒一天就發瘋了，所以沒有人覺得我給卡西斯的懲罰過輕。

我帶著抑制幻覺效果的咒術石進入房間，在懲罰期間接近卡西斯。其他人都認為我進去幻覺之房是為了欣賞卡西斯痛苦的模樣，或是為了對受到幻覺折磨的卡西斯給予另一項令人屈辱的懲罰，因為在阿格里奇的認知中，那是很稀鬆平常的事情。

我當然沒有特別解開那個誤會。

在那之後，傑瑞米被關進夏洛特之前被囚禁的懲戒室。夏洛特的罪刑與傑瑞米相比輕上許多，因此她比原本預計得還早被釋放。

其實，我的計畫裡原本沒有傑瑞米被關進懲戒室這件事，但他打開魔物飼養場大門的確太過分了，一個弄不好，我的計畫也可能會全部泡湯，所以我唯獨這次沒有幫助傑瑞米。

他似乎以為我生氣了，滿臉沮喪地走進懲戒室。

迪恩奉蘭托之命，今日清晨前往卡藍圖的棲息地。

我在蘭托．阿格里奇面前，竭盡全力要求懲罰企圖越權控制我所有物的迪恩。唯一能證明他清白的證人也早就死了，所以我無所畏懼。

但其實，讓迪恩去補足飼養場的魔物算不上是懲罰。他正好完成任務回來，閒著沒事，而且為了帶領捕獲魔物的隊伍，沒有人比迪恩更值得信賴，因此這是加上自省的名義順便派他去而已。儘管蘭托．阿格里奇的手段拙劣，但也許是因為我讓毒蝶孵化了，這也算是在嘗試安撫我的心情。

我也只要迪恩別再出現在眼前就夠了，所以就此感到滿足。然而在前往魔物棲息地之前，碰到面的迪恩帶著彷彿已經知道一切，卻佯裝不知情的傲慢眼神看著我，又讓我的心情變得很糟。

無論如何，宅邸因此久違地充滿寧靜的氣氛。

「瑪麗亞夫人吩咐我立刻交給羅莎娜小姐。」

在卡西斯房門前等我的是瑪麗亞的侍女，她遞來一籃裝滿紅花的花籃。

我看到上頭裝飾著華麗的緞帶，不得不皺起眉。當我拿著那個走進房間後，卡西斯也看著我，像在問我那是什麼。

「我在門口收到的。」

我簡單地解釋完後，打開籃子裡的紙條，之後不禁苦笑。瑪麗亞表示希望我喜歡她送來的禮物們，以及下次茶會一定要和卡西斯一起參加。

就在三天前才發生了那種事情，她竟然還這麼若無其事地再次邀請我參加茶會。雖然我早就知道了，但她真是個了不起的女人。

我還在想禮物明明只有這籃花，為何紙條上卻說是禮物們？之後才看到花朵間藏著一個小藥瓶。

這又是什麼？

玻璃瓶裡的液體是透明無色的，只用肉眼看無法準確看出那是什麼東西。我毫不猶豫地打開瓶塞，聞了一下，之後再次把瓶子塞回花中。

瑪麗亞給我的東西不是別的，正是春藥。我還在想為什麼瑪麗亞的侍女偏偏要在卡西斯的房間前等我呢。不過經過這次的事，似乎有非常多人看到我在卡西斯的脖子上留下的痕跡，讓我很滿意。

「那也是妳父親手下送的嗎？」

「不，是其中一位母親。」

籃子裡的花是能有效使用的毒花，所以我很喜歡。不過看她特地送來這種禮物，大概是第一次親眼目睹我和迪恩之間發生摩擦，讓她很在意吧。

這時，凝視著籃子裡紅花的卡西斯隨口問起我母親的安危。

「妳母親的身體狀況如何？」

「好多了，她本來就只是因為受到驚嚇，心力耗損而已。」

我們之間依舊沒有親密的對話，但他對我的態度有點變了，該說是帶刺的部分被削除了一點。看來我對他撒的謊也有一些影響。

我故意在身上留下了幾處傷痕，裝作因為他的逃脫事件，我也受到了蘭托懲罰。我當然沒有親口說出類似的話，而是讓卡西斯碰巧注意到傷口，之後假裝藏起來，稍微說些話暗示背後的真相。每次來這間房間時，我也會故意把臉色弄得很蒼白，所以我的演技看起來應該非常逼真。

被我欺騙的第一天，卡西斯以冰冷堅定的眼神默默凝視著我許久。雖然他沒對我說什麼，但我能從他在那之後看我的眼神中察覺到。

卡西斯對我感到內疚。其實對他來說，抓住機會試圖逃離這裡是很合理的事。意識到那一點後，我也對他感到有些抱歉，卡西斯對我的態度比以前莫名溫柔時更是如此。

這可能是因為我沒有對試圖逃跑並被抓回來的他做出實質性的懲罰，又看到了我盡可能努力保護他的樣子。再加上，卡西斯以為我給他看的平面圖是真的，因此確定了我想幫助他的心意是真的。

除此之外，還有母親和迪恩與其他許多事情。

「那天啟動我戒具的男人，名字是迪恩·阿格里奇。」

我的想法果然是對的。隨後聽到卡西斯說出迪恩的名字，讓我有點不習慣。或許是回想起了那天的事，他的眼神比剛才還冷淡深沉。

卡西斯靜靜地看著我，沉默了一會兒後終於再次開口：

「妳知道那個人故意把魔物推到妳母親面前嗎？」

我暫時靜靜地望著卡西斯，回答：「我知道。」

這時，卡西斯的金色眼瞳裡帶著的感情發生了變化——他的眼神在對我說話，問著「怎麼會發生那種事？」。

看著那樣的卡西斯，我不禁失笑並說：「因為他是阿格里奇啊。」

再加上，他是無人能敵的迪恩·阿格里奇。他是殺了阿西爾的人，沒有理由不殺我的母親。

突然間，卡西斯的視線似乎看到我的臉頰附近，那裡殘留著迪恩留下的模糊傷痕。

「這樣說來，我有兩個好消息要告訴你。」

我故意用開朗的聲音轉移話題。不知為何，和卡西斯談那天的事很不自在。

「一個是我之前提過的祕密通道入口即將開啟。」

我想用來讓卡西斯逃脫的祕密通道有個問題，那就是它只在每月測驗的前一天才開啟。

「之前妳提過的那條祕密通道嗎？」

「沒錯。你記得我之前說過有個小問題嗎？那個入口不會一直開著，有指定的開放時間。」

每次每月測驗時，會有迷宮和祕密通道開放入口，其中有些現在已經廢棄的入口。雖然之前具有多種用途，但隨著時間經過，那些門變得毫無用處而遭到遺忘。而我注意到的那扇門，是因為使用通道本身非常危險而遭到封鎖的門。

不知為何，卡西斯用奇妙的表情看著我，彷彿跟我討論逃跑計畫是件非常奇怪的事。畢竟幾天前卡西斯才試過獨自逃跑，所以不難理解。

「另一件事是……」

我告訴他第二件事，這或許對他來說會是更高興的消息。

「昨天我發現有些人在邊境附近徘徊，似乎是費德里安派來的人。」

那一刻，卡西斯周圍的空氣彷彿凝滯了。我回想著透過毒蝶看到的景象，繼續說：

「那個人年紀大約三十五歲以後，棕色頭髮、綠色眼睛。一隻眼睛戴著眼罩，是你認識的人嗎？他似乎帶著一群人。」

看卡西斯的表情，我發現的那群人的確是費德里安派來的。

「妳是在哪裡發現他們的？」

「在東南邊境。」

迪恩前往的卡藍圖棲息地位於東邊，老實說，我有點不安。

「如果你可以給我什麼能確認你存在的東西，可能會有幫助。」

我以為卡西斯會問更多問題，但他沒有，立即採取了行動。也對，就算他問我，我也幾乎都無法回答。

「那籃花，給我一朵。」

我按照他的要求，從花籃裡取出一朵花給他。

之後，卡西斯摘下花莖上的一片葉子，劃破手指，在上面寫了什麼。是費德里安會使用的暗號嗎？看起來既像文字又像圖案。

我看著卡西斯遞來的葉子時，他用意味不明的眼神低頭看著我給他的花。不久後，卡西斯的目光靜靜地轉向我。

「如果我說我現在完全相信妳，那大概是在說謊。」

我直視著他的目光。平靜的金色瞳孔宛如聖地的泉水，毫無雜質，清澈而深邃。

「我們都知道，以現在這個情況和關係是不可能發生這種事的，所以即使我這麼說，妳應該也一樣無法相信。」他依然直視著我的雙眼，和目光一樣直率地說：「但是即使妳對我的言行不是出自真心的善意，我也應該對妳提供的幫助……」

我聽到意料之外的話，望向卡西斯。

「表示感謝之意。」

這是卡西斯第一次像這樣主動與我認真對話。經過上次那個事件之後，他一直在深思什麼的樣子，沒想到他會說出這種話。

望著他堅定不移的眼神，我莫名說不出話。

我不知道該如何形容這種感覺，我知道卡西斯現在對我非常坦率。換作是我，我應該會表現出更親切的態度，說一些討人喜歡的話，盡量降低對方的心防後加以利用。為了驅使別人往對我有利的方向行動，我也可以若無其事地說謊。

然而，卡西斯是與這些心機扯不上邊的人。我雖然早就知道了，但再次體認到這件事，心情很奇妙。是因為習慣了與擅長欺騙他人的阿格里奇家族成員相處嗎？真奇怪。與卡西斯率直的眼神對望時，胸口莫名有些難受，這種感覺和三天前聽到他救了母親時很相似。

「現在道謝還太早了。你現在還在阿格里奇啊。」

我一開始明明希望卡西斯對我心懷感激，但當我聽到他說出這番話，莫名地不自在。

「是啊，我現在還在阿格里奇。」

不過，再這樣下去能如我所願，完全避開與小說情節一樣的死亡旗標，這點值得慶幸。當我感到有些尷尬和不自在，不知道該怎麼接受時，卡西斯的眼神變得更溫和了一些。

「羅莎娜。」

「什麼事？」

過了一會兒，卡西斯玩弄著我給他的紅花，喚了我的名字。

「我一直很想問妳一件事。」

「什麼？」

「妳收下時，知道這是什麼花嗎？」

我頓時愣住。卡西斯靜靜地注視著我。

看到他的表情，我恍然大悟，看來他知道這是毒花，但他是怎麼知道的？

我的腦袋快速運轉，先假裝不知情地反問，好試探他的反應。

「不，我不知道這是什麼花。怎麼了？」

卡西斯用冷靜的聲音在平靜的水面上扔下一顆石子。

「這是毒花。雖然不知道種類，但是帶有相當強的毒性。」

「你怎麼知道的……？」

我驚訝得目光不自覺顫動。卡西斯聽到我的疑問，一時露出困惑的表情，抿起雙唇，之後用比剛才更堅定的語氣回答：

「我以前見過這種花。是毒花沒錯。」

「不可能。」

啊，我不自覺地反駁了他的話。但那真的不可能，這種花是只在阿格里奇內部生產的毒花，還未流到外界。

下一秒，眼前的卡西斯露出有些煩悶的表情。

「如果妳不想相信，那不相信也沒關係。但從現在開始，至少要存有一點疑心。」

他為什麼露出那種表情？是因為我不相信嗎？我明明不是那個意思。

「妳最好丟掉那些花，但如果不打算那樣做，至少不要太靠近它。」

之後卡西斯猶豫了一會兒，補充道：「我不知道妳會不會也不相信這句話，但……我是為了妳好。」

我當然不打算丟掉這些花。這是當然了，因為毒花很有用啊。而且，這種花比上次尤安送的還有用許多。

「不，我相信你。」

當然，那種想法不需要對他坦承。

「你沒有理由對我說這種謊。」

在那之後，映在眼底的卡西斯表情稍微放下心來，又讓我有種奇怪的感覺。

我以複雜又疑惑的眼神俯視籃子裡的花。

我非常好奇卡西斯是如何知道這種花的真面目的。

兩天後，我遇到了從懲戒室出來的夏洛特。

最近我忙得不可開交，要監視前往卡藍圖棲息地的迪恩，觀察宅邸裡的氣氛，關心在邊境的費德里安的人，還要努力讓毒蝶快速成長。可能是要操心的事太多，身心勞累，我的身體狀況從昨晚就不太好，不過幸好毒蝶在適當的時機孵化了，看起來我的運氣不如我想得糟。

迪恩回來後，我不由得有些急躁。即使努力不去注意他的存在，但還是做不到。

不過最近卡西斯很乖，讓我放心不少。雖然這次的逃脫事件是我主導的，但其實如果卡西斯再次嘗試逃跑，我會是最困擾的人。所以，我告訴他我找到了費德里安的人，說明了祕密通道，也跟他說了我一部分的計畫。

當然，以卡西斯的立場，不能完全相信這一切，但他或許是覺得馬上再試圖逃跑有難度，所以正靜靜地等待機會。

如果能更順利地與費德里安的人溝通，應該有助於我獲得卡西斯的信任。

總之，讓卡西斯逃脫的藍圖正好大致都完成，已經擬定好行動計畫了。

「聽說姊姊的玩具之前試圖逃跑？」

所以我在走廊遇見夏洛特時不怎麼高興。

「好久不見呢，夏洛特。」

許久不見的夏洛特比以前消瘦，臉色也有些蒼白。畢竟她被關在懲戒室裡非常久，這很正常。幾天前聽說她被放出來了，沒想到會這麼快就來找我。

「妳的氣色比之前好呢。看來懲戒室裡比想像中還舒服？」

聽到我故作親切地低喃，夏洛特的目光變得銳利。

「既然如此，妳可以再休息久一點啊。」

現在我們所在的走廊離卡西斯的房間不遠。一從懲戒室出來就再次像這樣對卡西斯表現出興趣，還真是專情啊。

「我聽說宅邸前陣子因為姊姊的玩具而一片混亂。這樣完全沒有當管理者的資格吧？換作是我，一開始就會砍斷他的腳，讓他做不到這種事。」

是啊，妳這麼做也不足為奇。夏洛特似乎還對我心存芥蒂，提起幾天前的事件來挑釁我。那件事最後明明歸咎於傑瑞米，她卻來找我說這些，看來是想激怒我。

「而且聽說父親是在我被關進懲戒室後，讓姊姊得到玩具的。是妳故意在背後搞鬼，讓我闖入地牢、受到懲罰的對吧？妳這個卑鄙的騙子！」

我對氣得直喘粗氣的夏洛特溫柔微笑。

「是嗎？我覺得被那種明顯的小把戲騙到的妳才蠢啊。」

夏洛特那張可愛的臉變得更加凶狠。

「幾天前發生的事明明也是姊姊管理不當而引起的，妳一定用了卑鄙的手段逃避責任。這次應該被關進懲戒室的是姊姊才對！妳說妳孵化了毒蝶也是說謊吧？想在父親面前好好表現，耍了花招吧。大家都不了解姊姊的本性，所以被騙了，但我不會。被姊姊搶走的玩具，我一定會想辦法拿回來。我們走著瞧！」

看到夏洛特那惡毒的眼神，就知道她想要找我麻煩，不會止於這一次。

「妳腦袋不好也沒藥醫啊。看妳都被關進懲戒室裡了，還在說這種蠢話。」

我心懷遺憾地歪過頭，然後凝視著夏洛特，沉思了一會兒。

「好吧，夏洛特，我就讓妳親眼看看。妳來猜猜看這是真是假吧。」

終於做出決定後，我喚來毒蝶。一隻隻比以前更紅的蝴蝶出現在我身邊，擁有毒性的生物大多都很美麗，然而，也帶著同等不祥的氣息。

慢慢增加的蝴蝶數量轉眼間來到上百隻。同時，逐漸壯大的蝴蝶們在空中振翅飛舞。

看到那一幕，夏洛特的臉色逐漸變得蒼白。

「什麼……」

嘩啦啦！那一刻，蝴蝶們一起飛向夏洛特，尖銳的慘叫聲刺上耳膜。夏洛特一定聽到了我要將孵化出來的毒蝶培育成殺戮之蝶的消息，否則她不可能表現得如此畏懼。

「呀啊啊！」

紅色蝴蝶瞬間吞沒了夏洛特，耳邊響起嘎吱嘎吱的聲音，聽起來就像啃咬什麼東西的聲音。也許是我的錯覺，空氣中似乎泛著一股討厭的血腥味。

不，這不是單純的錯覺，夏洛特的周圍立刻開始形成一灘黏稠的血。

「唔、啊……！啊啊！」

真可怕的情景，看起來就像那些蝴蝶在無情地攻擊夏洛特。

但過了一會兒，接到我命令的蝴蝶重新飛上空中，毫髮無傷的夏洛特出現在眼前。

「我說過了吧，夏洛特。我不喜歡笨蛋。」

然而，這股恐懼似乎足以讓夏洛特神智恍惚。看她害怕得全身發抖的樣子，應該會安靜一段時間。

「希望妳下次不會讓我失望。」

我面無表情地俯視著癱坐在地的夏洛特，走過她的身旁。

卡西斯的房間在不遠處。

匡噹！

我打開門，一走進房裡就吐血倒下了。

「唔唔……唔唔、呼……」

體內灼熱的液體猛然湧出，血腥味立刻充斥於房間裡。鐵鍊的鏗鏘聲與大喊著什麼的聲音交錯響起。然而，沒有任何聲音清晰地傳進我耳中。

這是我第一次這樣駕馭毒蝶，所以沒想到會對身體造成這麼大的負擔。但是沒辦法，還是必須像這樣確認一次。

撐著地板的手臂也沒了力氣。也許是因為全身發熱，眼裡不自覺地盈滿淚水。原本就不好的身體狀況急遽惡化，最後我又吐了一口血，頭撞上地板昏倒了。

那時，前方傳來某個東西被破壞的聲音。在模糊的視線中，我看到了卡西斯走向我的身影。

真了不起，竟然能徒手扯斷鐵鍊。在那之中，我仍小聲驚嘆。

他該不會又想逃跑了？不行啊，如果這次再做出這種事被抓到，可能真的有危險。

然而，卡西斯沒有越過我走向門口，彷彿從一開始他的目標就是我，在我面前彎下腰。

他匆忙伸來的手碰到我，感受到溫暖的體溫從觸碰到的部位傳來，我閉上了眼睛。

「羅莎娜……！」

呼喚我名字的聲音變得遙遠。

房間裡一如往常，一片寂靜。卡西斯在裡頭不停回想之前發生的事情。

逃離這個房間時的記憶。

雖然早就知道了，但阿格里奇家的人果然都不正常。不管是毫不在乎家族成員會不會受到傷害、恣意妄為的傑瑞米·阿格里奇，還是在家裡設置魔物飼養場的阿格里奇本身都瘋狂得無人能及。

還有，那天在溫室裡看到的奇怪景象又是什麼？想到那些像奴隸一樣被關在籠子裡的人們，就令人作嘔。

而那天遇到的另一個人……

『這麼說來，前陣子我在邊境處理了一些偵查犬呢。』

『看起來像是來尋找失蹤的主人，費德里安忠誠的心腹們啊。他們比我想像得還要難纏，處理起來相當費力。』

『我只是提前送他們到主人即將前往的地方而已，有什麼問題嗎？』

現在再次清晰地想起那道聲音，卡西斯的手掌仍微微用力握起。凝視著虛空的金色瞳孔帶著猶如北風的寒意。

那男人反問的表情就像在說踩死一隻微不足道的蟲子有什麼問題。

回想起那天見到的傑瑞米・阿格里奇，他也一樣憤怒，但對迪恩・阿格里奇的記憶卻更加深刻地烙印在卡西斯的腦海中，也許是因為之後發生的事比他想像得還震撼。

羅莎娜的母親用充滿恐懼的眼神看著迪恩・阿格里奇，不停哀求「不要殺死阿西爾」。

卡西斯記得阿西爾是羅莎娜的親哥哥，也早就聽說他已經去世了。

但是當迪恩・阿格里奇強制發動卡西斯的戒具時，晚一步出現的女子所說的話令人驚訝不已。

她確實說是迪恩殺了阿西爾。但是對卡西斯來說，這是無法想像的事。這是當然，他們不是兄弟嗎？就算不同母親，流淌在體內的血也有一半是一樣的才對。

然而，迪恩・阿格里奇這個男人毫不猶豫地將魔物推向獨自站著，毫無自保能力的羅莎娜母親。如果卡西斯沒有阻止，魔物肯定早就攻擊她了。想到這裡，迪恩・阿格里奇殺了自己同父異母兄弟的事也沒有那麼令人吃驚了。

『像那時一樣流淚的話會更好啊。』

這時，卡西斯忽然皺起眉，他想起了留在羅莎娜臉上的淡淡傷痕，還有鮮明地刻在手臂上的紅色傷口、宛如遭受鞭打般滲出衣服的血跡，一種難以準確形容的躁動情感沿著背脊爬上後頸。

這個家族果然很奇怪。

就連大部分的時間都遭到囚禁，與外界僅有短暫接觸的卡西斯也覺得自己的腦袋漸漸變得不對勁。在阿格里奇，各種不合理的事都太過理所當然了。

世界的規範、法則和倫理，唯獨在這裡都毫無用處，連判斷對錯的標準也與外界截然不同。長時間待在這種地方，任誰都很難保持理智。

卡西斯用黯淡下來的雙眼往下看，看見依舊束縛著他手腳的戒具。

『接下來我會對你施加禁制。』

之前被關在幻覺之房裡時，卡西斯想起了過去一直遺忘的記憶，同時也想起了解除他身上禁制的方法。

這意味著，從現在開始他可以使用被封印的能力了。那股力量的根源不侷限於治癒，因此說不定也可以破壞這個戒具。

「……」

卡西斯的腦海中浮現許多想法。

……這麼說來，他不曾想過自己逃離這裡後，他表面上的主人羅莎娜會有何下場。

至今他都認為她也是阿格里奇家的一員，但是隨著時間經過，他感覺到有些不同。親哥哥被同父異母的哥哥殺害的少女。

而且，那名同父異母的哥哥這次還想殺了她母親。即使得知這件事，羅莎娜似乎也無能為力。

他想起她之前在眼前吐血的模樣。此外，羅莎娜收到毒花這件事也很令人在意。據說這次的事，如果讓卡西斯逃出去的責任不是在於其他人，羅莎娜會因為疏於管理的罪名受到更嚴重的懲罰，因此卡西斯的心裡不太舒坦。然而即使如此，卡西斯也不可能猶豫，他無論如何都得逃離阿格里奇。

然而，一想到不久前在幻覺之房裡發生的事……心中一隅不由得感到煩悶。每次想起那低聲感謝自己救了母親的聲音，以及溫柔地輕撫過他臉龐的手，就有種難以言喻的感覺。

那時是他來到阿格里奇後，第一次沒有感覺到任何威脅和緊張感，甚至暫時忘了戒備周遭，沉醉於那份陌生的安逸。或許是因為這樣，之後每次想到羅莎娜，心情就有點沉重。而且，也是多虧了羅莎娜的幫助，他才能與費德里安的人取得連繫。

「……！」

這時，卡西斯的耳裡聽到一聲微弱的慘叫。尖銳的噪音讓他後頸的汗毛直豎，尖叫聲傳來的位置相當近。

匡噹！

過了一會兒，門口傳來開鎖的聲音。卡西斯繃緊身體，以防萬一。但是從打開的門縫中出現的，是他非常熟悉的人。

然而走進房間的羅莎娜在她關上身後的門時，吐血倒下了。看到她無力倒下的身體，卡西斯不自覺地跳了起來。

「羅莎娜！」

黑色血液滴到地上。一隻隻來路不明的紅色蝴蝶出現在羅莎娜的周遭，紛紛落在地上的血和她被染紅的手上。

那是讓人感到毛骨悚然的詭異情景。不知不覺中，四周充斥著毒氣。

「唔……」

再次吐出大量鮮血的羅莎娜最後完全癱倒在地。卡西斯扯斷脖子上的鐵鍊，跑向倒地的羅莎娜。

「羅莎娜，快醒醒！」

指尖碰到的身體冰冷如冰，令他不禁大吃一驚。臉色也十分蒼白，閉上眼睛的模樣宛如一具屍體，只有她沾染上的紅色格外鮮明刺眼。

由於卡西斯猛然扯斷鐵鍊、著急地行動，之前迪恩·阿格里奇造成的肩膀傷口裂開了。白襯衫上滲出鮮血，也有兩三隻蝴蝶停在上頭。

「羅莎娜！」

幸好她似乎沒有完全失去意識，聽到再次呼喚的聲音，閉上的眼簾慢慢抬起。

然而，抬頭仰望他的紅色眼眸渙散，盈滿眼眶的淚水沿著眼角流下。

「不可以出去……」

在這種情況下，羅莎娜仍微動雙唇，發出虛弱的聲音。

「外面……很危險……我會保護你……」

但她連話都無法說完就再次吐血。

「得立刻去找醫生。」

再這樣下去真的會出事。卡西斯匆忙行動，打算帶羅莎娜出去。

但是，卡西斯隨後不得不停下來。

「不……可以。」

一下就能甩開、無力的手抓住他的衣角。但在那一刻對上的眼中，卡西斯感受到迫切，實在無法甩掉那隻手。

「不要告訴任何人、我變成現在這樣……」

懇求般抬眼望來的眼神攔住了他的腳步。在這種情況下，應該反駁她說「妳在說什麼？」，可是不知為何，他什麼都說不出口。

「任何人都不行……」

羅莎娜像用盡了最後一口氣，張開顫抖的雙唇低喃。

下一秒，她無力睜開的雙眼閉上，輕抓著他衣角的手也垂落下來。

卡西斯看著虛弱地倒在懷裡的羅莎娜，不自覺地屏住呼吸。數量明顯比剛才還多的蝴蝶在周圍翩翩飛舞，那模樣就像飢餓的野獸看到了獵物，在伺機而動。

『你那無法控制的力量就像災難。』

那一刻，如岩石般沉重的聲音在腦海中迴盪。

『以後不能再將你的力量用來做同樣的事情。』

那是宛如遭到烙印，深深刻在他腦海中的命令。卡西斯聽著成為沉重的枷鎖束縛著他的聲音，咬緊牙關。

『我們是高貴的審判者費德里安，別忘記那名字的意思。』

但是……

『失去驕傲的人唯有毀滅一途。』

但是……他真的能放任眼前的人死去嗎？真的不會後悔嗎？

如擁抱著太陽般鮮明的金色眼瞳中迸出火花，答案早已決定好了。

『接下來我會對你施加禁制。』

卡西斯喚醒沉睡在他內心深處已久的力量。

喀！鏗鏘！

戒具因無法承受瞬間提升至極限的力量而裂開。那一刻，附著在他身上的蝴蝶化為塵埃消失。戒具毀壞後，充斥於周圍的死亡氣息變得更加鮮明。從羅莎娜吐出黑血時，他就預料到了，但她受到了嚴重的內傷，她身上散發出來的毒素氣味太強烈，令他幾乎窒息。

卡西斯低下頭，將嘴唇覆到眼前人的嘴唇上。

嘩——！

生命力透過緊密相連之處傳遞過去。清澈純淨的氣息在體內流動，擴散至每個角落。像白紙一樣蒼白的羅莎娜臉上漸漸恢復了血色，冰冷的身體開始恢復溫暖。

自從卡西斯緊靠著羅莎娜，那些實在不敢降落，在周圍盤旋的蝴蝶們一隻隻地消失。

過了一會兒，他抱在懷中的身體微微動了一下，卡西斯的雙唇這才離開。

近距離對望的雙眼依然無法聚焦，可能是剛恢復意識，仰望著他的紅色眼睛仍像徘徊於夢中一樣恍惚。

羅莎娜似乎還沒有意識到現在的情況，只疑惑似的微微張開嘴，而卡西斯的嘴唇再次覆上。

羅莎娜受傷的地方不是身體表面，因此這種方法是最能有效恢復的。不久後，羅莎娜的呼吸急促起來，似乎現在才意識到自己的情況。

她像剛才一樣舉起手抓著他的衣角，不過也許是知道內傷正慢慢地得到治療，細微的動作隨即靜了下來。

過了一段時間，流入羅莎娜體內的力量開始試著淨化毒素，同時也從緊貼著的身體傳來強烈的抵抗。卡西斯任由她推開，順從地退後。

「住手。」

還無法完全恢復力氣的微弱聲音鑽入耳朵。然而，直視著卡西斯的眼神中帶著堅定。

她的拒絕不單單是指雙唇疊合的行為。

「妳知道自己現在是什麼狀況嗎？」

羅莎娜的身體幾乎被毒素侵蝕殆盡了，此時此刻，她體內的毒也在逐漸侵蝕她，像這樣身體相貼時能清楚感受到。

然而，羅莎娜毫不猶豫地說：「所以我才這麼說，住手。」

卡西斯沒有問她原因，兩人的目光在空中交會。

他知道這種眼神，這是時刻做好死亡覺悟的人會有的眼神。

卡西斯察覺到至今他會不知不覺地在意起眼前這個人，無法像這樣放任她不管都是因為這樣。

那一刻，他心中吹起一股連自己都沒察覺到的微風。雖然微弱，但不久後的將來肯定會增強到難以想像的程度，徹底撼動他的世界。

我很佩服卡西斯的能力。內臟彷彿被撕裂的痛苦在不知不覺中完全平息了，呼吸也比剛才輕鬆許多。

可能是因為吐了很多血，衣服和頭髮都濕透了，幸好房間裡裝有自動通風的設備，淡化了討人厭的血腥味。

房間裡只能聽到我急促的呼吸聲。我幾乎被卡西斯抱著並占據了他的床，讓我過意不去。只是這樣待著，也感覺到虛弱的身體在逐漸恢復，這到底是什麼能力？

雖然不清楚，但卡西斯剛才流入我體內的力量甚至想要淨化毒素，讓我驚訝不已。至今一直賭命服毒的努力差點都白費了。

這時，我想起卡西斯的妹妹西爾維婭也擁有神奇的能力。

哇，我為什麼至今都忘了這件事？

不過這也很正常，因為西爾維婭的能力很符合十九禁小說的女主角，是十九禁的能力。好像是和她接吻可以恢復體力，如果做了會被審查機制刪除的行為，傷口就會癒合等等。

沒錯，這也是西爾維婭會變成其他家族男主角的玩物，並遭到囚禁的原因。

不過我不記得看過那是費德里安家族遺傳能力的描述。而且，卡西斯的能力似乎和現在隱約想起來的西爾維婭有些不同，因為西爾維婭的能力……好像只有透過體液傳遞才有效。現在想想，這能力真的很符合十九禁逆後宮小說女主角。

然而，卡西斯現在只是抱著我就能讓我的身體恢復。看來卡西斯擁有比妹妹還優秀一點的能力。

難道他是因為這樣才能辨識出毒花嗎？

思考這些問題時，我悄悄抬起視線，感受到我視線的卡西斯也低下目光看向我。

不知何時，我身上的血也沾到了卡西斯身上。不過，他似乎不怎麼在意，表情還有些僵硬，因此我不得不開口。

「你放心，這點程度不會死的。」

流了一整盆血的人說這種話，當然無法相信吧。

「我說過了吧？我會保護你，直到你安全離開為止。」

我那樣說完後，卡西斯沉默地低頭看著我一會兒，最後終於張開緊抿著的嘴脣。

「為什麼要對我說那種話？」

不過，他說出口的話卻我相當意外。

「我不是妳哥哥。」

這傢伙在說什麼理所當然的話？

我不明白這是什麼意思，沉思了一下。這時，我發現卡西斯有個天大的誤會。

不是，我為了和卡西斯拉近距離、產生共鳴，是說過「看到你就想到我哥哥」之類的話……但是，他覺得我是因為阿西爾才想幫他嗎？

他們兩人一點都不像，他這股自信是從哪裡來的？我只是單純不想被當成殺死卡西斯・費德里安的幫凶，之後迎來家門全滅的結局而已。

「我知道。」

但是很奇怪，我突然像石頭卡在喉嚨一樣，說不出話。我本來想回答自己從來沒有那麼想過，但不知為何說不出口，讓我有點煩躁。

「你一點也不像我死去的哥哥。」

我也無法理解自己為什麼會忘了之前對他的態度，說出這種話。而且，我的語氣不知為何有些尖銳，彷彿在聲稱自己沒有被戳中要害。

「所以你不要誤會。」

像之前一樣刺激卡西斯的弱點，讓他對我產生憐憫或許會是更好的辦法。但我毫無來由地想否認他的話。無論是迪恩還是卡西斯，我都不喜歡他們把阿西爾當成我最大的弱點。

這麼說來，我對卡西斯說過的那句「我會保護你」，和小時候阿西爾像口頭禪一樣對我說的話一樣。想起這件事也讓我感到不悅。

雖然阿西爾在我面前裝成哥哥的樣子，但我沒有把他當成哥哥。那是當然了，如果加上前世的記憶，我的年紀比他大很多，也許阿西爾反倒才是弟弟呢。

「真好笑……是誰保護誰啊。」

突然想起的往日記憶讓我不禁喃喃低語。我自己也不曉得這句話是對死去的阿西爾說，還是對現在的自己。

卡西斯只靜靜地俯視著那樣的我，不發一語，或許這一刻，我對他展現了最坦率的一面。

大概是因為大病一場，我不自覺地放鬆了警戒。我突然發現，至今在這個家裡，我從沒有像現在這樣放心地示弱過。在這個家裡，我不能讓任何人看到我脆弱的一面，所以這是我第一次這樣在別人面前露出狼狽的模樣。

說不定是因為卡西斯·費德里安是外人才能這樣，因為他與我生活的阿格里奇的世界毫無關係，所以我覺得在他面前表現出疲憊不堪的樣子也無所謂吧。

像這樣被卡西斯抱在懷裡就像受到保護，感覺很奇妙。以全身感受他人的體溫讓我感到陌生，但不知為何，我不想離開他的懷抱。

「好溫暖……」

我低聲吐出一口氣，小聲呢喃。就像不久前我在幻覺之房裡做過的一樣，卡西斯的手摀住我的眼睛。

「妳最好休息到身體完全恢復。」

聽到這低沉的聲音，我的意識難以置信地真的往下沉。這是我自幼以來，第一次身旁有人卻這麼想睡覺。

一如往常地，阿西爾出現在夢中。今天阿西爾不知為何沒有悲痛地流下血淚，而是像我們小時候一樣，將花環遞給我。

其實每次阿西爾出現在我的夢裡時，我都有點害怕，因為出現在他的幻覺中，害死他的人說不定是我，所以我覺得阿西爾或許很恨我。但今天阿西爾看著我微笑，讓我稍微放下心來。

如今我跟十五歲的阿西爾長得差不多高了，他將花冠戴到我的頭上，之後再度對我露出燦爛的笑容。

我也想跟著他笑，但奇怪的是，我無法露出笑容。難為情的是，我看到阿西爾後忍不住哭了出來，於是阿西爾就像在說「真的拿妳沒辦法」，微微一笑並擦去了我的眼淚。

從短暫的夢中醒來時，我還在流淚，某人粗糙的手指撫過我被眼淚浸濕的臉頰和眼角。他猶豫了一會兒後，更用力為我擦去淚水的手十分柔軟溫暖。

此時此刻，這一切也像是夢境，我再次閉上了眼。但在那之後我再也無法入睡，只靜靜地閉著眼睛，暫時感受著為我擦去淚水的手。

在那之後，和卡西斯見面讓我感到不自在。這也難怪，因為他看到了我的那種模樣。

慶幸的是，我們沒有再提起那天的事情。卡西斯似乎不想提起他那天展現的能力，我也不想提起上次在他面前的醜態，所以我們同時保持沉默，彷彿有種默契。

「晚安。」

現在一走進卡西斯的房間，交會的視線就尷尬到快爆炸了。

我怎麼會用這麼愚蠢的話向他打招呼呢？

我真想收回不小心脫口而出的話。現在不是早上，而是夕陽西下的傍晚，為什麼非得這樣打招呼？而且今天也不是第一次見面。

「是嗎？已經晚上了啊。」

但卡西斯只冷靜地看著我回答，語氣也同樣冷靜，稍微化解了尷尬。

現在卡西斯戴著艾米莉偷偷取得的新戒具。當然，對打破之前那個戒具的卡西斯來說，新戒具可能沒什麼效果。不過他沒有再找機會逃跑，默默聽我的話戴上了戒具。

「我是拿這個來給你的。」

我將寫有密碼的碎布遞給卡西斯。這是昨天碰到的費德里安的人給的，果然還是看不懂上面寫的是什麼意思。

不過看過碎布的卡西斯眼中浮現一些安心感，我想那應該是好事。

「那個果然是毒蝶嗎？」

這時，卡西斯突然看著我隨口問道，我這才發現不知何時有幾隻毒蝶飛了出來，在我身邊翩翩飛舞。

我暗自感到驚慌。我又沒有呼喚牠們，怎麼跑出來了？

而且蝴蝶們在我收回牠們之前飛向卡西斯，停在他的肩膀上。那正是之前逃跑事件時受傷的位置。

難怪我感覺到蝴蝶們非常想要卡西斯的血。我隱約想起上次吐血昏倒時，牠們擅自飛出來停在卡西斯身上。可能是嘗過了他的血吧。

幸好這不是我打算培育來殺人，而是之前孵化出來，用作其他用途的蝴蝶。

卡西斯的視線掃過落在自己肩膀上的蝴蝶。

「總覺得牠們想要我的血。」

他也太敏銳了。

「應該不是。牠們只會喝我的血。」

現在就算辯解這不是毒蝶也沒用，所以我乾脆不解釋了，畢竟上次已經被他發現我體內積累了很多毒素，還無意間看到了蝴蝶們，此時卡西斯也以堅信不移的眼神看著我的蝴蝶。

不是魔法師的人通常不太了解毒蝶，他是怎麼一眼就認出來的？不過他會親自去偵察費德里安附近的邊境，即使對魔獸有些研究也不奇怪。

這時，我忽然感覺到卡西斯的目光，於是從蝴蝶身上移開視線，對上之前也看過的眼神，我好像知道他在想什麼。

「……妳很危險。」

過了一會兒，卡西斯張開緊閉的雙唇，打破沉默，幾乎像在自言自語。我想問那是什麼意思，但他搶先我一步，繼續提問：

「我離開這裡後，妳會怎麼樣？」

他該不會在這種情況下，還在擔心我吧？我又不是傻瓜，一開始花時間準備讓卡西斯逃跑，也是為了找出一條自己的活路。

難不成你覺得我會為了你犧牲嗎？

他不知道自己因為我，受了多少苦。思及此，我突然感到胃裡翻湧。

「你才是，該不會把我當成你的妹妹了吧？」

可能是因為感到不自在，我說的話有些尖酸刻薄。不知從何時開始，當卡西斯用那種眼神看著我時，我無法直視他的目光。

擔心一下你妹妹吧。你死去的話，西爾維婭不只會像小說裡一樣黑化，說不定會被這個世界的瘋子們糾纏囚禁啊。

「我不可以擔心妳嗎？」

但卡西斯接下來說的話讓我一時語塞，緊抿著的嘴裡無法發出任何聲音。我錯了，不應該只迴避視線，也要摀住耳朵才對。

最後，我緊抿著唇，對上卡西斯的目光。他的金色眼瞳依然直視著我，而我無法直視他的視線許久，偷偷別開目光。

之後從我口中吐出的聲音明顯比剛才柔和許多。

「我也自己先想好了方法。」

不過，其實現在我覺得卡西斯或許也可以靠自己的力量逃跑。既能破壞大魔物用的戒具，還有奇異的能力。

他該不會到現在都是因為這麼想而沒有逃走吧？他連自己陷入危險時也去救我母親，所以這似乎並非完全不可能。

難怪在不知不覺中，我至今以為自己占據上風的關係顛倒了過來，一股不悅感竄上背脊。其實我昨天悄悄試探過他的能力，但卡西斯當然不肯告訴我。當我問他明明可以破壞掉戒具，上次為什麼不這麼做時，他回答「當時的情況下做不到」，再次閉上了嘴。

「這麼說來，我好像沒有向你詳細說明過計畫。順便告訴你吧。」

即使有些不悅，我還是向他說明了接下來的計畫。

之後卡西斯繃起臉來，他看起來有很多話想說，但似乎認同了這是最合理的方法。

「我把費德里安的人帶到安全的地方了，所以你到時候去跟他們會合就好。」

過了一會兒，從卡西斯房間出來的我臉色冰冷難看。起初緩慢的步伐逐漸加快，彷彿要逃離我剛才離開的地方。

為了讓卡西斯放心，我說自己將費德里安的人帶到安全的地方了，但那是在說謊。我打算帶他們前往北方邊境，最危險的大魔物棲息地——黑森林沼澤地。那裡以入侵者在肉體與靈魂分離之前，絕對無法逃離而出名。

我露出苦笑，似乎明白了小說中阿格里奇家的人們殘忍玩弄、殺死卡西斯的原因。

對於阿格里奇的人來說，他是個非常突兀的存在，就像在只有三角形和四角形存在的地方，某天突然出現了一個圓形。不知從何時開始，卡西斯讓我覺得不太舒服。準確來說，是不久前才產生如此強烈的抗拒感——自從在他面前作夢流淚的那一天開始。

心裡害怕著自己會再次變得跟過去一樣軟弱，後悔現在才湧上心頭，那時應該甩掉為我擦拭淚水的手的。

不能再這樣下去。

我必須盡快讓卡西斯從我眼前消失。

最近，阿格里奇的宅邸裡瀰漫著與以往不同的壓抑氣氛，原因正是羅莎娜。

不，嚴格來說不是因為羅莎娜，說是因為羅莎娜的毒蝶才正確。

嘎吱嘎吱！運送魔物的傭人們聽到身旁傳來的聲音，縮起脖子。推在前頭的巨大魔物屍體上，有目測超過百隻的蝴蝶附在上面。想到前幾天還只有幾十隻，不得不承認毒蝶的繁殖量實在驚人。這些蝴蝶只有外表華美，現在牠們就像餓壞的野獸，狼吞虎嚥地撕咬魔物的屍體。傭人們立刻扔下貨車上的屍體離開。

自從羅莎娜宣布要把毒蝶培育成殺戮之蝶後，宅邸裡每天都會發生這種事。毒蝶們啃食著魔物屍體時，羅莎娜就坐在不遠處看著那個景象。

「今天很溫暖，去拿清涼的飲料來。」

雖然稱不上茶會，但準備了小桌子與椅子，悠閒喝茶的羅莎娜與周圍的景象極其不相襯。看起來很平靜的羅莎娜，與送茶來的侍女蒼白的臉色形成對比。

送來毒蝶飼料的傭人們臉色也很難看。因為好奇而來看毒蝶的阿格里奇成員們，也馬上一臉驚恐地轉身離開，這情景的確不怎麼賞心悅目，這也無可厚非。

「運送速度為什麼這麼慢呢？如果不餵飽毒蝶，牠們說不定會去吃其他東西，最好再加快速度。」

聽到從羅莎娜口中吐出的柔和聲音，運送毒蝶飼料的人們跑了起來。他們帶著畏懼的表情瞄了一眼毒蝶，行動比剛才還敏捷。

羅莎娜看到周圍的人們都十分害怕後，不再進一步嚇唬他們。

其實，她是故意讓人們看到毒蝶嚇人的進食場面的，但不知情的人們也對操控毒蝶的羅莎娜投來摻雜著畏懼的目光。

原本就美得令人畏懼的羅莎娜，最近不知為何散發出與以往不同，難以親近的氣息，就像毒蝶一樣，超乎現實的美麗中帶著令人毛骨悚然的殺氣。

與羅莎娜平靜的紅瞳對上目光後，傭人倒抽一口氣，喘著粗氣遠離她。羅莎娜靜靜地注視那個傭人，再次看向毒蝶。

羅莎娜常常用令人不寒而慄的冰冷目光看著卡西斯。與他目光交會時，當然會馬上抹去那種氣息，但在其他時間又會變回原本冷漠的眼神。

她引頸期盼著萬事俱備的那天。那說不定只是她自己產生的錯覺，但不知為什麼，她覺得卡西斯可以隨時以一己之力逃出阿格里奇，卻沒有那樣做。

如果是那樣，那恐怕是顧慮到羅莎娜。每次思及此，羅莎娜的內心都有某種情感在躁動。

「妳有好好培育毒蝶吧？」

傍晚，蘭托．阿格里奇單獨把羅莎娜叫進房間，詢問毒蝶的事。

「是的，牠們每天都有好好成長，沒辜負父親的期望。」

羅莎娜揚起嘴角，露出淡淡的微笑。牆上的燭臺灑落光芒，在她的臉上投下深邃的陰影。

「但是靠現在提供的量還不夠。」

「需要什麼就跟我說，我幫妳取得。」最近非常關心毒蝶的蘭托毫不猶豫地說。

「如果吃下力量更強的血肉，我的毒蝶也會變得更強吧？」

羅莎娜欣然向他提出要求，蘭托二話不說地點了點頭。

每月測驗就在三天後，屆時前往卡藍圖棲息地的迪恩也會回來。

那晚，羅莎娜接到了之前送去外面的毒蝶們的報告。

「這樣啊，原來如此。」

聽到費德里安的人們終於到達北方邊境森林的消息，她隱約勾起微笑。作為歡迎他們的禮物，羅莎娜送去了最近迷上新鮮血肉的殺戮之蝶。

風從敞開的窗外如緩慢的波浪吹進來，窗簾輕聲飄動。季節轉換之時，淡淡清新的青草氣味搔過鼻尖。

不知不覺間，卡西斯來到阿格里奇快要一個月了。

「快要分別了呢。」

看著窗外的羅莎娜嘴裡小聲地自言自語。她的日常生活也快回到沒有卡西斯的時候了。

羅莎娜餵食辛苦完成任務的蝴蝶們鮮血後，朝卡西斯的房間走去。

「妳的臉色不太好呢。」看到羅莎娜後，卡西斯說道。

「我是來傳達費德里安的人們的消息。你不擔心他們嗎？」

為了培育毒蝶，她這陣子都毫不吝嗇地餵血，又攝取了大量毒藥，會這樣很正常。

「伊西多爾會自己處理好的。」

聽到卡西斯從容的話，羅莎娜的眼睛微微一顫。

「你是說我沒辦法自己處理好嗎？」

她的臉上依然帶著微笑，但說出口的話有點尖酸刻薄。她覺得可能是上次露出了軟弱的一面，讓他覺得自己不可靠。

卡西斯用奇妙的眼神看著羅莎娜，動了動身體。

匡噹！銬住他手腕的戒具被解開了。

羅莎娜驚訝不已。現在他竟然可以隨心所欲地解開大魔物用戒具？

之後朝她伸來的手碰上肌膚時，更令她驚訝。羅莎娜不禁坐到卡西斯所在的床邊，馬上感受到清新的氣息，伴隨著依然陌生的溫暖滲進身體裡。

羅莎娜想抽出被卡西斯抓住的手，但卡西斯紋絲不動。

「你這是在做什麼？誰說你可以擅自抓住我手臂的？」

「沒經過我的允許，就對我做出比這更過分的行為的人，沒資格說這種話吧。」

羅莎娜無話可說。他明顯是在說她之前擅自在他的脖子上留下痕跡的事。

「這才是你原本的模樣嗎？」望著那凝視著自己的視線，羅莎娜冰冷地回答：「你真的讓我覺得很煩。」

下一刻，看到卡西斯微微一笑，羅莎娜莫名覺得自己成了笨蛋。

羅莎娜開始自我合理化。卡西斯一定是為了防止上次那種事再度發生，妨害到計畫，想在那之前讓她康復。

還有，她也是因為卡西斯的能力能派上用場，才這樣靜靜地讓他抓著手而已。這時，受到一股莫名的衝動驅使，羅莎娜開口：

「你好像忘記了，我也是阿格里奇喔。」

卡西斯沉默了一會兒，凝視著羅莎娜。不久後，一道低啞的聲音打破沉默。

「我知道。」

之後兩人不再說話。

又過了一段時間，每月測驗終於就在一天以後。

轟隆隆！

宛如地震的細微震動傳遍整片阿格里奇的土地。封鎖一陣子的迷宮開放了，通往北方邊境黑森林的通道入口也被打開了。

一切終於準備萬全了。

現在就是行動的時候。

嗡嗡嗡嗡——！

深夜，安靜的阿格里奇宅邸裡響起吵雜的聲響。

這是告知侵入者的警報。由於很久沒有未經允許就闖進阿格里奇的客人了，這種警報聲也是大約十幾年來第一次響起，當然在阿格里奇引起了大騷動。

「大家起床，到外面集合！有入侵者！」

「每個角落都不要漏掉，仔細搜查！」

醒來的手下們走到外面，有條不紊地行動。其中也有些羅莎娜同父異母的手足正好覺得無聊，為了去找入侵者而一起離開宅邸。

「是費德里安的獵犬嗎？」

蘭托．阿格里奇也走出房間，走過響著刺耳警報聲的走廊。其實蘭托之前就猜到會有入侵者闖入宅邸了，因為失去繼承人的雷夏爾．費德里安不可能坐視不管，上次見面時，他也幾乎確定了卡西斯的失蹤與蘭托．阿格里奇有關。

由於費德里安煩人地不斷派遣搜查隊到阿格里奇的邊境，阿格里奇也費了一番力氣抓捕、殺害那些人，所以這件事也很有可能是費德里安引起的。

那個像老鼠一樣的傢伙，真虧他能鑽進來呢。

「父親，發生什麼事了？」

這時，他看到似乎被吵鬧聲吵醒的羅莎娜從房間裡出來。

「羅莎娜，為了以防萬一，現在去確認一下妳的那條狗是否還在原本的地方。」

羅莎娜只聽到那句話就立刻了解了當下的狀況。

「是費德里安的入侵者嗎？」

「很有可能。」

羅莎娜回答「了解」後立即轉身。她果然很像他，機靈又行動迅速的一面讓他很中意。

蘭托再次邁開停下的腳步。他要抓住並殺死那隻大膽闖入他領域的老鼠。

羅莎娜直接走向卡西斯的房間。

「走吧。」

卡西斯默默地站起身，兩人一起走出房間。如波浪般大聲作響的警報聲響徹走廊。

「啊，羅莎娜小姐！」

才走幾步，就看到全副武裝奔跑的手下們。他們也發現了羅莎娜，愣在原地，而且她帶著卡西斯，不是獨自一人。

不過，聽說上次他被關進幻覺之房後變乖了，那傳言是真的嗎？羅莎娜的玩具戴著戒具和項圈，安靜地站在她身後。但是，剛才蘭托．阿格里奇說過這次的入侵者可能是費德里安派來的，囑咐過他們不要掉以輕心。

「小姐，您為什麼會在外面？為了以防萬一，您要不要帶著玩具回去房間？」

「是啊。您還沒聽到消息嗎？現在入侵者是……」

不過，他們沒辦法繼續說下去。

「我知道。」

因為下一秒，羅莎娜豎起手指抵在嘴脣上，要求他們安靜。

「所以我正在想一些有趣的事，還不能讓其他人知道，所以你們可以保密嗎？」

她同時悄悄斜瞥了一眼，羅莎娜指的其他人似乎是身旁的玩具。看來她不想讓玩具知道現在入侵宅邸的人可能是費德里安的成員。

「那樣我會很感激你們。」

那一瞬間，一抹令人目眩的美麗微笑出現在眼前。甜美的聲音敲上耳膜的那一刻，腦袋變得一片空白，他們呆愣地點了點頭。

「謝謝。父親說如果抓到了入侵者要帶去哪裡？」

「有雕像的一樓大廳。」

「好，你們辛苦了。」

羅莎娜像去散步一樣從容地拉著玩具的牽繩，走過手下們身邊。幾個暫時失神的手下們聽到耳邊響起的警報聲後，也立刻回過神，飛奔離開。

「大家都被妳迷得暈頭轉向呢。」

「是你不對勁，原本那樣才正常。」

卡西斯用難以言喻的眼神望著只用幾句話就支配他人的羅莎娜，但馬上不發一語地再度別開目光。他也不是完全無法理解他們的反應。

匆忙跑過走廊的人們腳步聲漸漸消失，他們反倒往宅邸的深處走去。不久後，羅莎娜終於停下了腳步。

「就是這裡。」

她佇足的地方是一條彷彿許久沒有使用，散發著陰沉氣息的偏僻走廊。嵌在牆上各處的燭臺光芒，刻劃出光明與黑暗的鮮明界線。仔細一看，其中最靠近的燭臺火焰彷彿被微風吹動，微微搖曳著。

羅莎娜朝眼前的金燭臺伸出手。

「等一下……」

雖然卡西斯馬上開口，但羅莎娜的手沒有停下來。她抓住燭光搖曳的燭臺上半部分並轉動，伴隨著喀嚓一聲，牆壁分裂開來。

呼——冷風從小小的縫隙吹進來。

「這裡施了咒語，按熄燭火再轉動的話就無法開啟。」

羅莎娜若無其事地拿起燭臺說完，回頭看向卡西斯的表情極其沉著從容。

「反正關門時也要用一樣的方法，現在治療也沒用，所以就這樣別管了。」

只看到那樣的表情，絕對想不到她是徒手握住炙熱的燭臺而被燙傷的人。

卡西斯皺起眉。

「妳真的是……」

但是他閉上嘴，沒有再說下去。卡西斯用壓抑著什麼的眼神看著羅莎娜，最後閉上眼睛一會兒。

呼呼呼……牆的另一頭傳來喧囂的風聲，像在催促他。時間不多了，再度睜開眼的卡西斯，眼神中帶著更加堅定的光芒。

卡西斯向前走進昏暗的空間。鏗鏘！束縛著他四肢的戒具被解開，掉落在地。

「前面只有一條路，所以直直走過去就好了。」

事先說明過其他事項了，所以現在不用特別解釋，也沒有那個餘力。羅莎娜短短地吐了一口氣後，補充道：「小心點。」

兩人的視線在空中交會。卡西斯在羅莎娜再次關上門前，向前伸出手。

「羅莎娜。」

透過相互觸碰的手，不知不覺間稍微習慣的溫暖傳遞過來。

「我不覺得這會是最後一次，所以下次再道別吧。」

卡西斯一如往常，用率直的眼神凝視著面前的人。即使身在黑暗中，仍然能從他身上感受到光芒。羅莎娜看到倒映在那雙眼睛中的自己，覺得有些陌生。

「希望妳到那時候都平安無事。」

卡西斯終於輕聲道出最後的告別，羅莎娜對他微微一笑。

交疊的手先分開，接著近距離對望的目光因為被牆壁遮擋住而消失。

「再見，卡西斯。這段時間我過得很快樂。」

就這樣，兩人告別了至今一起度過，漫長又短暫的時間。

現在暫且道別了。

沙沙！

「找到了！入侵者！」

蘭托．阿格里奇回頭看向聲音傳來的方向。

「找到了嗎？」

他原本期待可以馬上抓住並殺了費德里安的鼠輩們，但出現在他面前的不是入侵者。

「呃，那個……」

嘰啊——！

掉入陷阱的是卡藍圖的幼獸。看來是上次發生騷動時從飼養場逃出來的，一直躲在宅邸裡。雖然體型幼小，但終究是魔物，卡藍圖的幼獸掉進陷阱後仍不停掙扎，噴出毒液。

蘭托．阿格里奇的臉皺了起來。

「看來不是入侵者，是魔物觸動了結界。」

他正因為翻遍整座宅邸，也找不到入侵者的一根頭髮而感到奇怪。不過，竟然只因為這種魔物，就讓宅邸在深夜變得如此混亂。

「先把牠活捉起來。」蘭托惱怒地命令道。

手下們察覺到他的心情不悅，立刻將卡藍圖的幼獸放進麻袋裡。必須讓牠活著，帶到畫有咒術陣的地方，確認是不是牠觸發了宅邸的警報。

他們把裝著卡藍圖幼獸的麻袋扔到一樓大廳的雕像前。這時，不停在耳邊響著的刺耳噪音消失了。

蘭托．阿格里奇吐出一連串粗話。

「在那裡面的是入侵者嗎？」

這時，羅莎娜從樓梯上現身。通往二樓的樓梯沒有照明，所以她站的地方有點暗。潔白的月光從羅莎娜背後的窗戶灑入。站在樓梯間的羅莎娜背後，卡西斯．費德里安戴著項圈，斜斜站著。

「很好，這微不足道的東西……」

沙沙！

蘭托．阿格里奇剛開口，放在地上的麻袋動了起來。裡面的東西掙扎著想逃出去，終於成功打開了袋口。

「好吧，那我應該送你一份歡迎禮物。」

裝在麻袋裡的東西終於逃出來的瞬間，羅莎娜笑著扯動手中的牽繩。

啪嚓——！

就在那一刻，一群紅色蝴蝶飛向戴著項圈的人。出現在空中的幾百隻毒蝶吞噬了卡西斯．費德里安。

喀喀喀喀！嘎吱嘎吱！

令人毛骨悚然的聲音響徹宅邸。

「唔……啊啊……！」

蝴蝶一口一口地吞噬發出尖叫，醜陋地掙扎的獵物。卡西斯·費德里安的身體從頭到腳都被蝴蝶包裹住，腳步踉蹌地倒在地上。所有人都出神地凝視著眼前的景象。

嘎吱……嘎吱……

斷斷續續的呻吟聲持續一陣子後，只剩下無法再稱為屍體，遭到分解的肉體痕跡。被撕下肉的身體失去了原有的模樣，化為沾滿鮮血的骨頭碎片。

那是看過一次就會深深烙印在腦海中，絕對無法忘記，極其殘忍又震撼的場面。

滴答……滴答……

一樓的人們呆愣地看著黏稠的紅色液體慢慢流下樓梯。然而，馬上就將獵物啃食殆盡的蝴蝶們紛紛飛起，連樓梯上的血也一滴不漏地全部吞下。因此，蝴蝶們捕食的現場乾淨得嚇人，沒有留下任何痕跡。

「啊啊，天啊，不是費德里安派來的人嗎？」

突然打破令人窒息的寂靜的，是一個有些不滿的動人聲音。人們這時才大吸一口氣，蘭托·阿格里奇也一樣出神恍惚。他順著羅莎娜的視線低頭看去，身體被卡在袋口掙扎的魔物映入眼簾。

羅莎娜看到後皺著眉，遺憾地說：「真可惜，我原本想把一直苦苦尋找的主人在眼前死亡的場景作為禮物，送給他們呢。」

停在地上的蝴蝶再次飛起，在月光下神祕地閃耀，在羅莎娜的命令下接連消失。

不久前還有呼吸、活著的人類肉體早已連痕跡都沒留下。然而，低頭望著那個空位的羅莎娜臉上絲毫沒有罪惡感。

「但是毒蝶從之前就一直求我，說想要吃我的玩具，所以沒關係吧！」

羅莎娜讓紅色蝴蝶停在手指上，冷冷地微笑，美得令人毛骨悚然。

「我剛好有了可愛的新寵物，也早就玩膩那低劣的玩具了。」

她背後的月光將她纖瘦的身體勾勒出白色的輪廓。

「哈……」

過了一會兒，難得說不出話的蘭托·阿格里奇低聲笑起。

「哈……哈哈……！」

笑聲逐漸變大，隨即變成無法控制的大笑。

「沒錯，這結局真是適合像蟲子一樣的費德里安老鼠啊……！」

他的紅色眼睛閃爍著，彷彿陶醉於某種事物中。宛如刻印在視網膜上，不久前見到的景象如烙印一般，在他腦海裡留下清晰的殘像。蘭托在腦海中不停回想無數次。

「竟然會有這種想法，妳果然沒讓我失望，羅莎娜！」

他愉悅至極。

雷夏爾．費德里安的兒子在自己眼前被啃食得連骨頭都不剩，迎來悲慘的結局這件事讓他愉悅至極。

「今天的入侵者不是費德里安的走狗真的好可惜！沒錯，應該要在驚訝的雷夏爾．費德里安面前，讓他看到兒子死去的模樣。我怎麼到現在才想到呢？」

「他是非常強的人，對我的毒蝶來說，也會是很好的成長材料。對於像蟲子的費德里安後裔來說，這不是極大的光榮嗎？」

「是啊，妳說得對。對那傢伙來說，這種結局算是便宜他了。」

蘭托．阿格里奇都忘了剛才的不悅，因為羅莎娜的話，諷刺地笑著點點頭。羅莎娜也跟著他笑起來，隨即用溫和的語氣低聲說：

「話說回來，時間非常晚了。您去休息吧，父親，我睡到一半醒來也累了。」

「也對。妳也去休息吧。」

羅莎娜面帶美麗的微笑，轉身走上樓梯。

「小姐。」

艾米莉完成了羅莎娜交付的任務，回到房間。今天的騷動都是她造成的。

「做得好，艾米莉。」

艾米莉聞言，稍微低下頭：「我將按照吩咐，從現在起不准任何人進入房間。」

之後，艾米莉靜靜地退下。門關上後沒走幾步，羅莎娜就扶著沙發癱坐在地。

「唔……唔唔……咳！」

果不其然，從口中吐出了深紅色的血。不過，可能是卡西斯曾用能力治癒她的身體，這次沒有失去意識的徵兆。緊抓著沙發扶手的白皙手指微微顫抖。

羅莎娜流著血，大口喘氣。剛才她使用的不是殺戮之蝶，而是先孵化的幻影之蝶。上次她用夏洛特測試過，但這次必須創造出比那時更精細的幻覺，所以羅莎娜不得不緊張。

為了今天，她當眾公開殺戮之蝶的存在，並偷偷培育具有幻覺能力的毒蝶。

因為卡西斯必須在所有人面前死去，讓他能在無人追捕的情況下安全離開阿格里奇的領地。為了避免羅莎娜因為無法阻止卡西斯逃跑而受到懲罰，也不可以讓任何人知道卡西斯從宅邸裡消失的消息。幸好蝴蝶們如她所願，順利成長了。

此時，卡西斯應該順利逃出黑森林了吧？

羅莎娜痛得像有把尖銳的草耙在翻攪肚子，再次吐出了鮮血。

她事先讓殺戮之蝶附在費德里安的人們身上了，也在通往黑森林的祕密通道入口安排了蝴蝶，所以應該可以幫到卡西斯。這段時間，她努力地餵食魔物培養牠們的口味，所以肯定能充分發揮作用。

這時，羅莎娜的唇間流洩出細碎的笑聲。

卡西斯直到最後都始終如一。反正只是小小的燙傷，卻還是堅持替她治療。

想起最後一次見到的眼神，心裡輕鬆了一些，雖然這也許只是她單純想這樣相信……

不知為何，她不覺得卡西斯會在死在森林裡。

「哈……哈哈……」

最後，羅莎娜沾著血的嘴唇間傳出斷斷續續的笑聲。如果可以，她真想立刻衝出去告訴阿格里奇家的人。

想大喊，叫所有人都來看看。

說我終於成功欺騙了你們。

喀嚓！緊緊關上的房門在那一刻被打開，一絲微弱的光線照進昏暗的房間。

外面沒有任何人的動靜，但有人毫無預兆地從門縫間踏進房裡。透過打開的門縫，能瞥見艾米莉的手臂倒在地上，但在羅莎娜仔細看清楚前，門再次關上。

啊，真煩人。

羅莎娜看著眼前的高大男人，慢慢閉上眼又睜開。

「外面吵吵鬧鬧的，說妳讓毒蝶把卡西斯．費德里安吃了。」

可能是剛回到宅邸，走進房間的男人身上散發出些微茂密森林的氣息。看來前往卡藍圖棲息地的隊伍回來了。

「所以呢？」羅莎娜慢慢用袖口擦拭嘴角，語氣冷漠地說：「這跟你有什麼關係，還來找我說這件事？」

但接下來的低沉聲音讓羅莎娜停下動作。

「卡西斯．費德里安沒有死，對吧？」

那已經不是在詢問羅莎娜了。

「妳讓他去了哪裡？」

隨著腳步聲，像扎了根的大樹一樣呆站著的迪恩從原地邁開腳步，在離羅莎娜一步之遙的地方停下來。

啪嚓……黑鞋踩到地上的小血泊。迪恩的視線緩緩掃過沾上鮮紅色的羅莎娜，房間裡一片黑暗，應該什麼都看不清楚，他的目光卻彷彿看透了她的內心。

「我來猜猜看吧？」

迪恩隨即微微傾身，輕聲低語。月光下，那雙閃著刺眼光芒的紅色眼睛在近距離下對上羅莎娜的目光。

「到目前為止，我只不曾去過一個地方。」接著，迪恩的嘴角浮現冷笑，「北方邊境的黑森林。」

那一刻，從外面傳來的微弱風聲逐漸平息。黏稠的空氣在狹小的房間裡凝結，如冰錐般的寂靜降臨。

羅莎娜的表情沒有任何變化。她凝視著迪恩的眼神，就像他剛走進這個房間時一樣，依舊冷酷，感受不到任何情緒上的波動。

但迪恩沒有動搖。

「我不知道妳是用什麼方法放他走的，但的確非常巧妙。那麼……這是能讓人看到幻覺的毒蝶嗎？」

毒蝶們不錯過羅莎娜虛弱的機會，出現在空中，在她身旁翩翩起舞。迪恩的目光掠過那些蝴蝶。

「沒想到妳擁有的不是殺戮之蝶。還是說，孵化出來的毒蝶不只一隻？」

迪恩的話驚人地接近事實。羅莎娜靜靜盯著眼前的人，終於開口：「這個妄想太誇張了。」

「妳最清楚這不是妄想吧。」

羅莎娜的目光再次默默地停在迪恩臉上。過了一會兒，她低聲問道：

「所以，你現在要出去說那件事嗎？」

「該怎麼做呢？」迪恩的嘴角微微彎起，之後殘忍地低語：「要不要先派搜查隊到北方邊境呢？把被撕成碎片的卡西斯·費德里安的屍體放到妳面前也不錯呢。」

看起來就像一個成功將獵物逼入陷阱的獵人。迪恩舉起手，抓住在羅莎娜周圍飛舞的蝴蝶，彷彿那是眼前的人。

「我不知道妳為什麼不惜做到這個地步也要救那傢伙。」

他用力一握，像要將手裡的蝴蝶捏碎。他凝視著羅莎娜一會兒，隨即又鬆開手。蝴蝶從張開的手心縫隙飛出來，翩翩飛到空中。

下一秒，迪恩站起身——

「不要走。」

不對，他是準備站起身，如果沒有聽見下一秒鑽入他耳中的聲音……

「不要走，迪恩。」

細微的呢喃再次傳進停下動作的迪恩耳裡。那聲音柔和甜美，不敢相信是在對他說話。若說這是羅莎娜的蝴蝶讓他聽到的幻覺，他也相信。

然而，接著碰上迪恩臉頰的手是真實的。

那個彷彿生為冬天的化身，從骨子裡散發出寒氣的男人宛如時間停滯了一樣，凝視著眼前的人。

羅莎娜對那樣的迪恩伸出手，深情地輕撫他的臉龐，隨即緩緩揚起嘴角。

「真無聊。」

彷彿剛才的甜蜜全是謊言，那刺眼的微笑冰冷至極。

「你……真是個無聊的人。」

真的可憐又悲慘至極，羅莎娜用帶著同情和嘲笑的眼神，凝視著在她手下屏住呼吸的男人。

「迪恩，你以為我不知道你真正想要的是什麼嗎？」

那一刻，倒映在羅莎娜眼裡的紅色眼瞳中泛起一絲漣漪。這是非常細微的變化，但因為對象不是別人，正是迪恩，所以感覺是非常劇烈的變化。

「上次瑪麗亞夫人的茶會時……冒充迪恩．阿格里奇之名的手下們。」

接著，緩緩從甜蜜的紅唇中流洩出如呼吸般的呢喃聲。在地板上疊合的兩人影子蒙上寂寞的黑暗。

「那些報上你的名字並把卡西斯帶到外面的人，是你殺的吧？」

現在羅莎娜提起的那些人，那天據說是不幸被放出飼養場的魔物殺害而死。

但那不是真正的事實。房間裡只充斥著冰冷的沉默，羅莎娜在眼前的迪恩眼裡讀出了答案。

「這樣啊……在殺掉那些人之前，你明明可以把他們帶到父親面前，洗清冤屈，你卻沒有這麼做呢。」

「……」

「還如我所願，乖乖離開宅邸，去了魔物棲息地。」

問迪恩為什麼這樣做也沒有意義，因為此刻透過對望的眼眸，可以清楚看見深藏於其中的事物。

如果站在面前的人是傑瑞米，她肯定會毫不吝嗇地稱讚他。為了她不惜犧牲自己，暗中將一切處理好，多麼值得嘉許。

然而，羅莎娜只對眼前的人吐出厭煩又嘲諷的低聲嘆息。

「雖然這樣說很自不量力。」

眼神猶如銳利到會割傷手指的玻璃碎片，融入月影中。

「不論是什麼，我真的都不需要你給的任何東西。」

現在在眼前的男人真的讓人厭惡至極，又令人作嘔，羅莎娜甚至無法忍受他的視線看向她。然而，無論她怎麼拒絕、推拒，這個可憐又可怕的男人仍執著地緊追著她的影子。

「迪恩，我呢，是真的討厭你到感到噁心的程度。」

聽到羅莎娜的話，迪恩不為所動，彷彿早已知曉，只靜靜凝視她的目光像深海一樣幽深黯淡。不過，確實也有宛如小火苗的陌生渴望無聲地潛藏於其中。

「但是……好吧……」羅莎娜凝視著那雙眼睛，冷冷地笑了：「既然你這麼想被我馴養的話。」

清冷的月光從窗外照入，緊貼著的身體傳來溫暖的體溫，卻莫名覺得冷如刀割。

「反正你和我，都只會下地獄。」

那天，羅莎娜與自願臣服於她腳下的黑犬締結了新的奴隸契約。

在盡頭等著他們的，無疑是地獄。

7
chepter

破壞與重生的季節

「……你說什麼？」

西爾維婭呆愣地反問道，不敢相信她剛才聽到的話。

「你剛才說什麼？我哥哥……在這裡發生了什麼事？」

她的臉色蒼白。然而，傑瑞米彷彿沒有注意到西爾維婭的臉色發白，如實回答：「我說過了啊，妳哥哥已經死了。我們父親帶他回來已經是好幾年前的事了，來這裡不到半年就死了，屍骨無存，所以妳也不要再找他了。」

「我哥哥……是怎麼死在這裡的？」

傑瑞米．阿格里奇說出口的真相令人過於毛骨悚然。聽他說話時，她感到頭暈目眩，想吐到受不了。阿格里奇的人們對她哥哥做的事，根本不是人會做的事。

從決定親自尋找失蹤的哥哥的那一刻起，她就覺得說不定有個她絕對不願承認的真相在這條路的盡頭等著她，因此心裡一隅也有著面對哥哥死亡的覺悟。

但不是像這樣，她完全沒有想像過這種事，至少她不曾想過哥哥的結局會是這樣……

「我告訴妳了，所以妳要遵守約定，不能再和其他人見面了！尤其是那紅色的傢伙，煩死人了。反正如果不是因為妳哥哥，妳也沒有理由跟他們見面啊。」

傑瑞米耍賴似的抓住西爾維婭的手撒嬌，表情像純真無邪的孩子一樣清澈明亮。

那一刻，在西爾維婭的心中，至今完全不曾察覺到的黑暗情感開始萌芽。它迅速生根發芽，開出帶著毒氣的花。

「……嘴。」

「什麼？」

啪！西爾維婭無情地甩掉與傑瑞米相碰的手。

傑瑞米出生以來第一次看到西爾維婭凶狠至極的銳利目光，立刻僵在原地。

「閉嘴，閉嘴……！立刻給我閉嘴……！」

西爾維婭對他顯露出令人害怕的怒意。傑瑞米慌張失措，很快就明白她如此生氣的理由，急忙道歉。

「對、對不起，西爾維婭。如果當時我知道是妳哥哥，我也不會那樣做。真的！但我當時不知道啊，所以不要生氣，好嗎？」

但傑瑞米其實無法理解西爾維婭的憤怒。對他而言，手足只是必須打倒的競爭對手，不值得因其死亡感到悲傷，所以傑瑞米從來不理解西爾維婭為了尋找失蹤好幾年的哥哥而奔波這件事，因此現在對她的道歉也不是真心的，只不過是為了不惹怒她。

這時，他像想起了什麼，欣然地看向西爾維婭。

「啊，對了！我有一個姊姊名叫羅莎娜，興趣是收集眼球，她可能有妳哥哥的眼睛。她那時候真的很喜歡，我之前好像有在她的收藏室裡見到和妳很相似的金色眼睛，一定就是那個。如果妳想要，我去拿來給妳吧？」

「哈哈……」

如今，西爾維婭覺得這一切都很可笑，乾笑了幾聲。

傑瑞米見西爾維婭笑了，也放心似的勾起嘴角微笑。

那張臉噁心至極，令人無法忍受。西爾維婭看著再次朝自己伸出手的傑瑞米，冰冷地說：

「我要殺了你，傑瑞米·阿格里奇。」

那一刻，傑瑞米的手僵在空中。西爾維婭繼續對表情漸漸改變的傑瑞米說：

「不論是你，還是你的兄弟姊妹……」

彷彿被無情踐踏，燒得焦黑的內心滲出膿液。傑瑞米那失去血色的表情，此刻看起來天真可憐到令人作嘔，讓西爾維婭想朝那張臉吐口水。

這些罪人如此殘忍地凌虐殺害了她重要的人，卻連一絲悔意都沒有。

「殺了我哥哥的，阿格里奇家的所有人。」

所以西爾維婭也不想饒恕他們。以牙還牙，以眼還眼，以血還血，以命償命，最後，給這些連禽獸都不如的人們適合的下場。

「我一定會親手殺了你們。」

那天，無論過去經歷過多少逆境，在她心中始終微微閃耀的白色火苗終於徹底熄滅了。

——《地獄之花》中

世界被一片純白色覆蓋的嚴冬。

「該死。」

男人關上房門後走到走廊上，咬牙切齒地罵了一句。年齡大約二十多歲，擁有黑髮與灰眼的青年是阿格里奇的長子方丹。

方丹剛離開父親蘭托．阿格里奇的房間，心情極為低落。他心情不悅的原因是因為這次共同執行任務的功勞都被迪恩搶走了。

當然，這次走私毒品時，迪恩確實幫了很大的忙。如果他沒有聞到偷偷潛入的老鼠臭味，說不定會在中途遇到大麻煩，但一開始促成這筆交易的是方丹。

然而，只是剷除了一群鼠輩就把所有功勞都歸於迪恩，這樣太不公平了。雖然他知道父親蘭托．阿格里奇平常就明顯偏愛迪恩，但每次遇到這種情況，還是會感到憤怒。

鏗啷鏗啷！方丹用堅硬的拳頭打碎走廊上的擺飾，期望那就是迪恩的腦袋。

傭人們見怪不怪地在方丹離開後，清理現場的殘骸。

方丹沒有回房，而是走出宅邸。為了轉換心情，他打算去屠殺魔物。雖然可以把宅邸地下的奴隸拉出來玩，但今天要看到大量鮮血，這糟糕的心情才會消失。

「方丹少爺，您若要外出，請帶上隨從……」

「煩死了，滾開。想代替魔物被砍成碎片的傢伙就跟過來。」

聞言，跟在身後的腳步聲戛然而止。傭人們知道方丹的個性真的會說到做到，所以沒有一個人敢冒險跟在他後面。

方丹立刻離開阿格里奇，前往邊境。

呼呼——！外面正颳著嚴寒的冬風，穿過森林的暴風雪中夾雜著北方的陰鬱氣息。方丹來到西北方邊境，抵達魔物的棲息地後，他拔出揹在背上的大劍。

「不要去那裡比較好喔。」

然而，在方丹要向前踏出一步的瞬間，一道纖細的美妙聲音乘著雪，掠過他的耳邊。明明沒有很大聲，卻不得不回頭看去，那道聲音中帶著如此奇妙的力量。

「已經都被吃光，連一點骨頭碎片都不剩了。」

方丹晚了一拍才意識到，凍結的森林空氣中隱約帶著甜美的香氣，下一秒，出現在他眼前的是披著白色毛皮斗篷的女子。披散在外的金色頭髮在漫天飛舞的雪中像光點一樣閃亮飄揚。

她動手脫下兜帽，隨即露出如雪景一般潔白的臉龐。女子半隱身在森林落下的陰影中，美得令人驚豔。

一瞬間，方丹不禁停下腳步。

「羅莎娜，妳怎麼在這裡？」

出現在森林中的是方丹同父異母的妹妹，羅莎娜。方丹隨口那麼問完後，立即皺起眉並閉上嘴，因為他知道這是個愚蠢的問題。

羅莎娜也看著他微微歪頭，像在問他是否真的不知道。

嘖！難怪周圍異常安靜。覺得這股寂靜單純是森林下雪時特色的自己真愚蠢。

「妳能悠閒地出來餵食寵物，還真幸運。在宅邸裡也可以得到充足的毒蝶飼料吧。」

心煩的方丹拿眼前的人來出氣，挑釁似的說。

「因為我的毒蝶很挑食，每次都吃一樣的東西，已經吃膩了，所以我久違地出來看看……」

不過，羅莎娜面不改色，反而露出微笑。

「你為什麼那麼生氣？」

羅莎娜悄然無聲地走向方丹。不知是因為她無聲無息的動作，還是那張超乎現實的美麗臉龐，此刻的她非常像非人的存在。

方丹看著走向自己的羅莎娜，差點不自覺地向後退一步。為了家族的公務，他常在外面四處奔走，見過很多人，但迄今從未見過像羅莎娜這樣的女子。

其實羅莎娜的美貌無人能比。她的外貌從小就美豔到令人說不出話，但成年後的羅莎娜在某方面來說，甚至美到讓人不寒而慄。到了這種程度，雖然他很熟悉羅莎娜，但面對她日益成熟的美貌，適應這個詞都顯得蒼白無力。

方丹看見羅莎娜時，也一時不由得感覺到後腦杓發麻。

羅莎娜擁有的美貌具有可怕的破壞力。

不對，但那真的可以用「美麗」這個詞來形容嗎？在方丹的想法中，現在他眼前的女人存在本身就像一場災害。

不知不覺間拉近距離，只剩一步之遙的羅莎娜微微笑著仰望他。

「這麼說來，你走進森林時表情就很難看，為什麼那麼生氣呢？」

近距離傳來的甜美聲音彷彿包裹住全身，在眼前仰望而來的視線令人屏息。或許不只是方丹，無論任何人面對羅莎娜都只能做出這種反應。

羅莎娜像忽然察覺到什麼，輕聲地「啊啊」了一聲。

「父親又說了不好聽的話啊。」

那一刻，方丹的臉色頓時僵住。

「閉嘴。」他嚴厲地喝斥一聲。

若是其他時候，他的反應可能不會那麼敏感，但現在他的心情比想像的還糟。

然而，羅莎娜面對方丹凶狠的態度也絲毫不退縮。

「父親真的好過分……方丹哥哥是為了家族最努力的人啊。」

遺憾的低語中有一種吸引力。她的紅色眼睛一沉下來，周遭頓時出現讓人想立刻安慰她的可憐氣息。

「我也聽說了這次的事。聽說迪恩最後搶走了功勞？果然很像卑鄙的迪恩會做的事。」

方丹的氣勢逐漸緩和下來。

本來方丹和羅莎娜的關係沒有親密到可以這樣交談，但不知從某天開始，羅莎娜突然開始拉近兩人之間的距離，讓他感到戒備。但現在那種心思比一開始減少了許多。

「父親也年紀大了，眼睛也不像以前一樣銳利了。之前我跟他說給方丹哥哥和迪恩的機會不公平，還被他罵了。」

羅莎娜是阿格里奇中最了解方丹心思的人。每當她這樣在他面前責備蘭托的愚蠢和迪恩的卑鄙時，內心沸騰的怒火都會緩和一些。像現在這樣聽著她甜美低語的聲音，對迪恩的自卑感也淡了一些。

「在阿格里奇，沒有人不知道父親明顯看重迪恩，但他沒有成為繼承人的資格。」

而且兩人有一個共通點，就是都非常討厭迪恩。

大家都知道，迪恩和羅莎娜因為去年首次共同執行的任務關係不和，甚至引起了內鬨，在那之後，蘭托甚至不再給他們動線可能會重疊的工作。

方丹也因此沒有特別戒備羅莎娜。在他看來，羅莎娜不過是一個還不會控制情緒的蠢丫頭。

「兄弟姊妹中，肯定沒有人想追隨迪恩，誰會想成為獨裁者腳邊的舔鞋奴呢？還不知道什麼時候會被踢死。」

總之，羅莎娜對迪恩的敵意太過明顯，他幾乎瞭若指掌。方丹非常喜歡這一點。

「我希望繼承父親位置的人，是能包容我們所有人的人。方丹哥哥一定可以做到。」

而且當羅莎娜用悲切的眼神望著他喃喃自語時，他感覺自己真的成了了不起的人，能達到她的期待。

「該死，妳說得沒錯。如果父親平常不偏袒迪恩那傢伙，給予公平的機會，我也不會被逼到這種地步。」

方丹對蘭托與迪恩的怒氣再次燃起，咬牙切齒。他擁有不遜於任何人的出色能力，但他們兩個都不曉得，還小看他。

「羅莎娜，妳也一樣沒得到公平的機會不是嗎？妳都成年一年了，卻從來沒有負責過能得到自豪成果的任務吧？」

當然，主要原因是一年前，羅莎娜搞砸了和迪恩負責的任務。在那之後，蘭托就沒再給羅莎娜更多立功的機會。

方丹認為羅莎娜是一個連自己擁有的武器都無法善用，可憐又愚蠢的女孩。明明是可怕毒蝶的主人，竟然除了當父親的裝飾品之外，什麼都做不到。

不過，換個角度想想，在那次任務中，因為和迪恩發生糾紛而受害的只有羅莎娜。迪恩果然就像被蘭托偏愛的孩子，對那件事不用負起任何責任，這次又厚顏無恥地搶走方丹的功勞。

「沒辦法，因為父親更喜歡把我當成裝飾品帶著走。」

聽到羅莎娜微微笑著這麼說，方丹咂嘴一聲。果然是只有漂亮臉蛋的笨女人，真讓人疑惑她如此溫和的性格，是怎麼每次都在每月測驗中取得好成績的。

是用身體取悅了考官們嗎？如果把那也當作一種專長，那也不算犯規啦。

當羅莎娜在每月測驗中嶄露頭角，參加大晚宴時，長子方丹已經成年了，他率先接下家族的公務，在外奔波，因此和本來就毫不關心的同父異母手足變得更加疏遠。此外，他從那時起就沒參加過大晚宴，因為方丹的能力沒有特別出色。然而，他卻自我合理化，說是因為和流著鼻涕的弟弟妹妹們認真競爭也很難看，所以將席次讓給了他們。

總之，方丹因此無法理解為什麼家族成員們會誇讚羅莎娜。

成年後，即使沒有執行家族的任務，他也不常待在宅邸裡，大多都在外面生活，因為他不想看到蘭托事事都拿他跟迪恩比較。再加上一看到迪恩那張似乎看不起他的冷漠表情，怒氣就經常不由自主地湧上心頭。

因此，無論是三年前羅莎娜的玩具青之貴公子遭到殘忍殺害的事，還是她是具有驚人殺傷力的毒蝶主人的事，他都只聽別人說過，沒有親眼目睹過，所以他覺得那些謠言都被嚴重誇大了。

不過，她的確有張漂亮的臉蛋能用，看她露出憂愁的神情，就對她產生了一種從未有過的憐憫之情。

「這次五大家族的和睦會，妳也會和父親同行嗎？」

「應該會吧。」

他突然想起去年參加的五大家族和睦會的那天，怎麼可能忘記每當羅莎娜經過，那些裝腔作勢的人都突然變成傻瓜的可笑情景呢？現在回想起來，那也是相當值得一看的情景。

然而，今年蘭托不允許方丹出席和睦會，這次取代他，搶走出席席次的人一定是那個即使咬碎也不足以洩憤的迪恩。

「今年我也想一起參加，但沒辦法去。真可惜。」

羅莎娜看著咬牙切齒的方丹，微微一笑。

別有意味的低語讓方丹瞇起眼。不知不覺間，他的眼神中隱約透出淫欲。

他從小就覺得她空有外表，十分可惜。雖然他們體內流著一半相同的血液，但反正三四代之前也經常發生近親婚姻。所以，如果他成為下一任首長……

「相信我，我絕對不會順從父親的意思，讓迪恩繼承家族。」

方丹自信滿滿地誇下海口，他的眼神依然緊盯著羅莎娜。

羅莎娜的臉上隨即露出跟剛才一樣美麗的笑容。

「謝謝，我能信任依靠的果然只有方丹哥哥。」

這愚蠢的人類。

羅莎娜看著漸行漸遠的方丹，勾起冷笑。要對付方丹太簡單了，甚至感到無趣，因為他懷有不切實際的夢想，甚至渴望成為蘭托．阿格里奇的繼承人。雖然方丹這個人常常搞不清楚狀況，但也太笨了。

『你很優秀。』

『你比迪恩優秀得多。』

『不懂這樣的你是父親的錯。』

因為羅莎娜一直在身旁這樣低喃，他似乎真的以為是這樣。當然，愚蠢也是她決定利用方丹的原因之一。但是，每次像這樣面對面，真的令人作嘔到極點。尤其是他那露骨地舔舐過她全身的噁心目光，讓她不自覺地露出厭惡的笑。他知道自己瞧不起的是誰嗎？

「姊姊，我可以挖掉那傢伙的眼珠嗎？」

這時，有人從羅莎娜後方的一棵樹旁現身。身穿與羅莎娜一樣的白色毛皮斗篷的男子是今年滿十八歲，剛成年的傑瑞米。不知何時，從少年成為青年的他臉上帶著煩躁和不滿。方丹出現後，與羅莎娜同行的傑瑞米聽從她的命令，暫時躲了起來。在那段期間，他目睹到方丹用骯髒的眼神看著羅莎娜。

「下次吧。該讓他親眼見證自己的人生跌到谷底的那一刻。」

羅莎娜用柔和的語調安撫面露不悅的傑瑞米。輕聲細語的聲音聽起來充滿慈愛，但內容完全不是那麼一回事。

傑瑞米的表情稍微放鬆下來，咂嘴一聲。

「那個蠢蛋還是一樣搞不清楚狀況呢。連身邊有幾個人都掌握不了的卑鄙小人，還敢裝腔作勢，真令人想吐。」

羅莎娜也認同傑瑞米的話，這時，羅莎娜的視線突然掃向剛才方丹出現的方向。好吧……方丹回來了，表示現在迪恩也在宅邸裡。

羅莎娜低下目光。她再次戴上兜帽，朝阿格里奇宅邸走去。

「該回去了，傑瑞米。」

「嗯，姊姊。」

回到宅邸的羅莎娜應蘭托·阿格里奇的傳喚，前往他的辦公室，並先讓傑瑞米回房間。

雖然已經過去了，但她與傑瑞米的關係有段時間很疏遠，不是因為三年前，發生在阿格里奇的卡西斯逃脫未遂事件。

當時，羅莎娜對於離開懲戒室的傑瑞米，再度變回溫柔又善良的姊姊，傑瑞米也和其他阿格里奇的家族成員一樣，以為對玩具失去興趣的羅莎娜把卡西斯當食物，拿去餵食毒蝶了。或許是因為這樣，傑瑞米也用更親密的態度對待羅莎娜。

在那之後不久，那年的最後一個月，兩人之間才產生前所未有的距離感。那時，傑瑞米剩下十五歲的最後一場每月測驗。

羅莎娜在前一天去找他，叮囑他「在這次的每月測驗中即使發生意料之外的事，都不要猶豫，一定要完成考官的命令」。傑瑞米聽到羅莎娜突如其來的話，面露困惑，最後還是說著「我明白了」，答應了她。

隔天黃昏，傑瑞米臉色極其蒼白，逃也似的跑出測驗房間。之後他瞪大雙眼看著跟著他出來，告訴他考試結果的考官，將手上沾著血的小刀扔出去攻擊他。

傑瑞米在那之後再度被關進了懲戒室。一週後，再次出來的他不再像以前一樣纏著羅莎娜，反而每次看到羅莎娜都驚慌地閃躲。他看向羅莎娜的雙眼非常不安地顫動，甚至連她都感受到了他內心的動搖。

羅莎娜早就猜到傑瑞米會變這樣的原因了。沒有聽到廢棄處分的消息，表示傑瑞米順利通過了測試。單憑這一點，就能想像到他經歷了什麼。

『我……我殺了姊姊，這樣我還能待在姊姊身邊嗎？』

在旁觀察傑瑞米的徬徨一陣子後，羅莎娜去找他時，他在抓著自己的羅莎娜面前像一個犯了罪的孩子忐忑不安，如此支吾說著。

『傑瑞米，我的乖弟弟，是我叫你那麼做的啊。』

羅莎娜溫柔地安撫他說：

『你只是像平常一樣，這次也聽我的話行動而已。而且那是幻覺，你沒有殺死我。你看，我還像這樣好好地活著在你面前啊。』

『可是……』

『傑瑞米，如果你沒做到，死的就會是你。如果是那樣，我會非常傷心，所以你不需要對我抱著那種想法，我真的覺得你做得很好。』

因為羅莎娜早已經歷過同樣的事，所以她知道傑瑞米迫切想聽到的是什麼。

在那之後，傑瑞米再次對羅莎娜敞開心扉。不知為何，感覺還比以前更相信她。

「羅莎娜小姐。」

這時，有人攔住了正要前往蘭托．阿格里奇辦公室的羅莎娜。回頭一看，熟悉的臉龐映入眼簾，是西拉的侍女貝絲。

「夫人想與羅莎娜小姐見面。請問您今天有時間嗎？」

這是一個非常小心翼翼的請求。現在西拉和羅莎娜變成必須提前約定時間才能見面的關係，而且即使如此，羅莎娜也經常拒絕請求，所以西拉和羅莎娜上一次見面已經是四個月前的事了。

「今天特別多人找我呢。」

然而，羅莎娜彷彿絲毫沒有感受到那份疏離，一如既往地說。

「母親現在不是和瑪麗亞夫人在一起嗎？」

「是的，但她現在獨自一人。」

「這樣啊，該怎麼辦呢？我現在必須去找父親。」

「那麼在那之後也無妨……」

貝絲想起西拉愁眉不展的表情，語帶遲疑。雖然她擔心再這樣下去羅莎娜會生氣，但是想到西拉，她不得不鼓起勇氣。

羅莎娜凝視著這樣的貝絲，喚來站在身後的人。

「艾米莉。」

「是，小姐。」

「去問看看瑪麗亞夫人她現在能不能去找母親。」

聽到那句話，貝絲驚訝地張著嘴，那是委婉地表示她不會去見西拉。而且不只如此，羅莎娜再度試圖將瑪麗亞推向西拉，明知道她讓西拉感到多不舒服。

「聽說今天時隔許久，要舉辦茶會？也是，母親已經很久不參加那種場合了，所以一個人很無聊吧。」

「小姐，不是那樣，夫人是……羅莎娜小姐……」

「艾米莉，雖然瑪麗亞夫人不會拒絕拜訪母親的邀請，但如果她因為茶會而遲疑的話，也告訴她迪恩現在已經回到宅邸的消息。」

試圖辯駁的貝絲閉上了嘴。她看著羅莎娜的眼神與之前不同，似乎這才察覺到羅莎娜的用意。

「貝絲，我不討厭像妳這樣的孩子，但妳要再多想想怎麼做才是為主人著想。」

艾米莉接到命令先行離開後，羅莎娜繼續對貝絲說：

「如果妳繼續因為這種事來打擾我，我會追究妳無法好好照顧母親的過錯。」

貝絲聽到從頭上落下的冰冷嗓音，更深深低下頭。

「是……很抱歉，羅莎娜小姐。」

羅莎娜轉身背對貝絲，重新邁開停下的腳步。

「那就去安慰母親吧，那是妳的職責吧。」

貝絲聽從羅莎娜的命令，安靜地轉身。幸好這次侍女聽懂了她的話。之前留意了一陣子，在半年前親自把她安排到母親西拉身邊值得了。

羅莎娜想要的是一個真心為西拉著想，能見機行事保護她安全的人。

西拉不像是阿格里奇家的女主人，仍然保持著親切溫和的個性，因此宅邸裡有很多傭人喜歡她。

貝絲也是其中之一，尤其她以前曾是瑪麗亞的侍女，曾在某一次的茶會上打破茶具而差點喪命。但在西拉的懇求下經歷過九死一生後，貝絲將西拉視為恩人，所以她應該能依照羅莎娜的期望，好好照顧西拉，因為她想必也察覺到羅莎娜刻意讓瑪麗亞待在西拉身邊的原因了。

叩叩！羅莎娜終於來到蘭托．阿格里奇的辦公室前，敲了敲門。

「進來。」

那聲音依然令人厭惡，但羅莎娜溫順地笑著打開門。

「父親，您找我嗎？」

就像搖著尾巴，聽話的寵物犬一樣。尖銳的毒牙在她的心中無聲地閃過光芒，靜靜等待撕咬眼前之人的那一天到來。

「比想像中還久呢。」

一回到房間，立刻有道低沉的聲音歡迎羅莎娜。羅莎娜頓時停下腳步，再次伸手關上門。

隨著喀嚓一聲，房間裡再度變成密閉空間。

「有這麼多話要和父親單獨談嗎？」

男人宛如房間的主人，自在地坐在沙發上。

或許是因為外面颳著狂風暴雪，明明還沒黃昏，房間裡已經一片昏暗。因此，將手放在椅子扶手上，撐著下巴的男人看起來也像一團黑影。當然，即使不特意去看他的臉，羅莎娜也能輕鬆認出他是誰，而且她在走進房間前就已經預料到這一刻了。

「看來你沒有想過，我是因為覺得你會這樣等我，才故意晚點來的。」羅莎娜遺憾似的低聲說完後，朝他走去，「對，我聽說你回來了。好久不見，迪恩。」

與方丹完成公務後回來的迪恩，靜靜注視著朝自己走來的羅莎娜。羅莎娜的手隨即碰上迪恩，他仍然坐在沙發上托著下巴，接受羅莎娜的撫摸。

「聽說我交代的事情，你做得很好。方丹看起來非常生氣喔，不愧是我聰明的狗。」

撫過迪恩臉龐的手非常親和溫柔，在耳邊低語的聲音也同樣甜美，但直視著他的目光比屋外吹拂的北風還冷冽。

「但有時候你真的很笨。我明明告訴過你，不需要像這樣特地過來向我報告。」羅莎娜冷冷地微笑，銳利地補充道：「我說過，每次看到你的臉都讓我覺得噁心吧？」

這時迪恩終於動了。堅實的手掌覆上捧著自己臉頰的柔弱纖手。

他用力握住那隻手，嘴角揚起跟羅莎娜一樣的冰冷微笑。

「妳還是言行不一呢。好久沒見到我，妳應該要熱情地歡迎我，說聲感謝、客套一下吧？」

在昏暗的房間裡，兩雙紅色瞳孔閃過冷冽的光芒。由於迪恩長期不在宅邸裡，兩人隔了許久才像這樣見面。不過就如以往一樣，這次也沒有溫暖的對話。

「怎麼了，不喜歡嗎？」

羅莎娜沒有試著抽回被迪恩抓住的手，再次緩緩開口。但是像這樣什麼都不做，不代表順從的意思。

「但我也沒辦法啊。我還是很討厭你，討厭得要命。」

溫柔的低語聲帶著刺，那些刺明顯因為無法刺中眼前的人而焦急。

「而且，你連那樣的我都想要。真可憐呢。」

羅莎娜的臉上露出更深的笑容。金色長髮隨著彎曲的頸項，如波浪般蜿蜒。

「現在也是，一回到宅邸就馬上跑來，看來你非常想見我吧？」

迪恩看著映在眼底的美貌，沉默了一會兒。房間裡的寂靜濃烈而沉重。無論是誰不小心打開門，都會立刻感到窒息。

「妳總是這樣讓我心煩。」

過了一會兒，迪恩緊閉著的嘴巴慢慢張開，從他口中流洩出帶著冷冽寒意的聲音，凝視著羅莎娜的眼神也冰冷凝結。

「惹我生氣對妳也沒有好處才對。」

羅莎娜依舊帶著微笑俯視迪恩。現在她可以理解迪恩說想看到她流淚的那句話了，每當羅莎娜像這樣看到迪恩憤怒的表情也很滿足。

「不要露出那種表情，至少你和方丹不同，你會認真對待我吧。」

羅莎娜用安撫似的語氣輕聲說道，彷彿她從來沒有惹怒迪恩。

「沒錯，從各方面來說，你都無法與方丹相提並論。不過就你的立場來說，乾脆像方丹一樣單純地希望我滿足你的性欲不是更好嗎？」

當然，她接下來的話與依然溫柔的語氣相反，帶著明顯嘲弄的微笑映入迪恩的眼底。

「當然，不管你再怎麼想要，我也不會讓你舔我的腳背。」

握住羅莎娜纖手的壓力加重。被迪恩抓住的地方當然很疼，但她一臉平靜，彷彿沒有感到一絲痛楚。

「所以迪恩，你要得到真正想要的東西，會更困難。」

說完，羅莎娜稍微扭動手腕，擺脫束縛著她的力量。令人難以置信地，直到剛才還如此用力抓住她的迪恩，十分輕易就放開了握在手中的東西。

「不過別放棄，再努力一下，也許會有意想不到的收穫。或許有一天，我會大發善心，分一點我的心給你。」

那輕聲細語的聲音帶著純白色，毫無瑕疵的美麗臉龐也一樣。只看外表，她美得說是天使也值得相信，但實際上比起天使，她更像惡魔。

「所以再表現得更有趣一點吧。」

美麗的惡魔甜美地對迪恩低語。像蜜一樣芬芳的聲音很快就變成泥濘，包裹住他的全身，早已沒有方法可以自行逃脫。

一年一度在年初舉行的五大家族和睦會就在三天後，參加和睦會的家族有青之費德里安、白之海柏利昂、赤之加斯東勒、黑之阿格里奇以及黃之貝爾提烏姆。

舉行這個聚會的地點「世界樹」是位於大陸中央的非武裝中立地帶，他們這群世界的統治者齊聚一堂，就如字面，是為了促進各家族和睦相處。

我預計會和蘭托·阿格里奇以及傑瑞米一同前往，迪恩也會來參加，但他有其他事，應該會比我們晚抵達。

由於迪恩的行程推遲了，我倒希望他別來參加和睦會。

「嗯……去參加和睦會的話，會遇到什麼樣的傻瓜呢？」

今年成年的傑瑞米是第一次被允許參加和睦會，難得露出感興趣的樣子。不過，作為早一年經歷過的人來說，那個聚會只是名字聽起來很厲害，沒有特別有趣。但我不想對心懷期待的傑瑞米多嘴，破壞他的興致，所以只保持沉默。

於是，我們啟程前往舉行和睦會的世界樹，花了將近兩天的時間才抵達。一進入中立地帶，正如其名「世界樹」，形狀如世界之樹的石柱和巨大的門首先映入眼簾。

就在我們乘坐的馬車駛過樹下的瞬間，一股奇妙的感覺傳遍全身。

「那是怎麼回事？」

傑瑞米似乎也感受到了，皺起眉頭。我向他解釋我知道的事。

「那是施加在整片土地上的咒術陣，因為這裡是中立地帶。」

基本上，世界樹禁止攜帶武器進入，也禁止使用其他特殊能力。我聽說大約五百年前，白之海柏利昂家的一位成員曾利用與魔獸的交流能力，將這裡燒成焦土，在那之後整個世界樹都被刻了巨大的咒術陣。

我去年來這裡，試著召喚毒蝶時，這個咒術陣似乎有擾亂與召喚獸連結的作用。我不太清楚，但顯然是用類似的方法防止其他能力發動。

「羅莎娜，妳知道自己的職責吧？」

「當然知道。」

過了一會兒，我們走下馬車，蘭托．阿格里奇最後看著我叮囑道。我對他點了點頭，表示我明白。

今天是和睦會的第一天。這聚會將連續舉辦三天，我們計劃在這期間，由我成為蘭托的耳目，扮演類似密探的角色。

創造出這個咒術陣的祖先們，似乎沒有考慮到毒蝶這種特殊的魔物。

當然，和其他魔物一樣，要在刻有咒術陣的世界樹內召喚毒蝶是不可能的事。不過我去年經過多方嘗試，最後發現可以在世界樹外召喚出蝴蝶，以交流的狀態踏入咒術陣。

其實這也不像我說得那麼容易。因為姑且不提需要極大的專注力，維持與帶來的毒蝶之間的連結，常常帶來彷彿全身血管被揪緊的痛苦。若不是我早就習慣了痛苦，我有可能已經暈倒好幾次了。

總之，因為這對身體會造成相當大的負擔，我只能運用少數幾隻蝴蝶而已。再加上其他能力都遭到封印，頂多只能勉強用來傳達命令。不過即使如此，也足以完成蘭托．阿格里奇的期望。

當然，因為這五大家族的人都非常敏感，直接讓毒蝶附在他們身上很危險。反之，我打算在舉行和睦會的這座城堡中，於不顯眼之處安排幾隻蝴蝶，讓牠們觀察人們的動向、竊聽他們的對話，一旦獲得重要資訊就通知蘭托即可。我去年也順利做到了，當時蘭托也十分以我為傲。我給他的情報大多都省略了真正重要的內容，但他卻毫不知情，滿意的樣子十分可笑。

總之與方丹所想的不同，蘭托把我帶來和睦會，不單純是把我當作裝飾品。而且平時我負責的大多都是祕密任務，表面上看不出來而已。但是，其實平時我最常使喚毒蝶去做的是監視蘭托，我親愛的父親沒有發現就是了。

「父親，搭太久馬車很疲憊，我可以先去休息嗎？」

「好，可以。」

「姊姊，我也一起去。」

為了配置蝴蝶，蘭托將行程安排得十分匆忙，所以我們似乎是第一組抵達世界樹的客人。我帶著傑瑞米走進矗立在眼前的宏偉城堡裡。

「真不愧是黃之貝爾提烏姆。」

過了一會兒，宛如水滲進室內一般，吵雜聲從外頭湧來。我悄悄拉開窗簾，望向窗外，看到一些人從馬車上下來的樣子。

在我們之後到達的是黃之貝爾提烏姆家族。我看到蘭托・阿格里奇走過去，與他們寒暄。

這三年來我利用毒蝶觀察蘭托・阿格里奇，他似乎很努力想與黃之貝爾提烏姆家族建立緊密的關係。家族間的交流並不罕見，但與貝爾提烏姆的交流具有週期性，所以我一直在觀察他們。然而，不做出會輕易被抓住把柄的事果真很有蘭托的作風，但我也不是沒有頭緒。

我試著回想《地獄之花》的內容，蘭托對黃之貝爾提烏姆擁有的人偶術很感興趣。貝爾提烏姆的人偶與瑪麗亞的玩偶截然不同。瑪麗亞只是單純將喜歡的人當成玩偶一般玩弄，但貝爾提烏姆會利用人偶術，製作出像真正活著的人一樣精緻的人偶。蘭托對貝爾提烏姆的人偶感興趣正是因為這個原因。

恐怕是想要一支不怕死亡，也不會感到痛楚的強大軍隊吧……

果然是很符合貪婪反派角色的想法呢？

然而，身為貝爾提烏姆的首長兼小說男主角之一的諾埃爾只會從蘭托身上榨取好處，最後背叛他。因為他會與黑化的西爾維婭聯手，最後摧毀阿格里奇。

而且，小說中描繪的諾埃爾十分怕麻煩，對蘭托想的傀儡軍人這類的事毫無興趣。所以照現在這樣下去，貝爾提烏姆應該不會妨礙到我今後的計畫。當然，我還是打算繼續監視他們，以防萬一。

我又觀察了一會兒，但看似貝爾提烏姆首長的人沒有走下馬車。可能就像去年一樣，今年也打算不參加和睦會。在小說中，他也是只在貝爾提烏姆內建立起屬於自己的王國，足不出戶的人物。

我俯視著蘭托．阿格里奇，再次拉上窗簾。

那天傍晚開始，世界樹的城堡裡舉行了盛大的宴會。無論去哪裡，這種大規模的社交聚會果然都少不了酒和宴會。但是我沒有出席，蘭托也說我得專心操控毒蝶，很爽快地允許了這件事。然而，事實上我不去參加宴會不是因為那樣，但也沒有其他特別的理由，單純是因為宴會很無聊。

「姊姊，妳真的不去宴會廳嗎？」

「我只會在最後一天出席。」

從剛才我就感覺到門外有人探頭探腦的動靜，但我忽視不管。去年也是這樣，從我在第一天出現在宴會廳後，直到聚會結束，一直有人像這樣在我周遭徘徊。這次我刻意從一開始就窩在房間裡，結果還是發生了和去年一樣的情況，可能是去年的參加者，或是聽那些人提過我的人。

明明我真的出現在眼前時根本不敢靠近我，卻總是這樣，讓人不勝其煩。

「傑瑞米，你去陪其他人吧。」

我放下手中的茶杯，對傑瑞米勸道。傑瑞米黏在我旁邊的沙發上，把放在茶几上的茶點都吃光了。

他無聊地躺下來。

「姊姊不在的話，我也覺得沒意思。」

他將我遞給他擦手的紙巾撕碎後拿來玩，看起來不像十八歲，而是八歲的小孩。

「而且我剛才下去一下，看到了其他人，但大家都很普通。」

若是遇見小說的男主角們，他的想法應該會稍微改變吧……看來他們還沒到，難怪傑瑞米會感到無聊。

我也認同他「現在在樓下的那些人都很普通」的說法。

現在在樓下，除了青之費德里安家之外，其他家族的人也陸續抵達了。

但其中沒有《地獄之花》的主要人物們。

小說中共有三位男主角，那就是白之海柏利昂家的奧爾卡、赤之加斯東勒家的柳札克與黃之貝爾提烏姆家的諾埃爾。

但當然，在小說中，屬於黑之阿格里奇家的傑瑞米也扮演了相當重要的角色。不過他是下場悽慘的反派角色，就先別算在男主角群之內吧。

總之，他們都很有男主角的風範，非常有個性。而且也符合小說主角的設定，身價非常高，像我這種反派配角連見一次面都做不到。

去年我來參加和睦會見到的人，只有其中隸屬赤之加斯東勒的柳札克，其他人去年都光明正大地缺席，也不確定今年會不會來這裡。

但我想也是，在小說裡，西爾維婭會與男主角們扯上關係，是因為她為了尋找哥哥的下落，親自去找他們。總而言之，我親眼確認過長相的人只有柳札克．加斯東勒，若要說感想，的確就像小說中的男主角。

擁有一頭紅髮和紫色眼睛的柳札克，是一位散發著野性氣息的古銅色肌膚美男子。五官立體且令人印象非常深刻，在去年參加和睦會的人中，他是唯一一個看到我的美貌仍保持冷靜的人。

當然，他發現我後下意識地停下腳步，並瞪大了雙眼，但至少不像身旁的其他人露出呆傻的表情。他在那群人中最早回過神，猛然皺起眉並大步走過我身邊。

我是透過小說才知道柳札克有恐女症，所以大概猜到了那天他為什麼會露出相當不悅的神情。

柳札克當晚就離開了世界樹，彷彿真的是因為我的關係，非常早就離開了。由於他的個性如竹子般剛直，我猜他可能是無法接受自己為女人動搖。

「聽說貝爾提烏姆的首長和我們同年，所以我有點好奇。他去年也缺席，不是說這次會來嗎？」

「聽到的消息是這樣沒錯。」

正如前面提到的，貝爾提烏姆的首長諾埃爾是這一代首長中最年輕的。此外，他是小說裡三位男主角中唯一一位已經擺脫繼承人身分的人。他幾乎每隔兩三年會參加一次和睦會，根據我的消息來源，這次應該可以見到他才對……剛才從馬車上下來的人中，沒有像小說中描述的有一頭橘髮、綠色眼瞳的可愛男人，他可能今年也不會參加。

相反地，白之海柏利昂家的奧爾卡至今從未在和睦會上露過面。如同他的綽號「白之魔術師」，他對魔物很感興趣，所以每年冬天總會追到活躍的稀有魔物棲息地，不把和睦會放在心上。

「傑瑞米，你餓了的話，要不要讓人把餐點端來這裡？」

「好啊！我去跟他們說。」

明明只要拉一下繩子叫傭人來就好了，傑瑞米卻刻意起身走向門口，一定是從剛才就一直在房間門口徘徊的動靜讓他感到不悅。傑瑞米為了不讓我被看見，只稍微打開門，從縫隙中鑽出去。之後，外面一陣嘈雜，但沒過多久，傑瑞米就帶著輕鬆的神情再次走進房間。

「啊，我忘記叫人把餐點端來了。」

「就叫人進來吧。」

果不其然，傑瑞米出去的目的顯然不是為了餐點。看來這段時間他只是長了年紀，其他部分沒什麼改變。

我決定睜一隻眼閉一隻眼，拉了拉繩子，叫人過來。

和睦會第二天。

我的一天和昨天差不多，在阿格里奇也非常習慣一個人獨處，因此並不覺得這樣在房間裡安靜地度過很無趣。只是今天白天，我稍微到露臺上吹了吹風，度過品茶時光。雖然是冬天，但比起颳著暴風雪的阿格里奇，這裡幾乎像初春一樣溫暖。

「那個……小姐，您今天也只待在房間裡嗎？很有多人迫不及待地想看到小姐呢。」

這時，在身旁伺候的其中一名傭人悄悄看了我的臉色問道。聽到那句話，其他傭人也紛紛觀察我的表情。我在露臺時，他們打掃完房間了。

我悠閒地拿起茶杯。

「這個嘛，我覺得應該不是那樣喔。去年我也出門過，可是沒有人靠近我。」

「那是……」

聽到我的話，傭人不知該如何回應而說得含糊不清。就算不特意去聽，我也知道她想說什麼。其他人無法接近我，不是因為對我沒興趣，而是被我的美貌震懾了。

我悠閒地傾倒茶杯，把支支吾吾的傭人們拋在腦後。

「喔！」

這時，突然聽到有人在下方倒抽一口氣的聲音。我微微低下頭。

一群正好經過我所在的露臺下方的人們映入眼簾。他們停下腳步，抬頭用恍惚的神情看著我。似乎是正好經過下方時，碰巧發現了我的樣子。

我往下看去，赤之加斯東勒家族的柳札克也在其中。比去年還短一點的紅髮隨著風在空中細碎地飄揚，眼尾微微上揚，瞳孔的顏色是熟透的葡萄顏色。

聽說加斯東勒比其他人晚了一步，今天早上才抵達世界樹，現在似乎剛吃完午餐，準備走到旁邊的建築。

這次柳札克看到我，又猙獰地皺起臉。

真是的，我是對他做了什麼，讓他露出這種表情？的確像個難相處的男主角。

「怎樣？你為什麼這樣瞪著我姊姊？」

就在此時，傑瑞米出現了。他從昨天就有種蠢蠢欲動，按捺不住的感覺，現在終於找到可以找麻煩的機會了。

瞪著我的柳札克聽到那句話後，低下頭。

「……你現在是在對我說話嗎？那你又是誰？」冰冷的眼神投向傑瑞米，「你也是阿格里奇家的人嗎？口氣非常傲慢呢。」

果然如此，傑瑞米在當眾挑釁他。我當然不認為身為男主角之一的柳札克會被這麼顯而易見的挑釁激怒，但是……

「哼，在因為我的話發瘋前，先管好你的眼睛吧。」

「小鬼，要我割掉你的舌頭，你才打算閉嘴嗎？」

……不是這樣嗎？他現在該不會是想打架吧？感覺就是那種氣氛啊。

「傑瑞米。別說了，快上來。」

我覺得需要在傑瑞米添麻煩前先管管他。

我開口時，下面的人露出更愚蠢的表情，抬頭看著我。

傑瑞米和柳札克也看向我。幸好傑瑞米有點遺憾地咂嘴後，立即轉身離開了，而柳札克用難以置信的目光看著他。

「弟弟出於保護我，對您失禮了。」

聽到我的話，柳札克皺起眉，靜靜地凝視著我一會兒。不久後，他放鬆表情對我說：

「那麼需要費心的小鬼居然是妳弟弟，妳應該很辛苦。」

我們第一次像這樣交談，語氣出乎意料地有禮貌。

「他只會對先冒犯我的人那麼凶狠，其實是個可愛的孩子。」

當然，我接下來的話再次讓他皺起眉。儘管如此，他似乎承認一見到我就突然皺眉的舉動很失禮，沒有反駁我，反倒出乎意料地因為我的指責而稍微面露難色。

我看著那樣的柳札克，微微一笑。他看到我的微笑後表情變得比剛才還僵硬，至於周圍人們的反應就不用說了。我看著他，默默從座位上站起來。

「我也告辭了。這是促進團結和睦的場合，祝您在剩下的期間度過有意義的時光。」

我丟下在世界樹客套的寒暄語後，柳札克又緊抿著嘴看著我。轉過身時，我感受到背後的視線，但我沒有回頭，直接走進房間。

當晚的晚宴前，黃之貝爾提烏姆的首長和青之費德里安的人到達了城堡。諾埃爾・貝爾提烏姆沒有打聲招呼就躲進房間裡，沒辦法見到他，費德里安則是由首長雷夏爾和今年成年的女兒西爾維婭一同出席。

這下子，除了白之魔術師奧爾卡之外，小說中的主要人物都齊聚一堂了。我早就收到了西爾維婭會參加這次和睦會的消息，所以不怎麼驚訝。

女主角終於登場了嗎？

我和蘭托一起去見費德里安的首長雷夏爾。剛好到一樓時，我瞥見一名少女從對面的樓梯離開。如殘像般留在視線中的長髮，明顯是與我認識的人相似的銀色。

「你來了啊，雷夏爾．費德里安。」

聽到震響耳膜的蘭托聲音，我低下了頭。蘭托的問候不像問候，更像嘲諷。去年他也像這樣主動接近雷夏爾攀談，原因當然不是因為很高興見到眼前的人。

「蘭托．阿格里奇。」

一位散發出堅定沉穩如岩石的中年男子回頭看向我們。血濃於水這句話果然不是騙人的，他的長相和卡西斯．費德里安十分相似。

不過，如果說卡西斯是用細筆精心描繪的感覺，那雷夏爾就像用更粗的筆大膽描繪而成。與卡西斯不同顏色的冰冷藍眼，首先看向蘭托．阿格里奇。

「見過青之首長。」

接著，雷夏爾的視線稍微掃過打招呼的我後，再次固定在蘭托身上。沒有看到西爾維婭，看來剛才消失在樓梯上的那個人果然是她。

和去年一樣，雷夏爾帶著冰冷到令人寒毛直豎的眼神凝視著蘭托。走來問候雷夏爾的人們感受到兩人之間的氣氛，停下腳步，其中也有人露出「又開始了」的表情。

像去年一樣，蘭托歪著嘴角，先嘲諷了雷夏爾一番。

「還是那張讓我想揍你一拳的臉啊。」

「沒有人長得比你更欠揍吧。希望你先去照照鏡子再說。」

令人意外的是，雷夏爾也用冰冷的聲音反擊蘭托。如果蘭托是火，那雷夏爾就是水；如果蘭托是沸騰的熔岩，那雷夏爾就是冰冷結凍的深海。

聽到雷夏爾的話，皺起眉的蘭托再次勾起嘴角，繼續說：

「對了，聽說這次你女兒也一起來了？之前明明一直把她關在家裡，這次怎麼會帶著她出門？」

個性真的好糟糕。

蘭托話裡的涵義太明顯了。自從卡西斯那件事之後，他就一直嘲諷將女兒西爾維婭保護在費德里安的雷夏爾。

去年他也曾卑鄙地向雷夏爾·費德里安問起卡西斯的安危。可能不僅是和睦會，在首長們私下見面的場合上，他肯定也經常像這樣提起卡西斯的事激怒雷夏爾。

蘭托就是綁架卡西斯的主謀，而且以為卡西斯死在我手上。即使如此，他竟然對雷夏爾說這種話，個性真的好糟糕。

與蘭托所想的不同，卡西斯當然平安活著，但這不代表雷夏爾的憤怒會因此平息。因為蘭托想殺死他兒子是事實，他一輩子都無法忘記這件事。

我感受到冷冽到刺痛肌膚的空氣，邁步向前。

「這麼說來，青之貴公子今年也沒一起來呢。」

聽到我笑著這麼說，就像玻璃一樣透明又冰冷的碧眼掃向我，同時也感受到身旁的蘭托傳來卑劣的喜悅。

「……他在忙其他公務，會晚一點到。」

用深不可測的眼神靜靜俯視我的雷夏爾，終於打破短暫的沉默並回答。

蘭托輕笑一聲，嘲諷地說：「你去年不是也這麼說嗎？仔細想想，已經三年沒見過你兒子那張俊俏的臉呢。真好奇究竟是多了不起的公務，讓他好幾年都沒露面。」

然而，雷夏爾沒有回應蘭托的嘲諷，只是面不改色地低頭看著我。我笑著抬頭看著雷夏爾，並向後退了一步。

「是嗎？只是遲到啊，那只能在剩下的期間抱著期待等他來了。」

「好，我也很期待。希望這次和睦會能再見到你寶貝的兒子。」

蘭托不懷好意地笑著附和我的話。他和我轉身背對雷夏爾・費德里安，先行離開。

「白痴，他要怎麼帶一個死無全屍的人過來？還在裝模作樣地虛張聲勢。」

「但他努力的樣子很有趣啊。」

「那倒是沒錯。」

可能是再次回想起剛才的情景，蘭托突然眼中閃著光芒，笑了起來。我也在蘭托的身旁露出開心的微笑。

那天晚上，我一直到很晚都睡不著。今晚的宴會似乎比昨天更熱鬧，畢竟五大家族終於齊聚一堂，這很正常。當然，其中也有些人像我一樣沒參加宴會。

不過明天是和睦會的最後一天，應該所有人都會出席。

根據安排在宴會廳的蝴蝶報告的消息，今天的主角絕對是西爾維婭。如月光般神祕的銀髮和如同灑滿星塵般閃耀的金色瞳孔，少女可愛的模樣果然瞬間吸引了宴會廳中年輕男女的目光。

不過，我看著毒蝶展示的畫面時，忍不住笑出聲。今天晚宴時，傑瑞米好像也去了宴會廳，或許是因為對卡西斯的妹妹西爾維婭感到好奇，但是傑瑞米看到西爾維婭的反應是……

『靠，長得跟青之混帳超像，真倒人胃口。』

他的評價與小說不同，非常苛刻。傑瑞米獨自喃喃自語時，臉皺得像個紙團，模樣十分有趣。看來現實中的傑瑞米不會迷上西爾維婭，去綁架她。

柳札克．加斯東勒看到西爾維婭時也悄悄皺起眉，但似乎沒有像看到我時那麼不悅。

諾埃爾．貝爾提烏姆沒有參加宴會，他毫無動靜地待在房間裡。蘭特似乎曾試圖去找他，但他沒有接受。

「謝謝，已經夠了。」

我比平時更早確認完，將毒蝶送回原來的地方。在這裡長時間召喚毒蝶果然會對身體造成負擔。

夜已深，城堡裡寂靜無聲，彷彿沒有任何人醒著，連一絲動靜都沒有。過了很久，我還是完全沒有睡意。

腦海中想起剛才見到的雷夏爾，與透過毒蝶看到的西爾維婭，自然而然地想到了跟他們長得很像的另一個人。

過了一會兒，在床上輾轉反側的我終於起身，走出房間。白天明明那麼溫暖，但畢竟還是冬天，晚上的氣溫很冷。我也想過是不是應該穿上厚外套，但就這樣去吹一下風也不錯。從外面看去，這時間還有幾間房間亮著火光。從位置來看，其中一間是雷夏爾・費德里安的房間。

現在時間已經過了四點，他打算熬夜嗎？當然，在這個時間出來的我沒資格這麼說就是了。

我直望著燈光亮著的房間一會兒，不久後又低下頭，邁出停下的步伐。

深夜的世界樹安靜無比。或許是因為這股濃烈的寂靜感，怪不得有股比白天更嚴肅沉重的莊嚴感。

「還活著，沒有死啊。」

我撥開路邊的灌木叢走進去，背靠著樹幹蹲坐下來。

那裡長著一株結有紅色果實的草，去年我也因為待在室內太沉悶，像現在這樣獨自出來，那時偶然發現了這株毒草。我記得當時在意想不到的地方發現了意想不到的植物，讓我非常開心。

當然，雖然是毒草，但頂多只會引起腹痛。無論如何，有熟悉的毒草在眼前，內心稍微平靜了下來。

我深吐出一口氣，白色霜花在空中綻放。我最近一直都是這樣，今天也感到心煩意亂，原因我自己很清楚。

原本小說的起始時間是在女主角西爾維婭變成十八歲的今年。然而，現實中顯然會迎來與小說不同的局面。首先是因為西爾維婭的哥哥卡西斯還活著，他平安逃離了阿格里奇，直到今天都不曾出現在公眾場合，所以蘭托堅信卡西斯已經死了。

想到這個，我不禁失笑。我現在就很期待蘭托．阿格里奇看到卡西斯還活著時的表情，他驚訝的表情不知道多有趣。

這時，世界樹裡突然響起小小的馬蹄聲。從停下的馬車裡，一位從頭到腳都一身黑的人走了下來。因為戴著外衣的兜帽，只能隱約看到下巴，無法清楚看到長相。但看到那即使遠遠看去，也看得出經常鍛鍊的結實身體與十分高大的身材，剛才走下馬車的人一定是一名男子。

在月光下的白皙下巴線條如刀一般鋒利。那是迪恩嗎？

我皺起眉頭。身材如此高大勻稱的人，我只看過迪恩。

最重要的是圍繞在那個人身旁的氣息。光是存在本身就有種壓迫感，沉重地壓抑著周圍凝結的空氣，不是任何人都會有的氣場。

這樣說來，我想起迪恩可能快到了。本來想讓他盡量晚點抵達和睦會，所以將棘手的工作交付給他，但已經完成了嗎？如果是這樣，那真的很噁心啊。

我冷冷地看著開始朝我走來的男人，歪過頭。就這樣裝作不認識吧，我不想因為跟他多說話而打壞心情。

但迪恩和平常一樣，十分輕易地辜負了我的期待。沿著小徑走來的步伐突然在我正後方的位置停下，微微響起衣襬掠過的聲音。我感覺到了視線，他應該轉過頭了。

我早就知道了，他的夜視能力非常好，在黑暗中也能像這樣精準地找到我，立刻投來視線。

隨著沙沙聲，他朝我走近一步。我不禁嘆了口氣。

「真的好煩……」

我開口的那一刻，走近而來的腳步停住了。這神出鬼沒的傢伙，我明明已經壓低了所有氣息，他怎麼知道我在這裡？不過，迪恩從以前就執著地纏著我，令人厭煩，因此我對他的頑固也不再感到驚訝。

「你到底要我多討厭你才滿意啊？我不是說過不想看到你了嗎？我真的都說破嘴了你還聽不懂。」

真是受夠了——我的聲音裡大概也毫不掩飾地帶著這種情感。我連迪恩的影子都不想看到，所以不看向他。

「什麼都別說，直接離開吧，迪恩，難得我今天晚上的心情還不錯。」

換作其他時候，我可能會用更殘忍的話攻擊他，但我今天不想那樣做。要是為了迪恩讓難得迎來的平靜夜晚白費掉就太可惜了。

背後沉默了好一陣子，周圍的空氣寂靜，令人分不清他是不是直接離開了。

沙沙！突然間，剛才停下的腳步聲再次響起，朝我走近。

我生氣地再次開口：「我說過不要過來……」

嗖……

那一刻，一股溫暖的溫度從頭上包裹住我。冰冷的身體漸漸溫暖起來，我屏著呼吸僵住了。

蓋在我身上的是剛才那男人披著的斗篷。沉重的重量壓在肩上，飄散出陌生的香味。不知為何，我無法動彈，所以像時間停止了一樣，連一根手指都不動地屏住呼吸。

這時，細小的蟲鳴聲傳入我的耳中，我忽然恍然大悟，立刻站起來，急忙回頭看去。

然而，不久前還有人站著的地方已經空無一人，空曠的空間中只有冰冷的寒氣。

……不是迪恩。

只有那鮮明清晰的提示，毫無疑問地昭示著極其明確的真相。

隔天晚上，舉行了至今最盛大的宴會。蘭托、我和傑瑞米並肩走向一樓的中央大廳。

「迪恩呢？」

「還沒到。」

聽到我的回答，蘭托皺起眉：「竟然這麼晚到，真奇怪。」

「那個傢伙就算來了也很煩，這樣反而更好。」

傑瑞米立刻不屑地哼了一聲說。

盛裝出席宴會的他展現出英俊修長的外表。幾年前還很漂亮的臉龐變得成熟許多，之前與我差不多的身高也一下子變高了。

這是他第一次穿著正式服裝出席這種正式場合，因此看起來非常不自在，但很快就適應了。

傑瑞米不自覺地像平常一樣，拉下了繫在脖子上的領帶。蘭托似乎不滿意傑瑞米的說話語氣，用銳利的眼神瞪著他。

傑瑞米越來越大膽，現在看到這樣的蘭托也不會畏縮。我看著這兩人，微微一笑，對蘭托開口：

「好像比想像得還晚呢。會不會是監視對象看準父親不在的空檔，惹出其他麻煩了？」

聽到我的話，蘭托的表情變得有些嚴肅。

我看著這樣的他微微一笑：「不過請不要擔心，那可是迪恩哥哥，應該會在宴會結束前來的。」

蘭托似乎聽進了我的話，表情再度放鬆下來。傑瑞米當然在一旁不滿地噘起嘴。

「那我們進去吧。」

我和傑瑞米跟著蘭托進入宴會廳。宴會廳內的壁畫上，也刻劃著一棵枝幹交錯盤繞，直達天花板的巨大世界樹。華麗的水晶吊燈宛如銀河，在頭頂上綻放著耀眼的光芒。

宴會出奇得安靜，除了甜美的音樂聲，聽不見任何細小的聲音。我之前也曾經歷過這種情況，宴會廳裡的所有人都帶著懷疑眼睛的表情看著我。

「哇，看看那張表情。」

傑瑞米看著那些神魂顛倒的人，譏諷地彎起嘴角。我和其他貴賓一樣，從一臉呆愣的侍者手中拿了一杯酒。

就如我預料，沒有任何人靠近我並與我攀談。我平常穿著家居服在阿格里奇走動時，也有不少人倒抽一口氣，停下腳步。但我現在為了參加宴會，精心打扮了一番，所以他們會看得出神也很正常。

我也靜靜站著，與其他人保持現在的距離。

我悄悄四處張望時，有個人映入眼簾。在不遠處與家族成員站在一起的柳札克・加斯東勒看著我，這次他的眉頭皺得比昨天更深。

「真是的，拜託你振作一點。腰挺直，也把衣服整理好！」

那一刻，從宴會廳入口傳來一名男子焦急的聲音，接著是一道哀怨的聲音。

「嗯……我想回家吃尼克斯做的塔……」

「反正明天就要回去了，何必一直吵？所以尼克斯才覺得諾埃爾先生煩啊。啊，真是的，不要掛在我身上，快點站好！」

或許是我們進入宴會廳後周遭非常安靜，外面傳來的聲音格外響亮。接著出現在門口的是兩名男子，其中一名像樹懶一樣，幾乎掛在旁邊的男人身上。

兩人似乎突然感覺到奇怪的氣氛，抬起頭環顧四周。兩人之中，被當成支柱的男子因為集中的視線嚇了一跳，想辦法讓旁邊的男子站直身體。然而，另一名男子仍然沒察覺到情況，一臉茫然地轉了轉眼珠。

橘色髮髮和像嫩芽一樣明亮的綠色瞳孔。明明是成年人，看起來仍像少年般天真無邪的可愛面容。

他是黃之貝爾提烏姆家的首長諾埃爾。他那雙還睡眼惺忪，茫然轉動的眼睛在下一刻陡然定住。

「哦……？」

焦點模糊的諾埃爾定睛看著我。下一秒，他的嘴巴大大張開。

「喔？」

迷茫的綠眼在這時像從睡夢中醒來，恢復了耀眼的光芒，他緊抓著身旁男人的手臂滑落，像融化的冰淇淋一樣，軟綿綿地靠上旁邊的男人，看起來魂不守舍，雙腿發軟。

突然間，幾乎抱著他的男人皺著眉低下頭，隨即倒抽了一口氣。

「諾埃爾先生，鼻血……！」

「哦哦？嗯？」

正如那句話，諾埃爾流鼻血了。但聽到驚慌失措的大喊聲，他似乎仍然無法理解情況，只露出一副恍惚著迷的表情。諾埃爾幾乎是被旁邊的男人拖著，立刻離開了宴會廳。

「那新奇的白痴是怎樣？」

在旁邊看著的傑瑞米不高興地低喃。

諾埃爾在這次和睦會上露面時，只說了「哦？」這句話。而且，第一次也是最後一次見到的模樣，竟然是看到我後流鼻血……我也能理解傑瑞米感到傻眼的反應。總之，因為諾埃爾，宴會廳的氣氛再次活絡起來。當然，大多數都是在悄聲議論他剛才的奇怪舉動。

蘭托似乎也覺得諾埃爾剛才的樣子太蠢了，只咂嘴一聲，沒有追上去。

「姊姊，妳不餓嗎？要吃什麼？我去拿過來吧？」

過了一會兒，傑瑞米一連問了三個問題。他拒絕了我讓他去與其他人交談的建議，一直守在我身邊。

我在回答前，偷瞄了一眼大廳入口。費德里安的人還沒有來宴會廳。

「好，拜託你了。」

傑瑞米因為我讓他做事，喜不自勝地走向擺在宴會廳角落的桌子。蘭托不知何時換了位置，正在和其他家族的人交談。

不知為何，時間感覺流逝得比平時還慢，其實我從剛才就有點焦躁。不，我不太確定是否該稱為焦急，但是心一直飄向其他地方，而不是我現在所在的這個空間。

或許我正等待著什麼。

「啊！」

這時，從某處傳來急促的抽氣聲，接續而來的是不自覺發出的驚嘆聲。那聲音如火勢蔓延，引起喧鬧聲，在宴會廳內擴散開來。

蘭托．阿格里奇皺眉轉頭看去，我也看向嘈雜喧鬧的方向。

這一刻，一個耳熟的名字刺上耳膜。

「那不是卡西斯．費德里安嗎！」

「什麼?青之貴公子嗎?」

「那是真的嗎?」

鏗鏘！玻璃碎裂的尖銳聲響穿過喧鬧的吵雜聲。那彷彿成了某種信號，宴會廳內陷入沉默。密閉空間裡充斥著凝滯的靜寂，連呼吸聲都特別響亮。

湛藍的波浪湧來，隨後巨大風暴的中心出現了。

在眾人注視下出現的是青之費德里安家的三位成員。昨天抵達世界樹的雷夏爾和他的女兒西爾維婭，以及過去三年從未露面的青之貴公子，卡西斯．費德里安。

「我的天啊，這是時隔多少年了……」

就如某人小聲的呢喃，他非常久沒在這種正式場合露面了。睽違三年亮相的卡西斯不知何時有了令人震懾的氣勢，就算壓過他父親雷夏爾也不足為奇。

他本來俊秀的臉龐如今帶著二十歲青年應有的氣息，散發出完全成熟的男子氣概，身體成長得比三年前更健壯結實。

許久沒在公眾場合出現的卡西斯．費德里安似乎毫無破綻。他直視著前方的眼中，深邃沉重得無法與以前相比。但圍繞著卡西斯的氣息變化最大，彷彿會被他周遭奔流的巨大水流壓迫而死。

「姊……姊姊，我現在看到的真的是卡西斯．費德里安嗎？」

不知何時走到我身邊的傑瑞米結結巴巴地問我，表情像見到鬼一樣。看到他這樣子，我不得不確認蘭托的表情。

我移動視線，找到了站在不遠處的蘭托。一如預料，蘭托像受到極大的震撼，瞠目結舌地盯著卡西斯。

他僵硬的臉上浮現難以言喻的莫大錯愕。我看著這樣的他一會兒，再度移開視線。

就在那一刻，我與在遠處燦爛閃耀的金色眼瞳對上目光。

卡西斯似乎毫不費力地在人群中找到了我，毫無動搖地直視著我，彷彿此時此刻，這裡只有他和我兩個人。

滴答！

從某處傳來時鐘指針轉動的細微聲響，周圍的世界流向似乎在剛才改變了。

是在與他分開的那一天停止的時間，重新開始流動的信號。

「該死，這到底是怎麼回事？」

急忙離開宴會廳後，蘭托粗魯地罵道。他的臉上充滿了震驚、困惑和錯愕。

「那時候卡西斯．費德里安明明死了……！」

幸虧周圍沒有人，不然可能會引起棘手的情況。蘭托已經失去冷靜，無法顧及這些事了。

畢竟堅信已經死去的人復活了，他不曉得有多驚訝。肯定就像剛才的傑瑞米一樣，就像見到鬼了。

我突然看到諾埃爾·貝爾提烏姆從遠處走來。他大概是想再去出席宴會，我在蘭托與他發現彼此之前先採取行動。

「父親，請冷靜下來。」

「我看起來像有辦法冷靜嗎？」

我自然地誘導蘭托改變方向後，諾埃爾·貝爾提烏姆的身影消失在視線中，以此攔阻了蘭托和諾埃爾相遇。

「父親那時也親眼看到了啊。他明明死在我手裡了。」

「是沒錯……那那個到底是什麼？」

彷彿想起了當時的記憶，蘭托的聲音比剛才冷靜了一些，但依然帶著混亂。

「真正的他已經死了，所以那個是假以亂真的假貨吧。」蘭托扭曲了臉：「代表那是替身嗎？但那股氣息的確是費德里安，而且，那就算說是雙胞胎也會有人相信吧？」

「或許真相比想像得還要簡單。」

我感覺到疑心開始在蘭托的心中萌芽。最後，他將無法否認我接著所說的話。

我正面望著蘭托的眼睛，壓低聲音輕聲耳語：

「這個世界上，不是有人能做出像真正活人一樣的精緻人偶嗎？」

那一刻，停滯的時間在對望的眼中流轉。他和我不自覺地停下腳步。

「人偶……妳說人偶嗎？」

蘭托的反應超出我的預期。看到他凝重的臉色，彷彿在思考我剛才說的究竟是不是真的。這也難怪，蘭托至今不斷試著與貝爾提烏姆接觸、渴望的，也出於相同的脈絡。

「您不記得了嗎？我前陣子不是跟您說過，發現到費德里安和貝爾提烏姆之間有交流嗎？」

我只是觸及了蘭托隱藏在心中的部分，點燃他的不安和疑慮而已。

「我早就覺得奇怪了……雖然只能確認他們最近有交流，但他們說不定早就避開他人的耳目，偷偷取得連繫了。」

我給蘭托的當然是假消息。這三年來，費德里安和貝爾提烏姆之間沒有引人注意的交流。

「難道是貝爾提烏姆……」

我似乎能聽到蘭托的腦袋忙碌運轉的聲音。或許是因為腦中一片混亂，他無法做出正確的判斷。

我再次像蛇一樣狡猾地對蘭托低聲說：

「失去繼承人，陷入危機的青之費德里安偷偷在過去三年內製作了一個與卡西斯・費德里安一模一樣的人偶，這樣不是就能解釋了嗎？」

一如預期，蘭托似乎想去見諾埃爾·貝爾提烏姆，立刻走向留宿的建築。不過諾埃爾才剛走向宴會廳。

當然，羅莎娜即使知道這件事也沒有告訴蘭托。羅莎娜透過蝴蝶確認他們的位置後邁開步伐。

嗖！這時，一股強大的力量抓住了她的手臂。

羅莎娜察覺到藏身於黑暗的人是誰，沒有甩開那隻手。

這次，拉住她手臂的力量粗暴地將她往後推，後背撞上冰冷堅硬的牆壁。與此同時，一具帶著涼意的身體湊過來。

「……什麼啊？這樣打招呼也太過分了吧。」

即使遇到這突發情況，羅莎娜也毫無動搖。平靜無波的眼睛冷冷地凝視著眼前的臉龐，一雙紅色眼瞳帶著相似的溫度，像要射穿羅莎娜般俯視著她。

燈光在眼裡閃爍，那是從宴會廳透出來的光。兩人幾乎背對著一樓露臺，因此可以隱約聽到從裡面傳來的音樂聲和低語聲。

「卡西斯·費德里安又出現在陽光下了呢。」

被燈光照亮的迪恩表情冰冷無比。可能是剛到世界樹，他的服裝並不是燕尾服。

羅莎娜因為搔過鼻尖的血腥味，稍微往下看，看到迪恩染上鮮紅色的左臂被披風半遮掩著，大概是在處理她交代的事情時受了傷。

然而，羅莎娜對此毫不感興趣。

「久違地見到你真高興呢？」

這反而引起了她的興趣。明明早就知道卡西斯還活著的事實，還表現得這麼感情用事。羅莎娜的嘴唇緩緩動著，最後稍微勾勒出弧線。

「你早就知道了，為什麼非要問呢？」

慵懶的眼神中也帶著笑意。像花蕾綻放般的笑容，讓迪恩身周的空氣變得更凜冽。

「……我有時候真想殺了妳。」

與他獨有的冷漠單調語氣不同，他深藏在眼中的情感比表面還激烈瘋狂。

喀喀！這時，旁邊傳來某人的腳步聲。

「真沒想到這裡有人連和睦會的宗旨都不知道。」

低沉的聲音穿過夜晚冰冷的空氣，鑽入耳朵。與此同時，抓著羅莎娜手臂的迪恩手腕加重了力道。

羅莎娜收回和迪恩對視的目光，轉過頭，立於光影交界處的男子身影映入眼簾。在燈光映照下，銀色頭髮在空中細碎地飄動，深邃的眼眸帶著比她記憶中更閃耀的光彩。直視而來的目光，像要射穿站在羅莎娜面前，具有威脅性的迪恩。

「如果阿格里奇的問候方式是用武力威脅不願意的人，那真是太糟糕了。」

出現在眼前的是卡西斯．費德里安。居然在他走到這麼近的距離前，都沒有察覺到動靜，這不可能。和冷冽的視線一樣的冷酷聲音接著敲上耳膜。

「立刻放手。」

強大的力量立刻抓上迪恩的手腕。

被迫放開羅莎娜的迪恩身上散發出殺氣。然而，與他正面相對的人完全不為所動。

脫去稚氣的卡西斯，在各方面都有令人驚訝的成長。此刻從他身上散發出來的壓迫感絲毫不遜於迪恩，甚至令人感到窒息。

如果看到這一幕，蘭托·阿格里奇一定絲毫不會懷疑卡西斯·費德里安是冒牌貨。

當然，蘭托不會在這次的和睦會上單獨與卡西斯談話，也不可能如他所願，見到貝爾提烏姆的首長諾埃爾，因為羅莎娜會讓情況如此發展。

「迪恩。」

羅莎娜終於微微張開嘴。耳裡聽到這聲輕喚，原本瞪著卡西斯的凶狠目光再次轉向羅莎娜。她只說了那一句話，但這樣就足以勒緊即將失控的野獸韁繩。

各種情緒相互碰撞，迪恩瞇起眼睛俯視她，最後斂起狂暴的氣息退後。

迪恩轉身消失在黑暗中後，羅莎娜也站直身體。

「非常感謝您在我困擾時相助。」她用一隻手提起裙襬，有禮貌地向面前的人問候，「我的名字是羅莎娜·阿格里奇。請問貴人的名字是？」

如果有人看到現在的他們，一定會以為這是兩人初次見面。卡西斯以難以捉摸的表情默默看著羅莎娜一會兒。

「……卡西斯。」短暫的沉默後，卡西斯終於緩緩開口：「我是卡西斯・費德里安。」

低沉深厚的聲音從他口中流出。

「是青之貴公子呢。」

「如果您不介意，容我向您致上問候。」

卡西斯不僅自我介紹，更像羅莎娜一樣毫無動搖地朝她伸出手。

羅莎娜看著那隻手，愣了一下。但那時間非常短，甚至可說是只有一瞬間。

「我很樂意。」

戴著手套的兩隻手隨即交疊。羅莎娜舉起手，卡西斯便握住它，在手背上印上一吻。不熟悉的熱氣稍微撲上帶著涼意的肌膚。

眼神在近距離下交會。正面相視的眼眸很熟悉，但也漂散著陌生感，足以抵銷這股熟悉感。

讓人有這種感覺的，不只是眼神。

羅莎娜先收回被他握住的手。

「我常聽到青之貴公子的威名。讓您看到兄妹之間幼稚的爭吵，真是難為情。」

這時，卡西斯幽靜的金色眼瞳掃向旁邊，冷冷地掠過剛才吞噬掉迪恩身影的漆黑空間。

「兄妹之間幼稚的爭吵啊。」

「是的，所以不需要青之貴公子費心。」

「是這樣嗎？」

卡西斯自言自語似的低聲呢喃後，再次凝視著眼前的羅莎娜。羅莎娜為了宴會盛裝打扮，美得令人目眩，在黑暗中也格外引人注目。然而，她同時也散發出一種奇妙的感覺，彷彿會無聲無息地消失在夜風中。

「不知不覺間，夜深了呢。我該回房間了，請青之貴公子再回到宴會廳。」

羅莎娜先表示要離開。

卡西斯沒有挽留她，然而，隨後一個似曾相識的安穩重量落在羅莎娜的肩上。

「晚上空氣很冷，披著外套回去吧。」

溫暖的溫度滲入穿著單薄禮服的冰冷身體。羅莎娜披著卡西斯的外套，抬頭看著他。

「妳今天的服裝好像比昨晚還單薄，讓我很擔心。」

聽完那句話後，羅莎娜這才完全確定昨晚遇到的人是誰。

目光再次於空中交會，兩人的距離比剛才更近了一些。

真的很久沒有像這樣近距離看卡西斯的臉了。或許是因為這樣，有股難以言喻的奇妙情緒。

兩人目光交會時，由卡西斯先開口為今晚告別。

「……那麼，祝您有一個愉快的夜晚。」

低沉的問候聲留下餘韻，在耳邊迴響。羅莎娜一動也不動地站了好一會兒，凝視著他離去的背影。

「那……那個，阿格里奇小姐？」

在前往留宿建築的路上，一名男子走向羅莎娜。他的頭髮有一瞬間看起來像銀色，羅莎娜停下腳步，但再次仔細一看，是一頭純白的白髮。

「我們首長，那個……他說務必要將這個送給阿格里奇小姐，所以我代替他過來。」

「請向他轉達我的謝意。」

羅莎娜接過花束，加快腳步離開。男人似乎還有話想說，跟在身後吞吞吐吐的。然而，羅莎娜對他毫不感興趣，因為她的腦袋正忙於思考其他事情。

卡西斯終於站到了最前線，這代表時機成熟了。

「很好，就要迎來一場盛大的派對了呢。」

羅莎娜的臉上露出帶著些許冷意的甜美微笑，盛開的玫瑰花在她手裡被捏碎。羅莎娜將在空中飛舞的紅色花瓣拋諸腦後，邁開腳步。

不久後，她來到的是蘭托·阿格里奇的房間。一如她預料，他沒找到諾埃爾·貝爾提烏姆，正焦急地在房間裡來回踱步。

「父親，我們得馬上回去阿格里奇。」

聽到羅莎娜的話，蘭托表示疑惑：「那是什麼意思？」

「我剛才遇到迪恩哥哥，聽到了消息……」

接著，蘭托的臉凶狠地皺起。

「聽說方丹哥哥看準父親不在的空檔，發動了叛亂。」

他們立刻離開了世界樹。剛好傑瑞米聽羅莎娜的話先離開了宴會廳，讓僕人們提前做準備，因此能馬上做好準備，前往阿格里奇。

「蘭托·阿格里奇剛才離開了城堡。」

這個消息也傳到了卡西斯那邊。不知何時，他已經脫下了在宴會上穿的禮服。

「準備好了嗎？」

「已經按照您的指示準備好了。」

「現在馬上出發。」

由粗糙的皮靴取代閃閃發亮的皮鞋，踩過走廊上的紅色絨毯，披在肩上的深藍斗篷隨著他穩重的步伐擺動。脫下禮服的卡西斯，看起來更像訓練有素的騎士或老練的獵人，而非貴公子。

今天是和睦會的最後一天，現在宴會還非常熱鬧。或許是因為這樣，沒有人在留宿處周遭閒晃。這時，卡西斯突然看到妹妹西爾維婭的身影，和卡西斯一樣換上外出服的西爾維婭走了過來。

「哥哥，要小心喔。」

與卡西斯相似，氣息卻更溫暖柔和的金色瞳孔帶著些許擔憂仰望著他。卡西斯伸出手輕輕揉亂妹妹的頭髮。

「妳和父親一起回去。事情都結束後，我也會馬上回去費德里安。」

一切都早已討論好了，因此沒必要再單獨去見父親雷夏爾。卡西斯像一開始來到這裡時一樣，安靜地離開了世界樹。

目的地是夙願未了的阿格里奇。

鮮紅燃燒的夕陽落在地平線上。阿格里奇瀰漫著一股濃厚陌生的不安氣息，不只是城牆內，從外面也能如實感受到不祥的氣息。

「立刻把那家伙帶到我面前！」

蘭托一進宅邸就厲聲下令。得知長子謀反的消息後，他勃然大怒。蘭托命人把方丹帶到由他親自裁決並懲罰罪人時使用的懲戒室。

在蘭托離開的期間似乎發生了騷動，宅邸裡有些混亂。關心這件事的幾名手足和女主人們從房裡出來，查看情況，其中也包括了羅莎娜同父異母的姊姊格麗潔達。

羅莎娜跟在蘭托後面，發現她後放慢了腳步。格麗潔達靜靜地跟在羅莎娜後面。

看著走在前方的蘭托背影，羅莎娜小聲地開口：「準備好了嗎？」

「準備好了。」

羅莎娜的表情沒有任何變化。那段對話結束後，兩人再次拉開距離。從羅莎娜身上落下的紅色蝴蝶融入牆壁，靜靜地消失了。

「傑瑞米，你去處理外面。」

「知道了，姊姊。」

羅莎娜隨即跟著父親蘭托．阿格里奇走進懲戒室。

不久後，遭到綑綁的方丹被拖進懲戒室。

「方丹，你這傢伙竟敢……！」

蘭托嘶吼般地喝斥一聲，走近跪在地上的方丹。以謀反罪被逮捕的方丹身受重傷，就連制伏他的迪恩手臂都受傷了，所以就算不親眼確認，方丹的狀況也肯定很危險。

「父……父親！」看到蘭托走近自己，方丹急忙開口：「這都是誤會……咳！」

然而，他剛開口，蘭托手中的短杖就猛然揮下。

至今，蘭托都會在這間懲戒室依據過失的嚴重程度懲罰罪人，偶爾還會親手動手進行處決。這裡也是他對孩子們下達廢棄處分的地方。

砰！砰！

蘭托此刻毫不猶豫地揮著手，像要打死方丹。每次前端鑲有金屬的堅硬棍棒打在方丹身上，鮮血便飛濺到發亮的大理石地板上，動作中沒有一絲憐憫。

「你竟敢！」

砰！砰！

「想從背後捅我一刀……！」

砰！

俯視著方丹的蘭托眼中帶著燃燒般的怒氣，甚至有股殺氣。雖然已經步入中年，但蘭托的體格和力量都不輸方丹。而且，方丹現在不僅四肢遭到綑綁，之前也遭到粗暴的對待，身受重傷，因此對蘭托束手無策。

砰！最後，蘭托手中的短杖斷了，蘭托這才不再毆打方丹。

「你這像蟲一樣的傢伙，我生了個連禽獸都不如的混蛋，竟然敢在背後捅父親一刀。」

蘭托狠狠瞪著滿身是血、無力癱軟的方丹，將斷掉的短杖隨手一扔，「你以為我不知道你在我背後偷偷搞鬼嗎？但我覺得不可能，想要給你機會，你竟敢像這樣背叛我……！」

方丹流著血倒在地上，承受著蘭托從頭上傾瀉而下的怒火。即使緊咬牙關忍受著痛苦，他的眼神依然熾熱地燃燒著。

嘖，為什麼會被發現？明明所有計畫都很完美啊。如果不是迪恩那傢伙突然中途出現來妨礙我……！

方丹滿是憎恨的雙眼盯著站在門口的迪恩。

「父親，這……都是迪恩那傢伙想要誣陷我！我是冤枉的……」

「你還搞不清楚狀況，在胡言亂語嗎！」面對方丹焦急的呼喊，蘭托依舊冷漠：「你以為我不知道這是你的伎倆嗎？是我發現你暗中召集私兵，讓迪恩監視你的！」

聽到這句話，方丹不得不瞪大眼睛，頓時渾身汗毛直豎。

開始召集私兵的時候，就是方丹開始正式策劃背叛蘭托的時候。

這樣說來，從那時候開始，蘭托對方丹的態度就特別冷淡。但是，他那麼早就知道方丹別有企圖了嗎？

「還不只如此。你要我現在一一說出你到目前為止，暗中對我耍的所有小把戲嗎？你真的以為我對你放肆的行為一無所知嗎？」

「父……父親。」

「你到底多瞧不起我？所以在你的眼裡，我看起來就這麼傻嗎？」

怒不可遏的蘭托拎起方丹的衣領，堅硬的手掌毫不留情地抽打方丹的臉頰。蘭托本來就因為在和睦會上見到卡西斯而神經兮兮，方丹根本就像把頭伸到剛磨利的利刃下，求蘭托快殺了自己。

「拿過來。」

蘭托帶著殺氣的目光緊盯著方丹，朝手下伸出手。蘭托的眼中泛著冰冷的藍色光芒。

蘭托的手下接到命令，迅速將預先準備好的東西拿給他。

「不過這次看來，像蟲子一樣的傢伙至少有個有用的才能。」蘭托拿著鋒利的刀，聲音陰冷地問：「我不在的期間，你偷走的阿格里奇軍隊在哪裡？」

方丹聽到這句話，睜大了眼睛。

「那是，唔，偷走的軍隊……是指什麼……」

他裝傻的表情十分逼真，看起來就像真的與此事毫無關係。

「我……我不知道……」

嗖！蘭托毫不猶豫地將刀刺上方丹的手。

「啊啊！」

眼前的人發出尖叫聲，但蘭托的臉上沒有一絲動搖。

「很好，兒子。我可沒有這樣教你連這種程度的痛苦都無法忍受，就隨便胡說八道。」

看著方丹的眼裡找不到一絲憐憫或愛意。

「來看看我一一砍下你的四肢，你會不會說吧。」

蘭托十分殘忍，他絕不原諒叛徒，就算是兒子也不例外。插在手中的刀一轉，方丹的口中再次發出慘叫聲。

羅莎娜靜靜地俯視著地上的血泊。從方丹身上流出的紅色血液逐漸擴散，最後碰到蘭托的鞋子。方丹似乎太過在意蘭托和迪恩，沒有發現她也在場。

「父親。」

因此當羅莎娜呼喚蘭托時，方丹在驚慌中茫然地抬起頭，彷彿聽到了非常令他意外的聲音。

「我認為不需要再浪費時間了。」

蘭托聽到那句話後，也轉頭看來。羅莎娜用十分平靜的神情看著蘭托和方丹。看到她的表情，甚至讓人產生錯覺，彷彿他們現在不是在懲戒室，而是春季花園。

「是不是找到什麼了？」

對於蘭托的疑問，羅莎娜微微一笑。其實，正是羅莎娜透過毒蝶發現了方丹的計畫並提前告知蘭托的，因此蘭托觀察了方丹一段時間，得以完全了解他的所有陰謀詭計。

當然，蘭托不認為羅莎娜幫了多大的忙。即使沒有事先得知方丹的事，他也不認為自己會被像初生之犢一樣的兒子搞垮。

但是聽完羅莎娜的話，在他離開宅邸的期間讓迪恩監視，並提前阻止方丹叛變一事相當有效率，令人十分滿意。

「做得好，事情處理得非常迅速。果然是我女兒……」

「我的意思是不管怎麼努力尋找，都不會找到父親想要的東西，所以不需要再白費力氣了。」

但羅莎娜接下來說的話與蘭托想得有些不同。

那聲音依舊如毫無波瀾的湖面一樣平靜，蘭托一時之間無法理解其中的含義。

「因為那些長期受到洗腦，只忠誠於您的獵犬們現在都化成我可愛蝴蝶們的血肉了。」

「什麼？」

他頓時一愣。然而，蘭托無法結束這句疑問，因為接下來映入他眼中的景象同樣令他震驚。

喀噠！高跟鞋踩在大理石地板上的聲音響徹於安靜的房間。羅莎娜像在散步一樣邁出輕盈的步伐，走向擺放在懲戒室前方的巨大椅子。

那個看起來像王座的位置，至今都是只有家族首長蘭托能坐的地方。

「……妳現在在幹什麼？」

令人吃驚的是，羅莎娜毫不猶豫地坐上為阿格里奇之王準備的唯一王座。

「我從以前就很想坐坐看呢。」

她用宛如珍珠雕琢而成的漂亮玉手，輕柔地滑過鑲有華麗寶石的椅子扶手。

「我一直很好奇從這裡往下看會是什麼感覺。」

她說出口的話太過自然，導致蘭托頓時忘了生氣，方丹也一樣目瞪口呆。

現在，羅莎娜若無其事地做著瘋狂的事。這時，羅莎娜的紅色瞳孔再次望向面前的蘭托。

「像這樣從上面看下去……」

下一刻，宛如沾到花露的紅唇勾起像蜂蜜一樣甜美的微笑。

「父親看起來也非常渺小呢？」

蘭托的臉上開始出現裂痕。

「妳……」

就像破裂的陶瓷器，失去平靜的表情帶著冷冽的寒氣。

「妳現在是在侮辱我嗎？」

殺氣騰騰的紅色瞳孔像要將羅莎娜生吞活剝一樣狂怒洶湧。

羅莎娜看見後，溫柔地彎起眼角：「請別那麼生氣，父親。」

她說著「只不過是這點小事」，微笑著的臉龐無比燦爛。

「父親，您到現在都沒有懷疑過嗎？」

迴盪在懲戒室內的聲音，宛如低聲耳語的甜言蜜語，顯得更加細微濃烈。

「懷疑這一切都是我為父親精心準備的一場戲。」

那一秒，一種莫名的不祥預感掠過蘭托的心頭。

「那是什麼……」

最後，羅莎娜收起設在這個空間裡的幻象。

沙沙。

從凝聚著方丹血液的地面上，至今完全看不出存在於此的蝴蝶一齊飛到空中。

沙沙沙沙！

一場紅色風暴掃過眼前。下一秒，出現的是一直被幻覺隱藏的巨大咒術陣。

蘭托發現後，似乎立刻察覺到了自己的處境，匆忙地想離開。

「羅莎娜，妳竟敢……！咳唔！」

然而，他剛踏出第一步，咒術陣立刻發動。帶著神聖氣息的白色光芒在眼前迸發，但啟動咒術的條件和效果都與神聖遠遠扯不上關係。

這咒術是以血為媒介，當蘭托在咒術陣上，讓兒子方丹的血沾到自己身上時得以完成，之後當被咒術困住的蘭托試圖從中脫身時，滿足了啟動條件。

喀嚓！看不見的陷阱瞬間抓住了獵物。

「唔、咳啊……！」

蘭托像被巨大的隕石壓著，無能為力地倒在地上。巨大的重力如轟炸一般從上方落下。

羅莎娜像之前的蘭托一樣，如同對罪人進行審判的國王，用傲慢的眼神俯視他。

「所以說，您為什麼對我那麼大意呢？」

蘭托即使在被沉重的壓力壓制著，一根手指都無法動彈的情況下，仍以布滿血絲的雙眼看向前方。

「親自教導我父母與子女之間的親情和情義都沒有用的人，就是父親啊。」

將蘭托的注意力轉移到方丹身上，真的在背後策劃謀反的人不是別人，竟然是羅莎娜。

蘭托完全無法相信這個事實，但即使如此，這令人心痛的現實也不會改變。

破裂的微血管讓眼白染成紅色，他雙眼緊盯著真正的叛徒。如果只用眼神就可以將人撕裂殺害的話，那他的眼神可以殺人千百次之後還帶著殺氣。

然而，羅莎娜反倒看著這樣的蘭托笑了。

「也對，我在這段時間，真的很賣力地在父親面前搖尾巴吧？」

可笑的是，鮮明地刻在蘭托眼中的是背叛感。但那與其說是對女兒的背叛感，更像是被飼養的狗咬上脖子的感覺。當然，無論是哪一種，羅莎娜都覺得很可笑。

「迪……恩……」

令人驚訝的是，蘭托在快被壓死的情況下還能開口說話。當然，那是他勉強擠出來的微弱掙扎，蘭托從口中吐出的鮮血遠比那微弱的聲音還多。

「立刻，把那個女人……」

「迪恩，過來。」

羅莎娜欣喜地開口，踐踏蘭托的聲音。

蘭托似乎把站在遠處的迪恩當成他最後的救命稻草，但那是個愚蠢的想法，如果迪恩想救蘭托早就行動了。

迪恩以捉摸不透的冷冽目光凝視著趴在地上的蘭托。終於，像影子一樣站在門前的迪恩動了，他的步伐如蘭托和羅莎娜所願，走向懲戒室的前方。但他舉起手，沒有砍下羅莎娜的頭，反倒抓住了她伸到自己面前的手。

其實這是最信任的兒子和女兒的背叛。蘭托不可置信地瞪大了眼。

喀噠！

「姊姊！」

那一刻，緊緊關上的門被打開了，跑進房裡的是傑瑞米。

「妳等很久了吧？我來……」

但是他一進來看到房裡的情況，表情僵住。

「這是什麼鬼情況？」

蘭托對傑瑞米的反應抱著一絲希望。然而，接著傑瑞米的話再次粉碎了他的期待。

「迪恩，你這傢伙，還不放開姊姊的手？莎娜姊姊的雙手都是我的。」

傑瑞米對迪恩咬牙切齒，並朝羅莎娜跑去。視線看著倒在地上的蘭托片刻，但傑瑞米似乎毫不關心他。

「很遺憾，父親，在阿格里奇，沒有任何人站在您那邊。」羅莎娜的臉上勾起冰冷的微笑，「不過，請不要太擔心。」

接著輕聲說出口的話，對蘭托來說，等同於實際被判了死刑。

「就這麼簡單地結束很無聊，所以我不會馬上殺了你。」

呼呼呼——

茂密生長的針葉林深處颳起一陣狂風，銳利的北風寒冷刺骨，帶著一點不祥預感的紅色夕陽西落，森林裡比其他地方更早迎來夜晚。

趁著黑暗，有一群人屏息等待著時機。他們在蘭托・阿格里奇回來之前包圍了宅邸周圍，一雙如碎月殘片般冷冽閃爍的眼中，帶著鋒利的寒光。

「您來了。」

他們等候的主人終於抵達了。在黑暗中，悄聲無息出現的男人輕輕點了點頭。他一揮動手臂，在路上處理掉的偵察兵掉到地上。在長滿乾草的冰冷地板上，躺著先處理掉的阿格里奇手下。

「情況如何？」

「宅邸裡從剛才就有點吵雜。」

冷颼颼的金色眼睛注視著遠處的燈光。

「要行動嗎？」

「再等一會兒。」

在卡西斯來之前負責指揮的伊西多爾，毫無疑問地服從主人的命令退下。卡西斯以冰冷的眼神直視著前方。

呼呼……

耳邊聽見狂風聲，那聲音就像野獸的嚎叫聲，這一夜連冬季森林裡的野獸們也蜷縮起身體。猛烈吹來的風使光禿禿的樹枝顫動，然而，屹立於黑暗中的人連肩膀都不曾顫一下。連骨髓都會凝結般的寒冷襲來，使臉頰和手腳發疼，但他看起來完全感覺不到一絲寒意。

如同堅硬的岩壁般，站著一動也不動的身體散發出野獸狩獵前的銳利氣息，筆直凝視著前方的眼神也是如此。

周圍的人靜靜等著他的命令。突然間，宛如塵埃的白色顆粒在黑暗中落下，接著天空開始飄起了雪。

一隻不合季節的蝴蝶如幻覺般，在飄著雪的夜空中翩翩飛舞，隨即消失無蹤。冰冷的金色瞳孔發出冷冽的光芒。

終於收到期待已久的命令。在黑暗中等待時機的人們迅速開始行動，斬斷長久以來惡緣的時候到了。

叛變成功，蘭托失勢的消息立刻就傳遍了整個阿格里奇。這是出席和睦會的人才回來不到一小時的事情。當然，宅邸內陷入了一片混亂。而且，掌握阿格里奇的不是在那之前，使宅邸內一團糟的長子方丹。

「大家都忙得團團轉呢，就像一群螞蟻一樣。」

阿格里奇家的長女格麗潔達站在露臺上，微笑地俯視著忙碌的人們。她是少數知道這一切都是羅莎娜計畫的人之一。

蘭托不在的時候，正是格麗潔達在懲戒室設下了捕捉他的陷阱。她雖在其他方面無法嶄露頭角，但在設計咒術陣上相當有天賦。

「羅莎娜，她也不簡單呢。」

對於目前的狀況，格麗潔達覺得非常有趣。她心想早知道羅莎娜這麼有趣，應該早點跟在她身邊才對。

目前實際掌控阿格里奇的是羅莎娜、迪恩和傑瑞米。雖然大家知道的叛變代表是迪恩，但格麗潔達知道實際上是羅莎娜命令他行動的，宅邸的實權也已經轉移到她手上了。

方丹試圖召集的私兵們，其實也沒有真的遵從他的命令行動。

格麗潔達也在拉下蘭托這件事上出了一點力。沒有其他原因，只是覺得很有趣。

從某方面來說，這是背叛父親的行為，但她沒有特別感覺到罪惡感，反正也沒有必要跟他講義氣。

蘭托是個如果需要，連自己的孩子也能殺死的男人，他也真的廢棄處分過幾個孩子。那不是也很有可能發生相反的情況嗎？因為在這樣的蘭托底下長大，包括格麗潔達在內，阿格里奇的孩子們都不曉得什麼是親情，從出生便被丟進弱肉強食的競爭中，必須只靠各自的能力生存下來，這是理所當然。

總之，聽到蘭托失勢的消息，沒有任何兄弟姊妹下定決心要救他。

一開始，曾認為蘭托是阿格里奇絕對王者的手足們聽到消息時，非常驚訝慌亂。然而，很快大多數的手足都對他們至今無法想像到的新局面產生了極大的興趣，只是宅邸的女主人們對目前的狀況有點混亂。

格麗潔達的頭腦相當靈活，因此她很快就察覺到這一切很快就會變成毫無意義的虛無。

「今晚阿格里奇會舉行史上最盛大的慶典啊。」

格麗潔達愉快地笑著走出露臺。

嘰——

看守懲戒室的人恭敬地向剛到達的人問候一聲後打開門。裡面飄盪著長久以來累積的濃烈血腥味和各種藥味。

蘭托被綁在正中間，就像至今以來被他狩獵來的人一樣綁著四肢，銬上鐵鍊，遍體鱗傷。

喀噠！羅莎娜停下腳步，低頭望著這樣的蘭托。

「羅莎娜……妳竟敢……」

蘭托用布滿血絲的眼睛抬頭望著她，吐出鯁著血痰的聲音。羅莎娜毫無表情到令人發寒的臉上慢慢綻放出一絲微笑。那張臉一如往常地美得令人害怕，反而與目前的情況格格不入。

「您現在才變成適合您的模樣呢，父親。」

鏗鏘！

「唔！」

「其實我一直很想看到你變成這副模樣。」

羅莎娜的腳輕輕向前踏出一步，踩上銬在蘭托脖子上的鐵鍊。那股反作用力讓蘭托的身體更靠近地面，被迫擺出令人屈辱的姿勢，蘭托激烈地掙扎，但羅莎娜不為所動。

「過去每次看到你那張噁心的臉，你知道我在想什麼嗎？」

在密閉的房間裡響起的冷靜嗓音，如同在宴會廳內流淌的旋律般輕柔溫和。

「要怎麼殺了你，才能帶給你最強烈的羞辱和絕望？」

然而，那聲音中帶著蘭托至今想都沒想過的血腥詛咒。

「比起死亡，還有什麼方法能讓你更痛苦呢？」

蘭托似乎想立刻對羅莎娜破口大罵，但被拉緊的鐵鍊勒住了喉嚨，只能勉強發出細微的喘息聲。

「看你在我眼前被毒蝶啃食，痛苦死去也不錯……」

沙沙。隨著羅莎娜的話，出現在空中的蝴蝶優雅地拍動翅膀，飛向蘭托。

牠們很快就落在他身上，咬下美味的肉。

「但是您認為比這世上的一切還無法容忍、比死亡還厭惡到寒毛直豎的事情應該不是這個。」

又出現幾隻蝴蝶撕下他的肉，蘭托依然咬緊牙關，沒有發出一聲痛苦的呻吟。

然而，當翅膀拍動的沙沙聲漸漸變大，投射在牆上的蝴蝶影子多到幾乎完全遮擋住燈光時，他的臉不得不變得蒼白。

「你現在應該為自己是阿格里奇而感到慶幸，因為無論我怎麼折磨你，你都不會輕易死去。」

羅莎娜看著他甜甜一笑。

「所以，請盡量撐久一點，父親。」

然而，那雙充滿漆黑火焰的紅色瞳孔中，殘酷的殺意彷彿隨時都會滿溢而出並搖曳。

「希望在你活著時，我能夠充分報答你賜予我的恩惠。」

最後，終於流瀉而出的殘酷慘叫聲，宛如美麗樂曲的前奏，悠遠地響徹懲戒室。

「喂，你們也聽說了嗎？聽說父親現在在懲戒室裡。」

最關心蘭托狀況的，當然是他的孩子們。蘭托不僅失去了權勢，還被囚禁於懲戒室，這令人難以置信的消息迅速傳到了同父異母的手足耳中。

「什麼？真的嗎？不是你聽錯了？」

不久前有位同父異母的手足開玩笑地提到類似的事，但誰也沒想到真的會發生。所以聽到那個消息，所有人都愣住了。

「當然是真的，怎麼可能是假的。」

「傑瑞米！」

這時，全身是血的傑瑞米出現在手足們聚集的地方。

「你剛才去哪裡……」

然而，打算向他連番發問的人們不得不馬上閉上嘴，因為走過來的傑瑞米把拿在手上的東西，像玩具球一樣扔到其他人面前。

同父異母的手足們看清掉在地上，留下紅色痕跡的東西是什麼後，全都驚訝地倒抽一口氣。

「這……這是什麼！這不是教育官嗎？該不會是你殺的吧？」

被砍下來的頭是屬於他們都認識的人。其實以顛覆權勢的嚴重性來說，強行把蘭托從首長之位拉下來並關進懲戒室是最嚴重的，但他們並沒有親眼目睹到那件事發生。或許是因為這樣，現在傑瑞米做的事更讓人感到震撼，周圍的空氣瞬間凍結。

「嗯，我從之前就瘋狂地想殺死他。」

在許多教育官中，傑瑞米最先殺了聽從蘭托的命令，對他集中教育並進行評估的個人教育官。

這句令人懷疑耳朵的話，讓所有人都驚訝得無法冷靜。

「你這瘋子，你瘋了嗎？是想遭到廢棄處分……」

「廢棄處分？哈，被關在懲戒室裡無力掙扎的人要怎麼處分我？」

然而，聽到傑瑞米接下來說的話，掌控整個空間的混亂頓時凝結。看著說不出話的手足們，傑瑞米露出與沾到血的臉蛋不相襯的燦爛笑容。

「對了，我剛才聽說門開著，所以我們也可以進出懲戒室。我有點好奇父親現在是什麼模樣，但在那之前……」

低沉的聲音像惡魔的低語般甜美，撩動心弦。

「誰要一起去處理掉剩下的教育官和執行官？」

這是在阿格里奇出生成長的孩子們，無論是誰小時候都想像過的事，就是擺脫那些掌控著他們的命運，隨心所欲支配他們人生的大人。

但隨著年齡增長，那種欲望逐漸消失。因為活到現在，他們都認為服從蘭托和教育官是太過理所當然的事，聽到耳朵都長繭，早就習慣了。

但是……可以殺了他們嗎？也對，沒有什麼不可以的吧？

在阿格里奇，力量就是法律，而統治他們的蘭托如今淪為敗者，被關進了懲戒室。阿格里奇的主人已經換人了，所以跟隨他的狗跟著被屠殺不也是理所當然的事嗎？

突然如暴風雨湧來的現實感刺痛了肌膚。

從黑色毒蛇的眼中迸發出如野獸般的湛藍光芒，黏稠的喜悅散發出濃烈的腥臭味，纏上因戰慄而顫抖的背脊。

無聲地扣下了扳機。他們像離弦的箭一樣跟著傑瑞米，爭先恐後地衝了出去，彷彿等這一天等了一輩子，那些背影毫不猶豫。

「什麼？真的嗎？」

西拉努力讓震驚的心平靜下來。然而，怦通狂跳的心臟始終無法冷靜，因為剛才侍女說的話就是如此令人震驚。

這是當然了，因為她聽到的是，曾是阿格里奇絕對權力者的蘭托被迪恩囚禁的消息。

然而西拉認為，這件事肯定與她女兒有關。她站起身，在房間裡不安地踱步了一會兒，最後下定決心。

「我得立刻去找莎娜。」

西拉的侍女貝絲困惑地攔住她。

「夫人，目前宅邸裡相當混亂，不如等事情稍微平息……」

叩叩！

這時，從門外傳來敲門聲，剛好站在門邊的西拉推開貝絲，親自打開門。看到一名女子的身影，她愣了一下。

「妳……」

站在門外的女子向西拉恭敬地低頭問好。

「夫人，好久不見了。」

是宛如羅莎娜影子的艾米莉。抬起頭的艾米莉再次開口，對西拉說：

「我奉羅莎娜小姐的命令前來。」

羅莎娜一直看著窗外。不知不覺間，冬天的太陽已完全西落，深沉的黑暗降臨於空中。

現在她身在每一代阿格里奇首長使用至今的辦公室。直到昨天為止，這裡還是蘭托擁有的空間，也因此，辦公室裡彌漫著蘭托經常吸食的興奮劑的刺鼻香味。

羅莎娜伸手拿起放在高級紅木書桌上的玻璃杯，裡面盛著發出淡淡香氣的紅葡萄酒。

像這樣在蘭托的辦公室內，坐在他坐過的椅子上喝酒，感覺非常特別。去看過懲戒室裡的蘭托後，又親手清除了一些該死的骯髒害蟲，因此感覺嘴裡的味道更加甘甜。

羅莎娜沉入黑暗中的白皙臉頰被別人的鮮紅血液噴濺到，描繪出一條實線。那是在傑瑞米和其他同父異母的手足們大展身手前，她先去培訓室時沾到的。

羅莎娜慢慢傾倒酒杯，對此刻無聲無息地推開門，走進辦公室的男子說：

「我沒有允許你進來啊。」

但迪恩一如往常地連眼睛都不眨。他像沒有聽到羅莎娜的話，反而走近她。

「好吧……我今天心情很好。」

羅莎娜似乎也從一開始就不期望迪恩離開。她向後靠上椅背，允許迪恩靠近。

「要來一杯嗎？」

羅莎娜說她心情好似乎是真的，她難得對迪恩露出親切的態度，但迪恩冷冷地拒絕了。

「不用。」

「是嗎？真可惜，只有今天才有這種機會啊。」

迪恩的視線從剛才就一直固定在一個地方。房間裡昏暗不清，只有從窗外透進來的微弱光線。但對迪恩來說，這似乎完全不成問題。

羅莎娜也察覺到迪恩的目光所落之處。

「你看出來了啊。」

她放下手中的酒杯，揚起嘴角。羅莎娜還沒換衣服，仍穿著外出服，但披在她身上的外套無論怎麼看都不是她的。

「這是卡西斯給我的。」

羅莎娜穿在洋裝外的是一件相當寬大的男士外套。完全將衣領拉攏後，感覺就像柔弱的身體半埋在裡頭。

「我很喜歡，所以穿著它。」羅莎娜看著迪恩，微微一笑：「看到我這樣，你很不高興嗎？」

迪恩沒有回答，只給她冷漠的眼神。

在離開世界樹前遇到的卡西斯·費德里安——現在羅莎娜和迪恩同時想到的就是他。

「每次看到你露出那種表情，我都覺得有點神奇。雖然你現在幾乎每次看到我都是在生氣。」

羅莎娜以慵懶的語調低語，之後再次伸手拿起酒杯。

迪恩依舊靜靜注視著她。

「我……」不久後，迪恩慢慢開口：「我不後悔殺了阿西爾。」

剛碰到酒杯的手一頓。笑容漸漸從羅莎娜的臉上消失，但消失的不只是微笑。

「就算再回到那時候，我還是會毫不猶豫地再次殺了那傢伙。」

連一絲微弱的情感都完全蒸發，她的臉上只留下枯燥無情。

「只是這一次，我會在妳眼前親手砍掉那傢伙的頭。」

平靜無比又單調的聲音，在寂靜的辦公室內低聲迴盪。

「妳只不過看到幻覺就如此動搖了。」

「……」

「那如果妳真的親眼看到阿西爾死去的樣子，會怎麼樣呢？」

埋沒在黑暗中，低聲呢喃的迪恩聲音聽起來也像在自言自語。

「我一直很好奇這件事。」

羅莎娜用不帶感情的目光看著他，連炙熱的憤怒或尖銳的憎恨都沒有。

辦公室裡的空氣冰冷，然而，兩人平時比這空氣還寒冷的表情，今天沒有帶著比北風更冷冽的寒意。

「想到這些，我就對自己已經親手殺了阿西爾感到遺憾。」

迪恩說這些話並不是為了報復羅莎娜。

「但就算這樣想也沒用，那傢伙已經死了，所以後來我想在妳面前殺了妳母親。」

也不是為了威脅她。

「妳也知道這一點，所以才把保護妳母親的職責交給我母親吧。」

羅莎娜也很清楚那個事實。雖然不想承認，但從某方面來說，在阿格里奇家中，他們可說是唯一最了解彼此的人。

「那天，妳說妳知道我想要什麼吧。」

兩人的記憶回到三年前，他們第一次踏進現在困住他們的這片泥沼的那一天。

「但那是很可笑的事。妳竟然會知道連我自己都不知道的事。」

那時候誰會知道呢？他們未來會有今天這一天，就連當時的羅莎娜也不曾想像過這一瞬間。

她沒想到有一天能把蘭托．阿格里奇趕出去，在他的辦公室裡和迪恩這樣對話。也許迪恩也一樣。

忽然感覺到外面有一股混亂的動靜。如果發生了其他事，應該會有人來找羅莎娜，可是從沒有人過來的情況來看，傑瑞米應該正在完美執行她事先交代過的事。

羅莎娜緩緩低下視線。

「……或許我們之間有一些相似之處。」

從窗外透進來的微光，使纖長的睫毛微微閃爍，羅莎娜的眼睛凝視著玻璃杯中的紅色液體。

「我呢，一直以為我是為了生存下去，毫無理由地在這個臭水溝裡拚命掙扎。」

這是個奇妙的夜晚。不，也許應該稱為特別的夜晚，或者是奇特的夜晚。

今天無疑可說是她活到現在最有意義的一天，而才剛開始的這一夜應該會比任何時候還漫長。

「其實就是這樣吧，我只是不想像阿西爾那樣死去。硬要說的話，應該可以說我的目的就是生存下去。」

總之，這是一個不同以往的夜晚，或許會是未來不會再遇到的瞬間。正因如此，羅莎娜和迪恩也不知道自己能收起針對對方的尖刺，像這樣對話。

「不過現在想想，那似乎不是我的最終目的。」

就像剛才的迪恩一樣，羅莎娜的聲音在某種意義上也像在自言自語。雖然這次話者和聽者的角色調換了，但一樣沒有不自然的感覺。

「也許是因為我有想像這樣頑強地活下來，去完成的事。」

兩人之間的氣氛，平靜得令人懷疑之前是否有過這樣的瞬間。

「你知道那是什麼嗎？」

羅莎娜以平靜的聲音問道，而迪恩的雙眼帶著冷靜的光芒凝視著她。

「我知道。」

迪恩過了一會兒後回答。羅莎娜的臉上露出一抹微笑。

「是嗎……其實到了這一刻，我還很混亂呢。」

這就是剛才羅莎娜說自己和迪恩可能有相似之處的原因。總是能輕易看透他人的欲望，卻無法了解自己真正的渴望。

外面變得比剛才更吵雜，能感覺到一大群人同時移動的動靜。

「如果我給妳妳想要的東西。」在深沉的黑暗中，迪恩緩緩開口：「妳也可以給我我想要的嗎？」

羅莎娜沉默地注視著他。而迪恩靜靜地望著看向自己的眼睛，像剛才進來時一樣，靜靜地走出了房間。

變成獨自一人的羅莎娜再次看向窗外。被黑暗吞噬的夜晚，她知道在那之外潛伏著什麼。

沙沙。不知何時飛來的一隻紅色蝴蝶在孤零零的酒杯周遭徘徊。

「時間到了。」

短暫的慶功宴結束了。羅莎娜從座位上站起來，打開剛才迪恩離開時走過的門。不久後，門再次關上，寒冷的房間裡籠罩著濃重的黑暗。

不知何時，窗外飄下了白雪。

「你急著去哪裡？」

阿格里奇的一名僕人鎮聽到背後傳來的聲音，肩膀一顫。轉頭一看，一位美得耀眼的女子身影映入眼簾。

「羅……羅莎娜小姐。」

他不自覺地結巴了。但在羅莎娜面前結巴對其他人來說也是稀鬆平常的事，所以沒那麼奇怪。看到說話結巴的他，羅莎娜歪過頭。

「傭人集合的地點是在別館，不是那邊。」

「啊，那個……我突然肚子不舒服……」

「是嗎？」

「是、是的……」

鎮的臉色發白，同時又流著冷汗，看起來真的像身體不舒服。羅莎娜點了點頭，表示理解。

「那你最好去休息一下。」

溫柔的聲音傳進耳裡。鎮因為欺騙了羅莎娜，既安心又愧疚地彎下腰。

喀噠！然而，羅莎娜沒有立刻轉身，不知道為什麼朝他走來。

「等你醒來時，一切應該都結束了，所以你不需要擔心任何事。」

來不及反問那句話的含意。

「所以安心地閉上雙眼吧。」

笑容像融化般消失在視野中，溫柔的手摸過他臉頰的感覺就像在夢中一樣。從身旁湧來的甜蜜香氣讓他頭暈目眩，鎮的記憶最後在令人心跳加速的美麗臉龐湊近時中斷。

「真是的，到最後都很像父親會做的事呢。」

羅莎娜拿起揉成一團的信紙，冷冷地笑了。他明明沒有時間與其他人連繫，居然有人試圖幫他把信帶出去，這是否意味著，他一直在為突發情況做最基本的準備呢？

而且，負責這件事的既不是蘭托平時重視的手下，也不是常跟在身邊的傭人，而是一名連至今是否待在宅邸裡都不確定，毫不顯眼的僕人。

盲目效忠蘭托的人已經全部被清除了，而利用這種沒有存在感的人也算是費盡了心機。當然，這是在沒被發現的情況下。

羅莎娜冰冷的目光看向倒在腳邊的男人。他和羅莎娜近距離對望後，立刻失去意識倒下了。現實中的蘭托沒有像小說中一樣，讓女兒羅莎娜出賣身體去誘惑其他男人，更準確來說，是沒辦法這麼做。

因為羅莎娜的全身上下就像致命的毒藥，她成為毒蝶的主人後，持續攝取大量的劇毒，所以對毒沒有免疫力的人只是像現在這樣靠近羅莎娜、呼吸交錯，就會出現中毒症狀，失去意識。當然，經過訓練後，羅莎娜能在某種程度上控制體內的毒氣，但這是在沒有親密接觸的情況下才能做到。

在小說中，西爾維婭的吻能夠治癒他人，相反地，羅莎娜的吻能致人於死地。

「話說回來，又是貝爾提烏姆啊。」

羅莎娜歪過頭。她早就知道蘭托想與貝爾提烏姆建立了友好關係，但已經是能在這種情況下要求派兵的關係了嗎？

至少蘭托肯定是這麼認為的。既然如此，就代表兩個家族之間有著外人不知道的隱密關係。蘭托在這種情況下可以向貝爾提烏姆尋求幫助，至少意味著他曾給過貝爾提烏姆什麼東西。

但他不是在和睦會上，因為卡西斯的事對貝爾提烏姆起了疑心嗎？

然而，蘭托目前已經知道羅莎娜背叛了自己，即使不相信她說的每一句話也不奇怪。

羅莎娜思考了一下，隨即不再煩惱阿格里奇和貝爾提烏姆之間的關係，因為現在才這麼做毫無用處。

反正就算現在從貝爾提烏姆派兵過來也無濟於事，而且羅莎娜對這一切都感到厭煩了。

「姊姊。」

這時，傑瑞米出現在走廊的盡頭。他先離開了培訓室所在的建築，走到拿著信的羅莎娜面前。傑瑞米瞥了一眼倒在地上的男子。

「艾米莉在做什麼，讓姊姊一個人？」

「我讓她去找母親了。」

聽到羅莎娜的回答，傑瑞米沉默地凝視她一會兒，他的眼神有些陰沉。

「姊姊，我照妳說的去做了。」

與剛才在懲戒室面對父親蘭托時、不久前去煽動同父異母的手足們去解決掉教育官時不同，現在的傑瑞米感到有些混亂。

他早做好了準備，能聽從羅莎娜的所有指令，即使傑瑞米很不滿討人厭的迪恩緊跟在羅莎娜身邊，但由於她的命令，傑瑞米在過去三年都不曾對迪恩動手。與過去不同，他現在應該不會輸給迪恩，但基於羅莎娜的期望，他強忍並緊握著發癢的雙手，壓抑住好勝心。

三年前不小心讓羅莎娜的玩具卡西斯·費德里安陷入危險，是他最後一次因為不懂事而擅自行動。如今，傑瑞米想成為真正對羅莎娜有用處的人，抬頭挺胸地站在她身邊，所以只要是她的期望，無論是什麼，他都想親手為她實現。

所以只要羅莎娜說她想要阿格里奇，他隨時都可以獻給她。如果她想要父親蘭托悽慘地遭到殺害，他很樂意挺身而出。

但是，羅莎娜將蘭托拉下臺之後，指使他去做的事有些奇怪。就像是……一開始的目的就不是為了擁有阿格里奇……

「嗯，做得很好。最後，你能把這個人帶去傭人那邊嗎？」

羅莎娜裝作不曉得傑瑞米的動搖，用若無其事的態度說道，因此傑瑞米也壓下湧上喉頭的疑問和不安。

「嗯，好。」

無論如何，如果她想要，他都想幫助羅莎娜。傑瑞米扛起倒在地上的男人，走向傭人們集合的別館。

羅莎娜望著傑瑞米的背影，直到他的身影完全消失才轉身離去。

她用牆上的燭臺火焰燒掉信，將仍有火苗的紙湊近掛在對面窗邊的窗簾。

轟——！

搖曳的火焰迅速在厚重的布料上延燒。羅莎娜面無表情地看著緩緩擴大蔓延的火勢，轉身離開。

嗡嗡嗡嗡！

就在這時，告知入侵者的警報聲響徹走廊，遠處傳來嘈雜的聲音。然而，羅莎娜的腳步依舊毫無動搖。

接到命令的蝴蝶們四散在宅邸裡的各個地方。她身後的火焰變得比剛才巨大，宛如地獄之門張開大嘴。

一如往常，在阿格里奇生存要靠各自努力。

在新年的第一個月接近尾聲時，青之費德里安攻破了黑之阿格里奇的城門。武器與鎧甲碰撞的聲音打破了夜晚的寂靜，穿過凜冽的冬風。

費德里安滴水不漏地包圍住阿格里奇，從四面八方展開猛烈的攻擊。

阿格里奇未能迅速應對突如其來的襲擊，當時正因為起了內鬨而一片混亂，因此士兵無法準確獲得上層的指示，造成很大的影響。

一口氣斬殺擋在眼前的所有人後，卡西斯下達命令：

「不要追逃跑的人！先抓住蘭托・阿格里奇！」

他們沒有攻擊沒有武器的人和逃跑的人，目的不是屠殺阿格里奇的人。在喧鬧中，不知是誰打開了飼養場的大門，阿格里奇內部在不知不覺間淪為地獄，魔物和人類互相糾纏交戰。

卡西斯絲毫不停下步伐，清除了所有阻礙。抬起頭，火勢蔓延開來的建築映入眼中。

卡西斯知道有人在那裡。即使早做好了所有準備，仍沒立刻攻占眼前的城堡是他所能表現的最大忍耐和禮遇。

即使阿格里奇投降，卡西斯也不會停下腳步，在火焰另一端的人一定也有著相同的願望。

呀啊啊！從前方襲來的魔物被彷彿劃破天空，從上而下揮下的劍砍成兩半。卡西斯帶著魔物的血，俯視著不停顫抖的阿格里奇手下，冷冷地開口：

「蘭托．阿格里奇在哪裡？」

「該死，到底發生了什麼事？」

方丹咬牙切齒地自言自語。不知為何，地牢裡從剛才就很安靜，守在鐵欄前的手下們不知何時都消失了。他機靈地環顧四周，努力解開腳鐐。

這時，遠處傳來了地牢大門被打開的聲音。

嘰——

方丹停下動作，注視著鐵欄外。不久後，他終於看到了出現在眼前的人，不禁皺起眉，因為來到地牢的人正是迪恩。

他站在鐵欄外，瞥了一眼四周，視線緩緩掃向被銬住的方丹。

「蘭托呢？」

「現在連父親都不叫了嗎？」

儘管方丹的語氣嘲諷，迪恩也沒有任何反應。

「如果不在裡面，就是逃走了啊。」方丹咬牙切齒地說道。

不到一個小時前，被關在懲戒室的蘭托奄奄一息地被帶來地牢。之後過了一段時間，帶著憎恨又聲嘶力竭的咒罵聲傳到被關在遠處的方丹耳中，刺耳又令人煩躁至極。

但是，從某一刻起安靜了下來，方丹還以為他是昏倒了，所以毫不在意……原來是那時自己逃跑了嗎？這該死的傢伙。

「喂，迪恩。反正你只是要利用我搶走父親的位置，沒必要做到這種地步吧？」

方丹決定先拉攏迪恩，逃出地牢。

「我本來完全不想成為首長，但羅莎娜一直在我旁邊狡猾地慫恿我，所以我才暫時被迷惑了。」

一開始被叫到蘭托面前挨揍時，方丹還以為自己會就這樣無能為力地死去，但情況卻朝意想不到的方向發展。

不過這對他來說似乎也不是壞事。不，對他來說反而是件值得高興的事。

你像這樣裝清高，結果想要的東西也和我一樣啊。

這麼一想，他真想大聲嘲笑現在站在眼前同父異母的弟弟。

有明確欲望的人反而更好對付。從這方面來看，比起過去不曾表露過內心的迪恩，現在的他感覺更容易被說服。

一開始被關進這個地牢時，他以為自己至少會四肢被釘上木樁，但出乎意料地只是這樣被銬住而已。現在的情況當然算不上好，但至少可以避免在懲戒室裡想像到的最慘結局。

「如果你現在放我出去，我會親手砍下父親的頭獻給你。我這輩子也對父親有很多不滿，所以乾脆由你成為首長的話，我也能和你相處得比現在更融洽。」

當然，他其實完全不打算屈服於迪恩，替他擦屁股。

「我是一個能坦然面對勝敗的男人，我會投降。」

但是要先活下去，才能計劃未來的事情不是嗎？

「如果你想要，我會離開阿格里奇，像死人一樣安靜地生活。如果你還是懷疑我，那就寫保證書吧。我以後絕對不會再打擾你了……」

然而，接下來從迪恩口中流洩而出的無情話語，讓方丹的嘴停了下來。

「你完全會錯意了呢。竟然覺得你這種人會是我的絆腳石。」

「什麼？」

「就像以前一樣，今後無論你想做什麼，應該都不會阻礙到我。」

這個傢伙……！察覺到自己在這種時候也遭到輕視，方丹的眼中迸出火花。

他的額頭和脖子上都浮現粗大的青筋，但是方丹努力壓下翻湧的熱度，從緊咬著的牙縫間擠出咬牙切齒的聲音。

「那直接放我走也沒關係吧？反正不管我在不在，你都完全不在意，不是嗎？既然我的存在對你構不成威脅，何必像這樣防備我，把我關在地牢呢？」

迪恩沒有說話，他用輕蔑的眼神注視著拚命想活下來的方丹。

可惡，幹嘛靜靜地站在那邊盯著我看？

迪恩沉默得越久，方丹的焦慮和煩躁也隨之增加。

「幹嘛想這麼久？如果要照我的話去做，那很簡單啊。」

方丹催促地說完，迪恩終於開口了。

「我是在想要不要現在就開門進去殺了你。」

「什麼……」

「這麼說來，我可能一直都不怎麼喜歡你。」

「等、等一下……」

「尤其是我偶爾會想把你的眼睛挖出來。」

他瞬間發現自己說錯話了。不知道哪裡有問題，迪恩突然改變了態度。

不對，迪恩對方丹的態度沒有變，他依然冰冷無情又面無表情地走向方丹所在的鐵欄。

然而，他接下來的行動對方丹來說相當具有威脅性。

喀嚓！鏗鏘！

迪恩沒有用鑰匙，直接打壞了鐵欄的鎖，彷彿從此以後不再需要鎖上這扇門。

「你……！現在該不會是認真的吧？」

方丹大吃一驚，懷疑他真的打算殺了自己。

嘰——！鐵欄打開的聲音比以往更令人毛骨悚然。迪恩的腳踏進鐵欄裡一步，冷酷的目光定在方丹的臉上。

嗡嗡嗡嗡！

這時，外面傳來響亮的聲響。應該是進來時忘記關上地牢的門，噪音非常大聲。是入侵者警報。推開鐵欄門的迪恩停下動作，他轉過頭，銳利地注視著遠處的門口。方丹甚至無法好好呼吸，看著那樣的迪恩。

喀噠！不久後，迪恩再次踏出步伐，方丹忍不住渾身一顫。然而，迪恩不是走到方丹的鐵欄中，這對方丹來說真的是萬幸。

迪恩就這樣轉身走向地牢門口。等迪恩的身影完全離開，連他的腳步聲也徹底消失之後，方丹才終於能深吐出一口氣。

「該死，這是怎麼回事？」

傑瑞米前往別館時，猛然抬起頭。

嗡嗡嗡嗡！吵雜的入侵者警報聲在耳邊響起，讓耳朵發疼。這麼說來，難怪身後從剛才開始就很吵。他轉身看去，看到剛才走出來的建築有一側冒出火焰和煙霧。

傑瑞米匆忙扔下扛在肩上的僕人，朝來時路跑去。

羅莎娜剛才在那裡，她當然不可能無法躲過那種程度的火，身陷危險。但是還有突然響起的入侵者警報，他搞不懂這到底是怎麼一回事，所以得先回去找羅莎娜。

與幾年前不一樣，這次的入侵者警報應該是真的，手持武器的外人出現在他面前。

「滾開！」

傑瑞米躲過揮來的武器，動作敏捷地打上眼前人的要害。換作平常，他可能會跟對方玩久一點，但現在沒有那個時間，他滿腦子只想著必須快點去找羅莎娜。

然而，很快就有許多人湧上來，擋住去路，拖住他的腳步。

鏘鏘！鏘！

周遭都是入侵者與阿格里奇的士兵在交戰，鮮血四濺。

這時，一陣紅色的暴風雪撲面而來。鮮血般的殘影在一瞬間掠過頭上，遮擋住視線，讓所有人都頓時停下動作。

傑瑞米是最先察覺到那不是暴風雪的。他急忙轉頭看向羅莎娜的蝴蝶們飛來的方向，然而，傑瑞米還來不及採取下一步行動，眼前的空間就開始扭曲，形成一片黑暗。

「該死，我怎麼變成這副模樣……」

方丹趁亂逃出了地牢。歷經一番波折，他成功打斷鐵鍊後一切都很順利。不僅迪恩打開鐵欄和地牢的門就離開了，門口也沒有守衛看管。爬上地牢的樓梯，來到走廊時，入侵者警報變得更響亮，震耳欲聾。

方丹拖著滿是傷痕的身體，幾乎是靠著牆挪動步伐。之前面對迪恩和蘭托時，他早已遍體鱗傷。想到到最後都不把自己當成親生兒子的父親，以及在他面前高傲的迪恩，像岩漿一樣炙熱的怒氣就再次湧上心頭。在隱約閃現的兩張臉之間，他也想起了在懲戒室看到的另一個人的模樣。

「這些該死的傢伙。」

一時間咬牙切齒。他一定要向把他變成這樣的人報仇，不僅是蘭托，利用他的迪恩和羅莎娜也不能原諒。沒錯，為了做到這一點，我必須先離開這裡，壯大勢力……

「先殺了父親和迪恩……」

接著先坐上他想登上的寶座，再將把他當成蟲子，看不起他的臭女人……

「羅莎娜，也要殺了那個女人……」

噗滋！下一秒，一股冰冷的感覺從腹部擴散開來。方丹瞬間無法意識到自己發生了什麼事，他低下頭一看，有把劍刺穿腹部，上頭沾染著似乎屬於他的鮮紅血液。

「唔……咳！」

冰冷的刀刃像剛才刺進肉體時一樣，毫無預兆地抽出。方丹摀著流血不止的腹部，癱坐在地上。

「不是蘭托·阿格里奇啊。」

從頭上傳來的低沉聲音不是方丹認識的人。

「我是追著地牢的蹤跡過來的，但白費功夫了啊。」

那個人似乎不打算立刻殺了他，刺入腹部的刀避開了要害。但是，這不代表毫不痛苦。

方丹冒著冷汗，抬頭確認攻擊自己的人。他看到那名俯視著自己的男人時，無聲地感到驚愕。

銀髮和金色眼睛，那無疑是費德里安的特徵。那麼現在響起的入侵者警報，也是因為他嗎？而且，那張臉明顯像極了青之貴公子卡西斯・費德里安？

方丹以前曾在類似五大家族的聚會上見過卡西斯。與記憶中相比成熟了一些，氣質變得截然不同，但還不到完全認不出來的地步。但是，明明聽說他被羅莎娜殺了啊……這到底是怎麼回事？

但是，沒有時間讓他困惑下去。卡西斯・費德里安用冰冷的眼神俯視著方丹，甩掉劍上的血跡。

方丹忍住呻吟，勉強開口：「蘭托・阿格里奇……先逃走了。」

「這樣啊。」

剛才，卡西斯絕對說過是把方丹誤認成蘭托才攻擊他的。既然這樣，或許就代表他不一定要殺了不是蘭托的自己。

沒錯，應該是這樣。即使是為了報仇而爬回來這裡，他報仇的對象也應該是蘭托和羅莎娜吧？

「唔……剛才迪恩來地牢找過蘭托。」

傷口痛得連說一句話都很費力。雖然他想立刻撕碎攻擊他的卡西斯·費德里安，但現在挑釁他的話，肯定會連骨頭都不剩。方丹藏起殺氣，告訴卡西斯他在尋找的人的行蹤。

「追隨那家伙的蹤跡，就可以找到蘭托，羅莎娜應該也會在那裡。」

聽到方丹的話，卡西斯沉默了一會兒。

「你……剛才說要殺了羅莎娜吧？」

他果然聽到了方丹剛才低喃的自言自語。方丹努力地表現出無害、肯定的表情，像在表示「我是站在你這邊的」。

「沒……沒錯，我也是受害者。我被父親和那女人欺騙，受到冤枉……」

同時，方丹等著卡西斯盡快離開，去替他殺掉那三個混蛋。但是接下來卡西斯的反應不如方丹的期待。

「好吧，那果然應該現在殺了你。」

方丹不敢相信自己的耳朵。他剛才，說要殺了沒有犯下任何錯的他嗎？連正當的理由都沒有？

卡西斯會在這時殺方丹，只可能是因為他屬於阿格里奇家，因為他從來沒有傷害過卡西斯。

當然，他會以這種方式侵入阿格里奇、想暗殺蘭托，就代表他心中的怨恨非比尋常。但是，他不是高貴的青之費德里安嗎？方丹認識的雷夏爾和卡西斯，絕對不是會說出這種話的人。

可是，他剛才是說要親手殺了沒有直接宿怨的無辜之人嗎？而且，方丹明明也說了自己是對蘭托和羅莎娜懷恨在心的受害者啊。

「那是什麼鬼話……」

然而，下一刻方丹看到卡西斯的眼神，頓時說不出話。因為俯視而來的眼睛如玻璃碎片一般鋒利，毫無憐憫和同情，沒有絲毫人性溫情，但也沒有因為殺害與自己沒有毫無恩怨的人，而有一絲罪惡感或同情心。

方丹的嘴裡發出失望的笑聲。這就是公正的審判者費德里安嗎？這才是真的笑話吧。

「該死……」

不久後，男子走過來，將死神的鐮刀抵在他的脖子上。這次方丹也不得不承認一切都結束了。

「這邊請。」

西拉匆忙地跟著艾米莉走，貝絲跟隨其後。她們在艾米莉的引導下，正要前往安全的地方避難。

鏘！遠處傳來刀劍相撞的聲音與近似尖叫的噪音，但這些聲音都被更響亮的警報聲掩蓋過去。

現在他們走過的走廊位於宅邸的深處，入侵者還要一點時間才會來到這裡。但西拉的臉色僵硬，緊咬著嘴脣。

「夫人，請不要太擔心，我們應該可以平安逃離這邊，不會遇到入侵者。」

跟在後面的貝絲想安慰她而這麼說，但西拉擔心的不是自己的安危。最後仍無法見到的羅莎娜一直浮現在眼前。

但現在去找她的話……

『如果您真的為我著想，我不期望您幫到我，但至少別變成我的負擔，讓我覺得您是個麻煩。』

仍然深深刻在心上的聲音浮現時，西拉緊抓住衣襬的手微微用力。她緊閉上雙眼，跟在艾米莉的身後。就在這時，一股嗆人的氣味掠過她的鼻尖。

「這是什麼味道？」

聞到從走廊飄來的氣味，似乎是某個地方著火了。

「我們必須再加緊腳步。」

艾米莉說完後，用比之前更快的速度走在前面。

鏗鏘！匡噹！

「咳！」

就在這時，前面的門被人打破，有人飛了出來。那個人瞬間飛過眼前，撞上對面的牆。

喀嚓！傳來骨頭折裂的聲音，牆上的裝飾品都掉落在地，摔得粉碎。

「請退後。」

艾米莉擋在西拉面前。由於事情都在轉眼間發生，西拉無法確認倒在地上的是誰。

咚！

然而，她看到了接下來從毀壞的門中飛快衝出來的人。他立刻抬起手，想將武器刺上靠著牆壁躺著的身體。

「嚇……！」

聽到從貝絲口中吐出的抽氣聲，男人陰沉的視線瞬間掃來。在極為短暫的瞬間，西拉的藍色瞳孔與男人的紅色瞳孔交會。

這足以讓她察覺到眼前的情況。出現在走廊上的兩個男人是蘭托和迪恩，而迪恩現在正想用手中的劍刺殺自己的父親。

與此同時，倒在地上的蘭托也動手了。

嗖——噗滋！

下一秒，紅色的鮮血在西拉眼前四濺。

蘭托和迪恩同時攻擊對方，最後是迪恩的劍斜刺入蘭托的胸膛，而蘭托的匕首劃過迪恩的脖子，因為看到她們從一旁出現的那一刻，迪恩的動作不知為何慢了一瞬。隨後迪恩拔出刺進蘭托胸膛的劍，退後了幾步。

這一切都發生在一瞬間。

「呼、唔……」

蘭托捂著血流如注的胸口，痛苦地呻吟。另一邊，迪恩靜靜地退後，與蘭托拉開距離。但下一秒，他抓住噴出鮮血的脖子，倒了下來。

西拉看到那兩人的模樣，倒抽一口氣。她用顫抖的雙手捂住嘴。

她不曉得這兩人剛才究竟發生了什麼事，但是她第一次看到蘭托和迪恩如此狼狽的樣子，十分震驚。驚訝得不停狂跳的心臟遲遲無法冷靜下來。

尤其是蘭托，他不僅遭受到各種拷問，全身像被什麼撕咬過一樣醜陋。

然而，剛才迪恩似乎被砍中了更致命的要害。與努力抬起上半身、雙眼布滿血絲的蘭托不同，迪恩無法輕易地站起來。在那種情況下還是撐著劍、挺直身子，很像迪恩的作風。

「這該死的傢伙……」

蘭托像要將迪恩生吞活剝一般，惡狠狠瞪著他罵道。

正是迪恩發現了逃出地牢，偷偷走向祕密通道的蘭托。兩人爭先恐後地互相攻擊，父子之間的血緣關係早已決裂。他們彷彿成了這一生的宿敵，比以往更激烈地交戰，為了殺害對方。

而這就是結果。

「西拉……！」

西拉看到雙眼通紅的蘭托，渾身一顫。

「快、唔！過來扶我。」他像在表示「妳來得正好」，下令道：「我得趕快殺了那傢伙……」

蘭托雙眼布滿血絲，伸手到懷裡掏出混合了興奮劑和止痛藥的藥丸，直接扔進嘴裡咀嚼，有幾顆從指縫間掉到地上。這就是即使身體如此衰弱，他還能與迪恩對打的原因。

蘭托打算在迪恩無力倒下時趕快殺死他。迪恩曾經是蘭托最信任、重視的孩子，但現在是比任何人都危險的天敵。為了不留下後患，必須現在殺掉他。而來找蘭托的迪恩是認真的，他拚盡全力，真的想殺了父親蘭托。

如果剛才迪恩沒有猶豫那一下，現在倒在地上死去的一定會是蘭托。因此，對蘭托來說，西拉現在出現在眼前是天大的好運。

「該死……如果要使用祕密通道，就得去我的辦公室啊……」

雖然蘭托目前的情況不樂觀，但他深知人不會輕易死去的道理。也許母親會為了女兒贖罪，如果能更早得到他人的幫助，就能更輕鬆地逃出地牢了。

然而，蘭托無法相信任何人，他不就是被他最信任、重視的孩子迪恩和羅莎娜背叛了嗎？而且，刻劃在懲戒室裡的咒術陣，無疑是出自長女格麗潔達之手。

到底有多少人被那些叛徒欺騙了？一群忘恩負義的傢伙！

一旦開始懷疑，那群孩子中就沒有任何人值得相信。就這方面來說，西拉反倒值得信賴，因為她是個溫順的女人，至今都不曾違抗過蘭托的話。

「妳呆站在那裡幹什麼？給我立刻過來，把我扶起來。」

西拉緩緩吐出憋了許久的氣。雖然一開始因為困惑，腦袋和身體都僵住了，但她很快就輕鬆理解了眼前的情況。

「夫人，因為耽誤到了一點時間，無法走其他條路，我們直接走這條路吧。」

這時，艾米莉向前走。連她在旁邊都不曉得的蘭托發現她後瞪大雙眼。

「妳不是羅莎娜的母狗嗎？為什麼會在這裡？不要胡說八道，給我滾！」

身體幾乎達到極限，連說話都十分吃力。伴隨著急促的呼吸，每說出一句話，嘴裡就湧上濃烈的血腥味。

「西拉，妳想死嗎？還不快過來？」蘭托心急地再次催促西拉。

艾米莉認為需要先解決掉蘭托，但在她動手前，西拉先開口說道：

「……我為什麼要過去？」

「什麼？」

蘭托不敢相信自己的耳朵而反問。

貝絲站在西拉後面，輕喚了一聲：「夫人。」

她果然也非常驚訝，反倒是西拉的表情十分冷靜。

儘管渾身是傷、血流不止，仍對她咆哮的蘭托呆愣地張著嘴。

西拉抓住衣襬的手和緊咬著的嘴唇微微顫抖，看著蘭托時，她漸漸加速的心跳跳動得比以往更用力，但她沒有停下來，繼續說：

「我為什麼非得幫助殺死我兒子，還讓我女兒陷入不幸的你？」

蘭托的表情相當精彩。他從沒想過西拉會反抗自己，相當震驚。

「你非得活下來的理由是什麼？」

她是個一輩子都像美麗人偶的女人，總是對蘭托言聽計從，默默聽從他的話。但是……但是……

「你殺了我的孩子，我為什麼非得救你？」

她現在竟敢這樣跟他說話？

西拉用不曾見過的堅毅眼神注視著蘭托。看到那眼神的那一刻，他彷彿看到了與迪恩一起背叛他的羅莎娜。

現在想想，真是有其母必有其女啊！

「該死的女人……！妳女兒和妳，妳覺得我會放過妳們嗎？我要把妳們兩個砍斷手腳，開膛破肚、殺了妳們！」

蘭托雙眼發紅，口吐鮮血，吐出一連串惡毒的詛咒。

西拉臉色蒼白，承受著這一切。即使如此，她也毫不動搖，也沒有閉上注視著蘭托的雙眼。

「我……」

這時，迪恩依舊抓著如噴泉般噴出鮮血的脖子，調整好呼吸，站了起來。

「我……一定要殺了……」

但他無法向前邁出一步，再度跪了下來。同時，他執著的目光仍緊盯著蘭托。

蘭托看著這樣的迪恩，咬牙切齒地吐出帶血的痰。

「原來你在這裡啊，蘭托·阿格里奇。」

這時，一道陌生的聲音刺上耳膜。蘭托突然屏住呼吸，轉頭看向聲音傳來的方向。

「你……你這傢伙是……」

在和睦會的最後一天，如幽靈般出現的卡西斯·費德里安現在再次站在他眼前。那雙毫無感情，冰冷至極的金色瞳孔掃過四周。

當卡西斯與滿身是血的迪恩對上目光時，他緩緩張開嘴：

「聽說你從地牢就一路追著蘭托，我原本也想給你一個機會，但你不夠強啊。」

那番話使迪恩眼中熄滅的火焰再次靜靜地搖曳燃起。此刻，他心中熊熊燃起了一股近似瘋狂的傲氣與執著，絕對不想將獵物讓給眼前的這個男人。

但是，他已經無法站起來了。

「那輪到我了。」

卡西斯毫不留戀地移開視線。

「夫人，我們走吧。」艾米莉不錯過時機，對西拉說道。

卡西斯的目光短暫落在西拉的臉上。然而，他不發一語地轉過頭。

西拉看了一眼仍然惡狠狠地瞪著她的蘭托，以及不知何時失去意識倒下的迪恩。接著，她咬緊著唇。

「最後竟是骨肉相殘，真是適合阿格里奇的結局啊。」

啪噠！

卡西斯踩上宛如鋪著紅毯一般的血泊，來到他的目標面前。時機剛好，正如卡西斯的期待，他想找的人仍然活著仰望著他。

「上次像這樣面對面，是三年前了吧。」

低沉的聲音在寂靜的空間中響起。滿身是血靠在牆上的蘭托·阿格里奇看著卡西斯，眼皮微微顫抖。

「你這傢伙，咳咳……為什麼會在這裡……」

一開口，肚子裡的血便湧了上來。低頭看著那樣的蘭托，卡西斯的表情冰冷至極。

「你是不是最好奇，我是怎麼出現在你面前的？」

蘭托的視線落在卡西斯的腳邊，那把鋒利的劍垂放著，形成一個新的血泊。黏稠的鮮血從劍尖朝下的劍上流下，不曉得有多少人被它奪走性命，那麼，宅邸裡從剛才就吵雜不已的原因也是……

蘭托再次抬頭，直視那雙發出懾人光芒的金色瞳孔。

「你……果然是真的，不是冒牌貨。那難道是羅莎娜那女人……」

三年前，卡西斯顯然沒有死在阿格里奇，羅莎娜又騙了他。雖然不清楚她是用什麼方法辦到的，但一定是羅莎娜耍了花招。

可是他太晚領悟到了。情勢已經像吞噬阿格里奇的火焰一樣，無法控制地迅速擴大。

「蘭托·阿格里奇，你可能不知道，但我一直都看著你。」陰冷的聲音從蘭托的頭上落下：「這段期間，你放棄了眼前的無數次機會，犯下了諸多惡行。」

費德里安在說短不短，說長不長的時間裡，以審判者的目光觀察蘭托，最後終於做出了決定。

「如果在這期間，我能從你身上看到一絲可能，我也許會猶豫。」

聽著他低聲呢喃時，蘭托靜靜等著機會。雖然他幾乎耗盡了全力對付不僅背叛他，又追來想殺他的迪恩，但他還可以行動。

該死，要是西拉那個女人乖乖聽話，他早就成功逃離這裡了。她最後將他推到敵人的嘴邊，自己離開，就算把她四分五裂也難消心頭之恨。

總之，不能這樣坐以待斃，任憑費德里安的人殺了他。

「老實說，我很高興看到你的本性如此邪惡，多虧於此，現在的我沒有絲毫猶豫。」

卡西斯更走近一步的瞬間，蘭托如閃電般迅速行動，將斷裂的刀刃刺向他的心臟。

鏘！

然而，卡西斯讓蘭托最後的掙扎也變得毫無意義。

蘭托就算手臂被劃傷也毫不在意，抓起一把掉在地上的玻璃擺飾碎片，扔了出去，立刻站起來準備逃跑。

不過卡西斯抬手用斗篷擋下所有玻璃碎片，接著轉身將劍刺上蘭托的腿。

「啊啊！」

「別做無謂的掙扎。」

即使蘭托拚命掙扎，那甚至插入地面的劍仍然紋絲不動。

「蘭托·阿格里奇。你不好奇我接下來要對你做什麼嗎？」

帶著黑色陰影的俊俏臉龐上，露出宛如月亮碎片般銳利的微笑。卡西斯抬起腳，無情地踩上依舊想逃離他眼前的人。

「看到你活到至今，毫不愧疚地犯下的無數惡行，我覺得只殺你一次太寬容了。」

在這種情況下，蘭托仍用凶狠的眼神瞪著卡西斯，突然想起羅莎娜在懲戒室裡對他說過的話。

『過去每次看到你那張噁心的臉，你知道我在想什麼嗎？』

『要怎麼殺了你，才能帶給你感到最強烈的羞辱和絕望？』

『比起死亡，還有什麼方法能讓你更痛苦呢？』

滲著血的嘴唇間，不自覺地洩漏出灼熱的苦笑。因為咬得太用力，他的嘴裡幾乎一點肉都不剩了。

所以這就是羅莎娜，那女人最後想到的方法嗎？

『看你在我眼前被毒蝶啃食，痛苦死去也不錯……』

『但是你認為比這世上的一切還無法容忍、比死亡還厭惡到寒毛直豎的事情應該不是這個。』

讓別人看到他阿格里奇不是被別人，正是被費德里安徹底踐踏的樣子，還有讓他死在這個連狗都不如的費德里安手裡。

他或許唯獨必須承認這一點。

羅莎娜想得沒錯，他唯獨無法忍受自己如敗兵殘將一樣，被雷夏爾的兒子卡西斯·費德里安斬首的恥辱……真的死也絕對無法接受！

蘭托朝卡西斯吐了一口口水，雙眼布滿血絲。

「唔……該死的傢伙。與其死在骯髒的費德里安手中，我還不如自殺！」

那就是蘭托的遺言。他真的親手撕開胸口的傷口自盡了。

但過了一陣子，不知為何，蘭托再度睜開眼睛看著卡西斯。與毫不動搖的冷漠金色瞳孔對上目光的瞬間，蘭托感到渾身寒毛直豎。

「這是……怎麼回事……」

「我說過別做無謂的掙扎了吧。」

低頭一看，蘭托看到心臟附近的傷口再次癒合了，但不久前，自己親手挖剜傷口的感覺依舊鮮明地殘留著。

卡西斯冷笑著俯視那樣的蘭托。

「你不能為了保有自尊心而自盡，看來你害怕極了啊。」

蘭托的後頸冒出冷汗，因為那句話完全沒錯。擁有那種眼神的人，不可能毫不留情地殺了他。蘭托也殺過無數人，所以比任何人都清楚卡西斯．費德里安是認真的。

他無法活著離開這裡已成定局。既然如此，不如乾脆自盡，以避免承受更多屈辱和痛苦。他是這麼想的。

「蘭托．阿格里奇，我可以不停救活你。」

卡西斯接下來說的話令人害怕又毛骨悚然，難以言喻。

「也就是說，我今後可以殺死你無數次。」

在蘭托的一生中，有聽過比這更可怕的話嗎？不，不可能有，他很肯定，世界上不可能有比這更惡毒的話。

蘭托不自覺地在如晨曦一般高貴純潔的青年面前全身顫抖。在他的一生中，他一直是掠食者和獵人。然而，現在他第一次覺得自己成了被逼入絕境的老鼠。

卡西斯毫不猶豫地向蘭托伸出手。他要做的事，從一開始就決定好了。從追著蘭托·阿格里奇來到這裡的時候開始，還有三年前留下無法了結的恩怨，離開這裡的時候開始。

呼——不知道從哪裡鑽進來的風，讓牆上的一排燭光同時晃動。

「到此為止了，蘭托·阿格里奇。」

半被黑影吞沒的卡西斯，宛如從地獄爬上來的使者。接下來卡西斯要做的事情也與地獄使者一樣。

「你那條骯髒的命，今天就由我來了結。」

壓下慘叫的氣息，在卡西斯的手下破碎。

過了一會兒，卡西斯走出阿格里奇的宅邸。

「撤退。」

「遵命。」

伊西多爾聽到卡西斯的命令，低頭鞠躬。他們目的已經達成，不需要再留在阿格里奇了。

剛才走出來的建築著火了，而外面依然吵雜不已。

不久後，卡西斯的視線中出現了一隻紅色蝴蝶。卡西斯望著分散於空中的紅點，轉身跟著牠們走。

「伊西多爾，你先走吧。」

「什麼？等一下……」

伊西多爾難得反駁卡西斯的話，但他已經走遠了。

卡西斯的目光依舊追尋著紅色蝴蝶的蹤跡。

在今晚結束之前，他必須找到一個人。

城堡燒了起來，凍結的白色城牆被巨大的火焰吞噬。

夜晚的寧靜被銳利金屬刺進身體裡的哭喊聲劃破，隨之響起的人群尖叫聲和大喊聲如繁星一般，從頭上傾瀉而下。

轟隆隆！

自誕生在這個世界後，不曾憑自身力量逃離過的故鄉在眼前遭到摧毀，燃燒殆盡。

羅莎娜靜靜地看著這幅光景。或許是因為久違地大量服用了鎮靜劑和止痛劑，視線變得模糊不清。因此，聽覺反倒變得敏銳，聽到入侵者們發出的撤退信號。

不知不覺中，周圍的喧囂逐漸平息下來。

沙沙。在宅邸釋放的蝴蝶們也一隻一隻回來了。

「辛苦了。」

蝴蝶們順利達成利用幻覺擾亂人們的任務，像在對羅莎娜撒嬌一樣展翅飛舞。

她想要的是阿格里奇的沒落，而不是屠殺這裡的所有人，這也是她解散阿格里奇大部分的軍隊，讓傭人們撤退到別館的原因。當然，她早已剷除了可以說是蘭托·阿格里奇心腹的所有人。

或許是許久沒有過度使用力量的身體承受不住了，黑色的血液從胃裡逆流而上，溢出口中。從剛才放出蝴蝶開始，她就已經吐血好幾次，所以有點頭暈。

但是羅莎娜沒有閉上眼睛，她有義務看著現在眼前的光景到最後。

蘭托·阿格里奇現在死了嗎？

從費德里安開始撤退來看，顯然已經達成了目的，不過……

阿格里奇被燒毀了，阿格里奇的人們再也無處可去了。

那麼，一切都結束了嗎？

真的都結束了嗎？

羅莎娜擦掉再次從嘴角流出的鮮血，邁出停下的步伐。

每當她向前邁出一步，腳底的乾草便變得焦黑枯死。即使只用了這麼一點力氣，虛弱的身體也承受不了。此刻從羅莎娜的身體裡散發出來的強烈毒氣在四周洶湧翻騰，彷彿要吞噬掉所有生命。

她已經很久無法如願操控殺戮之蝶了。嘗過一次人類的血後，只要她稍微放鬆警惕，殺戮之蝶就經常恣意大鬧。

去年與迪恩執行的任務失敗的真正原因，也是失去控制的毒蝶屠殺了那一帶的人們。既然有那麼強大的力量，不如利用毒蝶，也把蘭托．阿格里奇像畜生一樣殺掉，事情就簡單多了。

然而，阿格里奇要為過去犯下的罪行正式受到懲罰、滅亡。費德里安在其中扮演了公正的審判者角色。

「莎娜姊姊……！」

遠處傳來呼喚她的聲音。羅莎娜不禁循著那道聲音，轉頭看去，看到向她跑來的傑瑞米。

遮擋在眼前的巨大黑暗消散後，傑瑞米立刻追著蝴蝶，成功找到了羅莎娜。多虧了羅莎娜的蝴蝶，相較於受害規模，傷亡人數很少。

然而正因如此，傑瑞米不由得擔心羅莎娜的狀況。當然，羅莎娜從未在他面前展現過脆弱的一面。但是傑瑞米在她身邊不只一兩年，而且，傑瑞米總是對有關羅莎娜的事非常敏銳，因此不可能沒有察覺到羅莎娜的身體已經大不如前。

傑瑞米看到羅莎娜，鬆了一口氣。雖然衣服上沾著血，不過她姑且還是平安無事地站著。

「姊姊，原來妳在這裡啊。妳沒有受傷吧？」

正朝某個地方走去的她聽到傑瑞米的呼喚，回頭看來。

「可是，妳一個人在這裡做什麼？那邊什麼都沒有……」

下一刻，看到眼前羅莎娜的表情，傑瑞米突然不由得停下腳步。

「什麼……」

羅莎娜雖然跟平常一樣，但眼神明顯不同地看著他。傑瑞米的表情一僵，突然有種奇怪的感覺掠過心頭，那也像是某種不祥的預感。

「姊姊，妳要一個人去哪裡？」

但是，這時的傑瑞米不知道該怎麼表達他的感受。

「妳為什麼那樣看著我？」

所以只將不安藏在內心，嘴唇發顫。

「就好像這是最後一次一樣……」

那樣低語的瞬間，一股寒意竄上後頸。

羅莎娜依然不發一語地凝視著傑瑞米。眼前的那張表情告訴了傑瑞米，他剛才說的話是正確答案。

「姊姊……」

傑瑞米終於察覺到羅莎娜打算拋棄阿格里奇了，以及她一直以來渴望的就是這個。

不……他真的不知道嗎？在羅莎娜身邊一起度過了十幾年時光的他，真的完全沒有察覺到她的願望是什麼嗎？

傑瑞米曾覺得無所謂，因為無論羅莎娜接下來做什麼，他都會無條件跟隨她。

但是……剛才看到羅莎娜眼神的那一瞬間，他不得不醒悟。

「姊姊……妳也要丟下我嗎？」

發現她不打算帶他走。

兩人在燃燒的阿格里奇中望著彼此。傑瑞米露出像被匕首刺中的表情，看著羅莎娜。而羅莎娜靜靜看著這樣的他，最後輕聲笑了。

「我當時不應該對你伸出手的。」

一開始只是想利用你。既然如此，就應該依照決心，冷靜行事到最後。就算口中呢喃著甜蜜的話，用溫柔的手傳遞溫度，也絕不能忘記那是精心編造的謊言。

但是不知從什麼時候開始，她無法那麼做。

「我不該把你留在身邊的。」

雖然共度的所有瞬間都不是真的，但也並非全是謊言。在這片內心毫無寄託的荒地，有時也會降下滋潤乾旱土地的甘霖，讓她一不留神就付出了感情。

「傑瑞米。」

所以她不想帶他走。

「我不打算從阿格里奇帶走任何東西。」

因為乾脆在這裡分別，對兩人來說會更好。

「所以就到這裡吧。」

傑瑞米呆站在原地，聽著她說話。彷彿失去動力般一動也不動的身體令人心痛，但羅莎娜無法走過去，也無法安慰他。

「再見。」

羅莎娜轉身背離除了母親和已故的哥哥，唯一視為家人的人。

傑瑞米沒有跟上這樣的她。

「姊姊……！」

聽到從背後傳來的呼喚聲，羅莎娜差點回頭，但還是裝作沒聽見，更向前踏出一步。

「我知道姊姊至今都不曾真心笑過。」

接著傳來的傑瑞米聲音，明明是她經常聽到的熟悉聲音，但不知為何，感覺跟以往有些不同。

「如果我……如果我把阿格里奇變成能讓姊姊微笑的地方，妳會再回來嗎？」

羅莎娜最後一次回頭看他。在飄揚的髮絲間，看到比剛才還渺小的傑瑞米。還未熄滅的火焰搖曳著，在傑瑞米的臉上留下濃重的陰影。

所以看不清他是什麼表情。不過，這樣也好。

羅莎娜最後一次對她可憐的弟弟微微一笑，像他喜歡的那樣，溫暖、慈愛又溫柔，之後再次轉身。她什麼都無法保證，所以一句話都不說，就這樣踏著毀滅的阿格里奇土地，逐漸離開仍站在後面看著她的人。

化成廢墟的土地，未來是否還有復甦的可能？嚴寒的土地當然也會再次迎來春天，但這裡對羅莎娜來說，再溫暖的春天也寒冷刺骨，因此想像不到那一天。

她現在只想離開這個地方。什麼都不想，只求自由，輕鬆自在。

她頂多只在這裡生活了十九年，卻感覺至今受到了太多事物束縛。從出生時起就深陷其中的泥沼中脫身的感覺非常奇妙，不完全解脫，也不全是空虛，這種曖昧不清的情感像半融化的雪，沉沉地留在心頭。

呼呼呼──純白的疾風拂過眼前，視線一片模糊。彷彿受到風推搡，羅莎娜的身體頓時搖晃不穩。不可以在這裡倒下，但意識開始慢慢遠去。

然而，有人接住了她無力倒下的身體。羅莎娜還無法看清是誰就閉上了眼睛。在視野完全變黑前，她似乎看見了在暴風雪中，如路標般閃耀發亮的金色光芒。

這是一個嚴酷的寒風和暴風雪不停肆虐的殘忍季節。彷彿永遠不會結束的夜晚過去後，冰冷的第一道晨光灑在化為廢墟的土地之上。

人離開了遭到毀滅的土地，晨曦仍會如期而至。

匡噹！順暢轉動的輪子似乎被石頭卡住了，身體突然劇烈一晃，羅莎娜從沉眠中醒來，睜開沉重的眼皮。模糊的視線中看到一片昏暗，起初以為現在還是晚上，但無法聚焦的眼睛慢慢眨了眨後，眼前看到不知道從哪裡透進來的細微光線在晃動。

原來是陽光從被窗簾遮住的小窗戶照了進來。

匡噹！

身體又晃了一下，從窗簾縫隙潛入的光線在眼前消失。那一刻，她發現現在的這個空間不是她在阿格里奇的房間。

「妳醒了啊。」

這時，頭上響起某人低沉的聲音。羅莎娜倒抽一口氣，猛然從位置上跳起來。

匡噹匡噹！

同時，她所在的空間比剛才更劇烈地搖晃，羅莎娜在失去平衡前向前伸出手。但是身旁沒有任何可以支撐的東西，向前伸去的手沒碰到任何東西，在空中直直落下。若不是正巧有人從旁邊伸出手，環抱住羅莎娜的身體並穩穩扶住她，她肯定會滾到地上。

「小心點，我們還在移動的馬車裡。」

傳進耳邊的低沉嗓音莫名耳熟。羅莎娜轉過頭，甚至沒想過要推開緊貼著的身體。

下一秒，她與在身旁俯視她的金色瞳孔對上目光。

「……卡西斯。」

羅莎娜不自覺地喊出他的名字，對視的眼中頓時閃過一絲光彩。

她無法理解現在是什麼情況。她試著轉動發疼的腦袋，摸索昨晚的記憶，但只感覺到頭痛，完全想不起什麼有用的回憶。

但她知道，自己現在正在和卡西斯一起前往某個地方。這是理所當然，但羅莎娜的腦袋陷入了一片混亂。

——下集待續

高寶書版集團
gobooks.com.tw

CP023
守護女主角哥哥的方法 1
여주인공의 오빠를 지키는 방법

作　　者　킨 (Kin / Yeondam)
封面繪圖　추혜연
譯　　者　昕澄
編　　輯　陳凱筠
設　　計　李竹鈞
內頁排版　彭立瑋
企　　劃　陳靖宜

發 行 人　朱凱蕾
出　　版　三日月書版股份有限公司
Mikazuki Publishing Co., Ltd.
地　　址　臺北市內湖區洲子街 88 號 3 樓
網　　址　www.gobooks.com.tw
電　　話　(02) 27992788
電　　郵　readers@gobooks.com.tw（讀者服務部）
傳　　真　出版部　(02) 27990909　行銷部 (02) 27993088
郵政劃撥　19394552
戶　　名　英屬維京群島商高寶國際有限公司臺灣分公司
發　　行　英屬維京群島商高寶國際有限公司台灣分公司 / Printed in Taiwan
Global Group Holdings, Ltd.
法律顧問　永然聯合法律事務所
初版日期　2025 年 8 月

여주인공의 오빠를 지키는 방법 1
Roxana 1

國家圖書館出版品預行編目 (CIP) 資料

守護女主角哥哥的方法 / 킨 (Kin / Yeondam) 著；昕澄譯. -- 初版. -- 臺北市：三日月書版股份有限公司出版：英屬維京群島商高寶國際有限公司台灣分公司發行, 2025.08
面；　公分. --

譯自：여주인공의 오빠를 지키는 방법

ISBN 978-626-7391-81-5 (第 1 冊 : 平裝)

862.57　　114007307